BOSTON

Massachusetts

5

Liebesroman

Brandheiße Küsse

Poppy J. Anderson

Band 1

1. Auflage August 2014

Covergestaltung: Catrin Sommer rausch-gold.com

Unter Verwendung von © YurkaImmortal – shutterstock.com / © KoQ Creative – shutterstock.com / © KoQ Creative – shutterstock.com / © Nejron Photo – stutterstock.com / ©Oxlock – shutterstock.com

Korrektorat: SW Korrekturen e.U

www.poppyjanderson.de

poppyj.anderson@googlemail.com

Besuchen Sie mich auf Facebook:

www.facebook.com/pages/Poppy-J-Anderson

Liebe Leserinnen und Leser,

wie einige von Ihnen vielleicht schon wissen, habe ich ein Faible für Footballspieler. Die New York Titans sind mittlerweile so real für mich, dass ich mich nicht von ihnen verabschieden kann und will. Dies bedeutet, dass es noch sehr viele Romane geben wird, in denen Julian, Brian, Dupree und die anderen Jungs vorkommen werden. Der nächste Spieler, der seine eigene Geschichte bekommen wird, ist Lieblingsrüpel Blake O'Neill.

Jedoch möchte ich Ihnen heute den Auftakt zu einer neuen Reihe vorstellen, in der es um eine starrköpfige Familie aus Boston geht, die teilweise chaotisch, teilweise witzig und ganz sicher sehr liebenswert ist.

Nun wünsche ich Ihnen sehr viel Vergnügen beim Lesen und hoffe, dass Ihnen die Fitzpatricks genauso viel Freude bereiten werden wie die Titans.

Ihre Poppy J. Anderson

Danke an ...

Natascha, die einfach die Allerbeste ist, alles verschlingt, was ich schreibe, und sich augenblicklich in Blake *und* Shane verliebt hat.

Ina, die morgens mit French Toasts vorbeigekommen ist, als ich im Schreibwahn zu faul zum Frühstücken war.

Julia, die mich mit Fotos von Feuerwehrmännern und Polizisten versorgt hat.

Bab Els, die meine Obsession für Schotten, Kilts und Zeitreiseromane teilt.

Heidi, die mir mit einem Video-Link den Samstag gerettet hat.

Zipi (meinen Hund), der regelmäßig meinen Fußboden vollsabbert und mich davon abhält, alles allein aufzuessen.

Catrin, die die wunderbarsten Cover macht und selbst nach meinem hundertsten Änderungswunsch die Ruhe bewahrt.

Hannah, die zwar nicht mein Zwilling, aber mein *Facebook-Ehemann* ist.

Mym, die sich seit über zwanzig Jahren über alles aufregt, über das ich mich aufrege – einfach weil sie meine Freundin ist.

Sybille, die alle meine kleinen und großen Fehler ausbügelt und eine wundervolle Korrektorin ist.

Alle, die mir mit ihren lieben Nachrichten zu meinen Büchern die Tränen in die Augen treiben und mich wissen lassen, dass meine Geschichten sie berühren.

Last but not least geht ein Dank an Dieter, Ralf, Nils und Papa, weil sie zwei Stunden damit verbracht haben, einen entsetzlich schweren Crosstrainer durch ein Fenster zu heben.

Prolog

Heath Fitzpatrick öffnete mühsam die Augen und bereute dies im gleichen Moment, als gleißendes Tageslicht seine Pupillen zum Explodieren zu bringen schien. Stöhnend vergrub er das Gesicht in seinem Kopfkissen, das nach einer Mischung aus schalem Bier, übelkeitserregendem Tequila und Sangria roch, die ihm, kaum dass er daran gedacht hatte, die Speiseröhre wieder hochzukommen schien.

Während sein Schädel dröhnte und er darum betete, in ein Koma zu fallen, damit er weder diese grauenvolle Übelkeit noch alle anderen Symptome des schlimmsten Katers seines Lebens erdulden musste, klingelte es wieder Sturm an seiner Tür.

Genervt drehte er sich auf den Rücken, stach sich dabei die Fernbedienung in die Nieren und presste sich das Kopfkissen vors Gesicht. Bewegungslos und schnaufend blieb er auf seiner Klappcouch liegen und dachte darüber nach, dass sowohl er als auch das gammelige Sofa eine ordentliche Wäsche gebrauchen konnten. Jedenfalls stanken sie beide zum Himmel und mussten einer wie der andere einen miserablen Eindruck machen.

Da das herrische Klingeln kein Ende zu nehmen schien, warf er das Kissen beiseite und kämpfte sich hoch. Beinahe wäre er auf einer alten Pizzaschachtel ausgerutscht, als er barfuß und unter Schmerzen durch das Ein-Zimmer-Apartment trottete, das glücklicherweise nicht weit entfernt von seinem Arbeitsplatz lag. Unglücklicherweise war das Haus, in dem sich sein Apartment befand, in der unmittelbaren

Nähe der Hauptstraße und der Bahngleise gelegen, so dass er neben dem ständigen Geruch von Curry aus dem indischen Restaurant unter seiner Wohnung auch noch permanenten Krach ertragen musste.

Vor allem jetzt hallte die Geräuschkulisse von der Straße unangenehm in seinem Kopf wider, obwohl die Fenster geschlossen waren. Die geschlossenen Fenster waren auch ein Grund für den furchtbaren Gestank in der winzigen Bude, die er seit einigen Wochen bewohnte. Im Vergleich zu dem schönen Haus, das er in den vergangenen zwei Jahren mühsam restauriert hatte, konnte das grauenvolle Apartment nur verlieren. Nicht, dass er sich darum kümmern würde. Ihm war schon seit einiger Zeit alles egal. So war auch der Krach, dem er tagtäglich ausgesetzt war, lediglich ein unbedeutender Störfaktor. Da Heath abends den Fernseher auf volle Lautstärke stellte und sich volllaufen ließ, wenn er am nächsten Morgen keine Schicht hatte, störte ihn das Geräuschchaos überhaupt nicht.

Erschöpft rieb er sich über das Gesicht, entfernte die Türkette und starrte mit finster zusammengezogenen Augenbrauen in besorgte blaue Augen, die er allzu gut kannte.

Zu der Übelkeit, die er seinem Alkoholkonsum zuzuschreiben hatte, kam nun das Gefühl hinzu, dass jemand ihm die Luft abschnürte und ihm einen Faustschlag in den Magen verpasste. Seit drei Monaten wiederholte sich nun das Spiel, sobald sich diese blauen Augen auf ihn richteten.

Mit einer grauenvoll heiseren Stimme fragte er düster: „Was willst du hier?“

„Dumme Frage.“ Die blauen Augen verdrehten sich, bevor die Besitzerin des hübschen Augenpaares sich einfach an ihm vorbei in die Wohnung quetschte. „Himmel! Wie sieht es denn hier aus?“

Heath antwortete nicht, sondern warf die Wohnungstür zu und folgte seinem ungebetenen Besuch in das einzige Zimmer seiner Wohnung. Im Gegensatz zu ihm sah sie frisch, sauber und überhaupt nicht verkommen aus. Adrett wie eh und je hielt sie ihre Tasche vor ein rot-weiß gemustertes Kleid, sah sich in seiner katastrophalen Bude um und schnitt eine Grimasse, die dem hübschen Ausdruck ihres Gesichts jedoch nicht schadete. Er riss sich von ihrem Anblick los, ignorierte das perfekt frisierte blonde Haar und achtete nicht auf das schmerzhafte Ziehen in seiner Brust.

„Willst du ein Bier?“

„Heath, so kann das doch nicht weitergehen.“

„Also kein Bier.“ Er zuckte mit der Schulter und wandte sich der Kochnische zu, um dort die Kühlschranktür zu öffnen und eine Flasche Wasser herauszunehmen, nachdem er bemerkt hatte, dass kein Bier mehr da war. Den letzten Sechserpack hatte er zusammen mit einer halben Flasche Tequila am letzten Abend vernichtet. Die nun leere Tequilaflasche lag auf dem fleckigen Teppich neben dem Klappsofa und verströmte einen widerlichen Geruch. Natürlich war ihr nicht entgangen, dass seine Wohnung aussah, als hätte er eine sechsköpfige Rockband zu Gast gehabt, schließlich schüttelte sie unmerklich den Kopf und presste die Lippen aufeinander.

Er lehnte sich gegen die wackelige Spüle, öffnete die Flasche und trank den Inhalt in beinahe einem Zug aus. Die ganze Zeit über war er sich bewusst, dass sie ihn musterte, wie er verkatert, nur in Boxershorts bekleidet und mit zerzaustem Haar vor ihr stand.

Sobald er die Flasche absetzte und sah, wie sie sich bückte, um die leere Pizzaschachtel sowie einen dreckigen Teller aufzuheben, runzelte er finster die Stirn. „Was tust du da, Hayden?"

„Es sieht hier aus wie in einem Schweinestall. Das bist doch nicht du."

„Ich wüsste nicht, dass ich dich nach deiner Meinung gefragt hätte."

„Das musst du auch nicht." Sie schüttelte unglücklich den Kopf, was in Heath den Wunsch auslöste, beschämt den Blick zu senken und gleichzeitig mit der Faust gegen die fleckige Wand neben sich zu schlagen. Er wollte Hayden nicht hier haben, er wollte sie nicht sehen, nicht ihre Stimme hören und nicht an sie denken. Er wollte überhaupt nicht mehr denken – an nichts. Seit drei Monaten bemühte er sich darum, alles zu vergessen, was passiert war, aber wie sollte das funktionieren, wenn Hayden bei ihm auftauchte und ihn so verdammt verständnisvoll und mitleidig mit ihren blauen Augen ansah?

Er räusperte sich. „Was tust du eigentlich hier? Müsstest du nicht bei der Arbeit sein?"

„Es ist Sonntag", erwiderte sie mit einem eindeutigen Blick. „Du warst schon wieder nicht in der Kirche, Heath. Pater Brady hat nach dir gefragt ..."

Dass sich selbst der Pastor ihrer Gemeinde um sein Seelenheil sorgte, rang ihm ein amüsiertes Lächeln ab, auch wenn ihm nicht wirklich zum Lachen zumute war.

Hayden schien dies ganz ähnlich zu sehen. „Das ist nicht komisch, Heath. Deine Mom macht sich furchtbare Sorgen um dich ... Ich mache mir furchtbare Sorgen."

„Mir geht's blendend. Siehst du das nicht?"

„Nein, das sehe ich nicht", widersprach sie und legte die Pizzaschachtel sowie den dreckigen Teller auf einen Beistelltisch, auf dem sich Zeitschriften sowie eine leere Essenspackung vom Chinesen tummelten. „Du siehst grauenvoll aus, du lebst in einer Absteige und selbst deine Brüder haben seit Ewigkeiten nichts von dir gehört! Nicht einmal mit Kayleigh sprichst du mehr."

„Ich habe zu tun." Angriffslustig schob er das Kinn nach vorne.

Aufgebracht ließ sie ihre Handtasche auf die schmuddelige Klappcouch fallen, bevor sie hilflos die Hände hob. „Erzähl doch keinen Mist, Heath. Seit Wochen hast du dich weder beim Bowlen noch beim Basketball blicken lassen, stattdessen verbringst du deine Zeit bei O'Rearys und lässt dich dort volllaufen ..."

„Spionierst du mir etwa nach?"

„Wie soll ich dir nachspionieren, wenn deine Freunde auch meine Freunde sind? Alle fragen mich, was mit dir los ist, und erzählen mir, dass sie dich betrunken im Pub gesehen haben. Auch deine Familie ruft mich an, weil sie dich nie erreichen können."

„Hayden, wir sind getrennt", antwortete er mit lahmer Stimme. „Ich brauche weder deine Sorge noch deine Hilfe. Du musst auch nicht den Telefondienst für mich spielen."

„Du verdammter Idiot", brach es aus ihr heraus. „Denkst du etwa, ich wüsste nicht, was du durchmachst? Joseph war auch mein ..."

„Nein, du weißt gar nichts!“ Wütend fiel er ihr ins Wort und ballte beide Hände zu Fäusten. „Könnt ihr mich nicht alle in Ruhe lassen?“

„Deine Familie macht sich Sorgen um dich!“

„Meine Familie erstickt mich. Du erstickst mich, Hayden!“ Er biss die Zähne zusammen. „Deshalb brauche ich Abstand, aber das scheint niemand von euch zu verstehen!“

Ihr bleiches Gesicht sprach Bände. „Du machst dich noch kaputt. Sollen wir etwa tatenlos zusehen, wie du dich zugrunde richtest?“

„Ich habe es dir schon vor zwei Monaten gesagt, Hayden“, entgegnete er mühsam beherrscht. „Wir sind getrennt und mein Leben geht dich nichts mehr an.“

Sie ging nicht einmal auf seinen Kommentar ein. „Du steckst in einer Krise, dafür haben wir alle Verständnis ...“

Mit einem abfälligen Schnauben fragte er: „Auch Shane? Ich habe nicht den Eindruck, dass er für mich Verständnis hätte.“

Hayden fasste sich ins Gesicht, während sie unglücklich hervorbrachte: „Deinem Bruder geht es ebenfalls miserabel. Dass er sich neben all dem Kummer auch noch Sorgen um dich machen muss, nimmt ihn mit, Heath. Wieso sprichst du nicht mit ihm?“

„Weil er nicht mit mir sprechen will.“

Sie knirschte mit den Zähnen. „Die Fitzpatricks sind verdammt sture Idioten! Ihr alle miteinander. Ich habe keine Ahnung, wie es deine Mutter geschafft hat, vier derart widerspenstige Söhne und eine nicht weniger sture Tochter zu ertragen.“

„Wenn das alles war, was du mir sagen wolltest ...“

„Ich bin noch lange nicht fertig.“ Ihr Gesicht wirkte entschlossen. „Seit zwei Monaten will ich mit dir sprechen, aber du blockst immer ab.“

Kopfschüttelnd verschränkte er die Arme vor der nackten Brust. „Es gibt auch nichts mehr zu bereden, Hayden.“

„Dann versteh doch wenigstens, welche Sorgen wir uns machen.“

„Niemand von euch muss sich Sorgen um mich machen“, ächzte er erbost.

„Wir sind eine Familie – natürlich machen wir uns Sorgen um dich! Wir würden uns auch um Kayleigh oder die Zwillinge Sorgen machen, Liebling ...“

„Hör auf.“ Grimmig schüttelte er den Kopf und war nahe dran, irgendetwas gegen die Wand zu werfen. „Lass mich endlich in Ruhe und nenn mich nicht Liebling!“

Unbeherrscht machte sie zwei Schritte auf ihn zu und ohrfeigte ihn. „Du bist unglücklich ... Das verstehe ich! Ich bin auch unglücklich. Die ganze Familie ist unglücklich, aber du kannst nicht einfach abhauen und so tun, als wäre es in Ordnung. Weißt du eigentlich, was du uns allen antust?“

Er rieb sich die Wange und sagte sich, dass ihr aufgebrachtes Gesicht, ihre feuchten Augen und ihr lieblicher Geruch ihn nicht berührten. Er wollte allein sein und sie nicht mehr sehen. „Ich weiß nur, dass ich mich von dir getrennt habe, Hayden.“

„Lass mich für dich da sein“, flüsterte sie und wollte nach seiner Hand greifen.

Heath schüttelte den Kopf und versteifte sich, während er ihr die Hand entzog. „Es ist vorbei.“

„Aber ... aber das meinst du nicht ernst“, erklärte sie mit brüchiger Stimme. „Wir sind Heath und Hayden ... seit der ersten Klasse ein Paar. Wir lieben uns doch.“

Beinahe hätte er seiner eigenen Stimme nicht getraut, weil seine Kehle plötzlich furchtbar trocken war. Gleichzeitig schmerzte sein Magen, als hätte er Gift zu sich genommen. „Hayden, ich habe meine Sachen gepackt, bin ausgezogen und habe die Hochzeit abgesagt. Wie kannst du da noch glauben, dass wir immer noch ein Paar sind?“

Als sich immer mehr Tränen in ihren Augen bildeten, hätte er sie am liebsten an sich gezogen und getröstet, stattdessen blieb er stumm.

„Ich weiß, dass du es nicht ernst meinst, Heath.“

„Doch, das tue ich.“ Auch wenn er sich lieber die Pulsadern aufgeschnitten hätte, als ihr weh zu tun, hoffte er, dass sie seine Lüge glaubte, und erklärte mit fester Stimme: „Ich liebe dich nicht mehr, Hayden. Seit ich ausgezogen bin, treffe ich mich mit anderen Frauen und habe Sex mit ihnen ...“

Anscheinend konnte er mittlerweile besser lügen als mit zehn Jahren, als er ihr hatte weismachen wollen, dass seine Eltern ihm erlaubt hätten, den *Terminator* im Kino zu sehen, da sie mit einem erstickten Schluchzen ihre Tasche von der Klappcouch riss und aus der Wohnung rannte.

Nun konnte Heath seinem Drang nachgeben und schlug seine Faust gegen die Wand.

1. Kapitel

Hayden erkannte Kayleighs Auto sofort, als sie in die ruhige Straße des Bostoner Stadtteils Charlestown einbog, und unterdrückte ein Seufzen, denn gerade jetzt wollte sie eigentlich allein sein und konnte auf Besuch gut verzichten. Ein Blick in den Rückspiegel sagte ihr, dass ihre Augen geschwollen waren und ihre Nase leuchtend rot aus ihrem Gesicht schien. Ihre Freundin würde sofort erkennen, dass sie geweint hatte, und musste nicht einmal eins und eins zusammenzählen, um zu wissen, dass ihr eigener Bruder dahintersteckte. Auf diese Diskussion hatte Hayden wirklich keine Lust, aber ihr war auch klar, dass sich Kayleigh nicht so einfach verscheuchen lassen würde, schließlich war sie eine Fitzpatrick und als diese für ihren Starrsinn bekannt.

Dass es als Familienmitglied der Fitzpatricks nicht möglich war, auch nur ansatzweise für sich zu sein und seine Ruhe zu haben, wusste Hayden nur zu gut, schließlich kannte sie die Familie seit ihrem fünften Lebensjahr. Alle vier Söhne der Familie besaßen einen ausgeprägten Sturkopf, während ihnen ihre Schwester Kayleigh in nichts nachstand.

Der Gedanke, dass Hayden im Grunde kein Mitglied dieser Familie mehr war, schnürte ihr für einen Moment die Kehle zu und sie krampfte die Finger um das geflochtene Lenkrad ihres Vans. Die Tatsache, dass Heath und sie das Auto erst vor einem halben Jahr zusammen gekauft hatten, weil sie sich in weiser Voraussicht auf ihre Hochzeit und auf Babys ein Familienauto hatten anschaffen wollen, weckte in ihr nun pure Verzweiflung. Wie hatte alles derart aus den Fugen geraten können?

Sie lebte allein in einem Haus, das Heath vor zwei Jahren für sie beide gekauft und renoviert hatte, fuhr einen Wagen, der für ihre Kinderschar gedacht gewesen war, und trug noch immer den Verlobungsring, welchen Heath ihr im Beisein der ganzen Familie über den Finger geschoben hatte, während er nun allem Anschein nach nichts mehr mit ihr zu tun haben wollte. Eigentlich hätten sie bald heiraten sollen, doch den Termin beim Standesamt und die Zeremonie in ihrer Kirche hatte Heath bereits abgesagt, auch wenn seine Mutter und seine Brüder auf ihn eingeredet hatten, es nicht zu tun. Hayden konnte nicht in Worte fassen, wie schrecklich sie sich fühlte.

Der Anblick des Einfamilienhauses mit der renovierten Fassade und der neu geteerten Einfahrt ließ sie bittere Magensäure schlucken. Sie konnte hier nicht weiter wohnen und dieses Auto fahren, während Heath in jener Absteige hauste und irgendwo eine alte Schrottkarre aufgetrieben hatte, mit der er nun durch die Gegend kurvte. Als er von heute auf morgen mit ihr Schluss gemacht hatte, hatte er zwar darauf bestanden, dass sie das Haus und das Auto behielt, aber da war Hayden auch davon ausgegangen, dass die Trennung lediglich eine Kurzschlussreaktion von ihm gewesen war. Da sie ihn seit dreiundzwanzig Jahren kannte, war sie sich sicher gewesen, dass sie die Situation in den Griff bekamen. Etwas anderes war ihr absolut abwegig erschienen. Seit drei Monaten redete sie sich ständig ein, dass Heath bald einsehen würde, dass er sie brauchte, und dass er bald zurück zu ihr käme, um nun zu erkennen, dass dies ein großer Trugschluss war.

Sein Beharren auf ihrer Trennung und ihre Begegnung vor wenigen Minuten sprachen eine eindeutige Sprache. Es war aus.

Es war tatsächlich aus.

All die Beschönigungen und Ausreden, die sie für seinen Gemütszustand drei Monate lang gefunden hatte, waren nichts als verzweifelte Versuche gewesen, der Wahrheit zu entgehen. Ihr Verlobter hatte sich verändert und wollte sie nicht mehr heiraten. Das Wieso spielte dabei keine Rolle, denn seine Entscheidung schien unumstößlich zu sein.

Hayden fuhr in die Einfahrt und schaltete den Motor aus, während sie für einen Moment die Augen schloss und tief durchatmete.

Wie sollte sie weiterhin hier wohnen? Hier, in dem Haus, das sie zusammen ausgewählt und bewohnt hatten? Wie sollte sie jeden Tag mit diesem Auto zur Arbeit fahren? Und wie sollte sie weiterhin Teil der Fitzpatricks sein, wenn sie es nicht mehr war? Sie verstand Heath und wusste, dass er trauerte, schließlich tat sie das auch. Deshalb hatte sie auch für ihn da sein wollen, doch er hatte sie einfach von sich geschoben und zutiefst verletzt. Der Gedanke, dass er andere Frauen ...

Das schreckliche Magengefühl verstärkte sich, daher schob sie jedes Aufblitzen solcher Bilder aus ihrem Kopf. Nur daran zu denken, dass er andere Frauen küsste, anfasste und mit ihnen schlief, ließ sie beinahe durchdrehen. Doch die Tatsache blieb: Sie hatte nicht nur ihren Verlobten verloren, sondern auch ihren ältesten und besten Freund.

Dumpf fragte sie sich, wie es bloß weitergehen sollte, und stieg wie in Zeitlupe aus. Normalerweise war sie kein Trauerkloß, aber seit Wochen stand sie völlig neben sich und hatte Schwierigkeiten, sich für das Nötigste aufzuraffen. Auch wenn ihr Job sie tagsüber davon abhielt, zu viel nachzudenken und zu grübeln, half dies nicht gegen ihre Gedanken, sobald sie das Schulgebäude verließ und keine lärmende Schülerschar mehr um sich hatte.

Apropos lärmend ... Als sie die drei Stufen zur Veranda des Hauses hochstieg, wurde sie bereits von dem Lärm begrüßt, den Kayleigh veranstaltete. Ihre Freundin hatte die Musikanlage – Heaths Musikanlage – so laut aufgedreht, dass Hayden befürchtete, gleich Besuch von der Polizei zu bekommen. An und für sich hätte das kein Problem sein sollen, schließlich waren gleich zwei Söhne der Fitzpatricks Polizisten, aber auf Ärger mit ihren Nachbarn konnte sie verzichten.

Sobald sie das Haus betrat, legte sie ihre Jacke und Handtasche auf das Sofa, drehte die Musik leiser und erntete dafür einen missbilligenden Blick der dunkelhaarigen Frau, die den Kopf aus der Küchentür steckte und sich mit vollem Mund beschwerte. „Hey! Ich liebe diesen Song."

„Ich liebe eine friedliche Koexistenz mit meinen Nachbarn." Hayden schüttelte den Kopf und schlüpfte gleichzeitig aus ihren Schuhen, bevor sie barfuß in die Küche lief, ihre Freundin freundlich vom Kühlschrank vertrieb und sich eine kleine Flasche Wasser schnappte. Obwohl sie heute Morgen die Küche blitzeblank geschrubbt und den Abwasch erledigt hatte, sah es leider so aus, als wäre ein Tornado durch den Raum gefegt. Ein Tornado mit dem Namen Kayleigh, der jetzt seelenruhig auf einem Stuhl saß und einen Joghurt in sich hineinlöffelte.

Da Kayleigh eine Nachtschicht hinter sich hatte und gerade erst aus dem Krankenhaus gekommen sein musste, hatte sie nicht nur den sonntäglichen Gottesdienst verpasst, sondern trug noch immer ihre Arbeitskleidung, auch wenn sie den weißen Kittel sowie das Stethoskop ausgezogen hatte. Die junge Notärztin hatte zwar dunkle Ringe unter den Augen, wirkte dennoch putzmunter, was vielleicht auch daran lag, dass sie Haydens halben Kühlschrank aufgefuttert hatte, während die bei Heath gewesen war.

„Wo kommst du her?“ Grüne Augen blitzten unter einem dunkelbraunen Pony auf und erinnerten Hayden schlagartig an Kayleighs um zwei Jahre älteren Bruder. Alle Fitzpatricks sahen sich unglaublich ähnlich, doch vor allem die drei ältesten Kinder, Heath, Shane und Kayleigh, die jeweils im Abstand von knapp einem Jahr zur Welt gekommen waren, glichen sich ungemein. Sie alle hatten das dunkelbraune Haar ihres Vaters, doch Heath und Kayleigh besaßen zudem die gleichen grünen Augen, die sie ebenfalls von ihrem Vater geerbt hatten. Da war es kein Wunder, dass Hayden sofort an Heath denken musste, wenn sie Kayleigh ins Gesicht sah.

„Ich war bei Heath“, erklärte sie mit belegter Stimme.

Augenblicklich zog ihre Freundin beide Augenbrauen in die Höhe, auch wenn von ihrer Miene ansonsten keine Gefühlsregung abzulesen war. „Wie geht es ihm?“

„Nicht gut.“ Mit einem Kloß im Hals setzte sie sich auf einen Stuhl und strich geistesabwesend eine Falte der Tischdecke glatt, während sie auf den glänzend polierten Fußboden starrte.

„Du kennst ihn doch“, drang die tröstende Stimme ihrer Freundin an ihr Ohr. „Er fängt sich schon wieder.“

Hayden schüttelte tonlos den Kopf.

„Er braucht nur etwas Zeit.“

„Das habe ich auch gedacht, aber ...“ Sie brach kurz ab, räusperte sich und sagte aufgebracht: „Du kannst dir nicht vorstellen, wie er aussieht, Kayleigh. Wenn er so weitermacht, bringt er sich selbst ins Grab.“

„Heath ist doch kein Idiot“, entgegnete ihre Freundin fest, auch wenn ihr die Sorge um den Bruder anzumerken war. Hayden hatte bereits in den vergangenen Monaten bemerkt, dass weder Kayleigh noch ihre drei Brüder offen über Heaths Problem sprachen, sondern ihren Bruder dies lieber allein mit sich ausmachen ließen. Allein ihre Mutter Ellen wirkte angesichts der Verfassung ihres ältesten Sohnes besorgt und gab dies auch offen zu.

„Er war völlig verkatert, seine Wohnung wirkte wie eine Müllhalde und überall lag Abfall herum. Ich weiß nicht, wie viele leere Flaschen Alkohol bei ihm zu finden sind ...“

Gespielt scherzhaft unterbrach Kayleigh sie, auch wenn sie nicht so sorgenfrei klang, wie sie wirken wollte. „Nun ja, immerhin ist er Ire.“

„Das ist nicht lustig“, antwortete Hayden leise.

„Ich weiß.“ Kayleigh seufzte. „Aber was soll ich tun? Mit mir redet er darüber nicht.“

„Er schläft mit anderen Frauen.“ Zitternd presste Hayden die Worte heraus und erschrak über ihre eigene Aussage. Es auszusprechen, machte es unerträglich real.

Selbst aus den Augenwinkeln bemerkte sie, wie sich ihre Freundin steif aufrichtete, und konnte hören, dass sie nach Luft schnappte. „Hayden ...“

„Er ... er hat es mir selbst gesagt.“

„Das ist doch Unsinn. Heath ist total verrückt nach dir und liebt dich.“

Auch wenn es gut tat, dass Kayleigh dies sagte, war Hayden nicht mehr sicher, was denn nun stimmte. Sie wollte nicht glauben, dass Heath sie nicht mehr liebte, aber sein abweisendes Verhalten und sein schroffer Ton hatten sie vom Gegenteil überzeugt.

„Kayleigh ... dein Bruder hat die Verlobung gelöst und die Hochzeit abgesagt.“

„Aber doch nur, weil er völlig durch den Wind ist! Das wird sich wieder geben, Hayden. Bald sieht er ein, dass er einen Fehler gemacht hat.“

„Nein.“ Sie verschränkte die zitternden Finger in ihrem Schoß. „Er ... er meinte es völlig ernst. Was soll ich denn nun tun? Ich liebe ihn und mache mir Sorgen, aber er hat Schluss gemacht und ... und er hat Sex mit anderen Frauen ...“ Sie brach ab.

„Wenn er mit anderen Frauen geschlafen hätte, wüsste ich davon.“

„Woher solltest du das wissen?“, fragte Hayden mit tränenerstickter Stimme.

Kayleigh verdrehte die Augen. „Weil ich seine Schwester bin und mich sofort irgendjemand darauf angesprochen hätte, wenn Heath mit anderen Frauen gesehen worden wäre. Hast du vergessen, wo wir wohnen? In Charlestown kennt uns jeder.“

Es stimmte zwar, dass die Familie Fitzpatrick im irischen Stadtteil Charlestown so bekannt wie ein bunter Hund war, aber für Hayden war dies nur ein schwacher Trost.

„Er hätte auch woanders hinfahren und dort eine Frau treffen können“, gab sie mit zittriger Stimme zu bedenken.

„Heath ist nicht der Typ, der in fremde Betten springt, Hayden. Er war schon in dich verliebt, als ihr sechs Jahre alt wart!“

Kreuzunglücklich fuhr sie sich über das Gesicht. „Er hat sich verändert und lässt mich nicht mehr an sich heran.“

„Ich bin mir sicher, dass er nichts mit anderen Frauen hat.“

„Warum sollte er mir dann so etwas sagen? Will er mir absichtlich weh tun?“ Es war verdammt schwer, sich diese Frage zu stellen. Heath hatte sich ihr gegenüber niemals gedankenlos oder in irgendeiner Form verletzend verhalten, daher wusste Hayden nicht, wie sie damit umgehen sollte, dass er sie anlog, um sie absichtlich zu verletzen.

Eigentlich kannte sie ihn besser als jeden anderen Menschen auf der Welt – jedenfalls hatte sie das geglaubt. Doch nun stand ihre Welt Kopf.

„Heath würde dir niemals weh tun, Hayden.“

„Aber er hat es getan.“ Sie schluckte den Kloß in ihrem Hals hinunter und richtete sich auf. „Seit Monaten geht er mir aus dem Weg, und jetzt erzählt er mir, dass er andere Frauen trifft. Es ist ... Es ist aus.“

Kayleigh schien zu zögern. „Er leidet noch immer unter ...“

„Ich weiß das“, unterbrach Hayden sie scharf. „Das wissen wir alle, aber Heath ist nicht der Einzige, der trauert, Kayleigh. Wie soll es deiner Mom denn gehen?

Oder dir? Glaubst du etwa, dass mich Josephs Tod kaltlässt?“ Ihr kamen die Tränen. Um nicht in unbeherrschtes Weinen auszubrechen, biss sie sich so fest auf die Unterlippe, dass sie den metallischen Geschmack von Blut auf der Zunge schmeckte. „Ich wollte für ihn da sein, aber das ließ er nicht zu.“

Ihre Freundin erhob sich und stellte die Müslischüssel in die Spüle, bevor sie neben Haydens Stuhl trat und ihr eine Hand auf die Schulter legte. Der Geruch von Desinfektionsmitteln und Joghurt stieg Hayden in die Nase, während sie für einen kurzen Moment die brennenden Augen schloss.

„Ich habe keine Ahnung, was mit meinem Bruder los ist“, erklärte Kayleigh weich. „Und es tut mir entsetzlich leid, dass sein Verhalten dir weh tut, aber ich weiß, dass Heath das nicht absichtlich tut. Ihr beide gehört zusammen wie Erdnussbutter und Marmelade ...“

Die Mischung aus einem Schnauben, einem Lachen und einem Schluchzen drang aus Haydens Mund. „Kayleigh ...“

„Ernsthaft. Wenn ihr beide nicht glücklich miteinander werden könnt, wer soll es denn dann schaffen?“

Leise widersprach sie: „Dein Bruder will mich nicht mehr heiraten.“

„Mein Bruder flippt gerade aus, aber er fängt sich schon wieder. Du darfst nicht aufgeben.“

Das hatte sie sich zwar auch die ganze Zeit eingeredet, war mittlerweile jedoch realistischer als Kayleigh. Leise, aber entschlossen erklärte sie: „Ich werde mit ihm wegen des Hauses sprechen müssen.“

„Wegen des Hauses?“ Verblüfft hielt ihre Freundin inne.

Hayden nickte. „Und wegen des Autos. Außerdem stehen hier auch noch seine Möbel. Wir müssen unseren Besitz trennen.“

„Bist du nicht etwas zu voreilig?“

„Nein.“ Sie senkte den Blick, um nicht in das störrische Gesicht ihrer Freundin zu blicken. „Wenn eine Trennung das ist, was er will, müssen wir das regeln.“

„Heath will, dass du hier wohnst und das Auto fährst. Das bedeutet, dass du ihm am Herzen liegst.“

„Es bedeutet, dass ihm sein Leben egal ist“, flüsterte sie heiser. „Mit mir muss das nichts zu tun haben.“

Das sonntägliche Abendessen war fester Bestandteil der Familientradition im Hause Fitzpatrick. Auch wenn Hayden heute lieber daheim geblieben wäre, brachte sie es nicht übers Herz, Ellen abzusagen oder gar ihren Brotpudding, auf den die Zwillinge so versessen waren, nicht vorbeizubringen. Daher betrat sie Heaths Elternhaus mit einer Auflaufform in beiden Händen, nickte Kayleigh zu, die in kurzen Hosen und T-Shirt auf dem Sofa im Wohnzimmer lag und irgendeine Sportsendung schaute, und lief durch den kleinen Flur des typischen Arbeiterhauses aus den frühen Zwanziger Jahren in Richtung Küche. Neben den vertrauten Gerüchen, die ihr entgegenschlugen, knarrte das Holz unter ihren Füßen, als sie über eine bestimmte Stelle lief.

An dem alten Holztürrahmen fanden sich heute noch die Markierungen wieder, die Ellen dort jedes Jahr hinterlassen hatte, um die Körpergröße ihrer Kinder festzuhalten. Auch Haydens Name war dort neben den Namen der fünf Fitzpatrick-Kinder zu finden. Schwach konnte sie sich daran erinnern, wie sie sich alle hintereinander an den Türrahmen hatten stellen müssen und gespannt darauf gestarrt hatten, wer wie groß geworden war. Hayden war immer kleiner als Heath, Shane oder Kayleigh gewesen und selbst die Zwillinge, die fünf Jahre jünger als sie waren, hatten sie ziemlich schnell eingeholt. Die Fitzpatricks waren alle sehr groß – selbst Kayleigh als einziges Mädchen unter vier Brüdern war mit knapp einem Meter achtzig sehr viel größer als der Durchschnitt und reichte dennoch nicht an ihre Brüder heran. Unter ihnen hatte sich Hayden stets wie ein Zwerg gefühlt und tat es heute noch oft.

Auch jetzt, als sie die Küche betrat, in der Ellen mit Kyle stand und Salat klein schnitt, fiel ihr auf, wie groß der dreiundzwanzigjährige Kyle war, der seiner Mom problemlos auf den Kopf schauen konnte. Auch wenn er wie sein eineiiger Zwilling Ryan blond war, erkannte man auf den ersten Blick die Familienähnlichkeit der Geschwister. Bis auf Kayleigh besaßen alle vier Söhne äußerst markante Gesichtszüge, schmale Wangen, ein stures Kinn sowie einen breiten Mund, der die Sonne aufgehen ließ, wenn er sich zu einem Lächeln verzog.

Haydens Mom hatte bereits vor Jahren prophezeit, dass die Fitzpatrick-Jungen alle Mädchen und jungen Frauen ganz Bostons in den Wahnsinn treiben würden, womit sie nicht einmal Unrecht gehabt hatte. Seit

Jahren konnte Hayden beobachten, dass sich diverse Frauenköpfe umdrehten, sobald einer der Kerle einen Raum betrat. Alle vier auf einmal bedeuteten ein heilloses Chaos. Gutaussehende Männer, die teilweise Uniformen trugen und sehr charmant sein konnten, übten auf das weibliche Geschlecht nun einmal eine besonders starke Anziehung aus. Als Bostoner irischer Abstammung waren die Kinder der Fitzpatricks zwar katholisch erzogen worden und gingen brav in die Kirche sowie zur Beichte, jedoch hieß dies nicht, dass sie sich in irgendeiner Weise weltfremd benahmen. Die Zwillinge flirteten seit ihrer Pubertät mit allen Frauen, die ihnen über den Weg liefen, Kayleigh war für ihr verdorbenes Mundwerk bekannt und ließ selten etwas anbrennen, Shane hatte zum Missfallen seiner Eltern mehr Exfreundinnen als Hugh Hefner und Heath ...

Innerlich seufzend gestand sich Hayden ein, dass Heath seinen Eltern auf diesem Gebiet die wenigsten Sorgen bereitet hatte, denn er hatte bislang nur eine Freundin gehabt – nämlich sie selbst.

Als Fünfjährige war Hayden mit ihren Eltern nach Boston gekommen. Ihr Dad war Josephs neuer Arbeitskollege gewesen, der gleich in der ersten Woche mit der ganzen Familie bei den Fitzpatricks zum Essen eingeladen worden war. So hatte Hayden den gleichaltrigen Heath kennengelernt. Von Stund an waren sie ein Herz und eine Seele gewesen – Heath und Hayden. Nicht für einen Tag waren sie getrennt gewesen. Auch nicht während ihrer Studienzeit, da Hayden das Community-College besucht hatte, um in seiner Nähe zu bleiben. Trotz ihrer katholischen Erziehung waren sie bereits vor einer Ehe zusammengezogen, hatten zuerst eine winzige

Wohnung gemietet und dann ein Haus gekauft. Vor einem Jahr hatte er ihr dann die alles entscheidende Frage gestellt. Auch wenn Heath es niemals ausgesprochen hatte, wusste Hayden, dass er mit einer Hochzeit hatte warten wollen, bis er sich ein Haus für sie hatte leisten können. Da sie immer damit zufrieden gewesen war, einfach nur mit ihm zusammen zu sein, hatte es sie nicht gestört, noch nicht mit ihm vor den Altar getreten zu sein. Er hatte sie geliebt und sie hatte ihn geliebt – das war genug gewesen.

Rasch schüttelte sie diese Gedanken ab, setzte ein hoffentlich überzeugendes Lächeln auf und räusperte sich laut.

„Hallo! Störe ich?“

„Du vielleicht, aber dein Brotpudding nicht“, erklärte Kyle, nahm ihr die Auflaufform aus den Händen und gab ihr gleichzeitig einen Kuss auf die Stirn.

„Sei still, du Frechdachs.“ Ellen Fitzpatrick rümpfte ihre Nase und schenkte Hayden kurz darauf einen weichen Blick. „Schön, dass du da bist, mein Liebling. Du hättest doch nichts mitzubringen brauchen.“

„Ach, das mache ich gerne.“ Sie winkte ab, legte ihren Autoschlüssel auf den Küchentisch und nahm sich einen Löffel aus der obersten Schublade, um Ellens fantastische Rosmarinsauce zu probieren.

Gleichzeitig ertönte hinter ihr ein Schnauben. „Mom, setz ihr bloß keine Flausen in den Kopf. Ich liebe ihren Brotpudding.“

„Danke.“ Lächelnd begegnete sie Kyles Blick, während ihr warm ums Herz wurde, als er aufmunternd nickte. Sie konnte sich denken, dass Kayleigh ihrem jüngeren Bruder bereits von Haydens Zusammenstoß mit Heath berichtet hatte, da in dieser Familie nie etwas wirklich geheim blieb. Noch sehr lebhaft erinnerte sie sich an das Barbecue, als Ellen der Familie verraten hatte, dass Kayleigh ihre erste Periode bekommen hatte. Der Wutanfall der dreizehnjährigen Tochter sowie Shanes Kommentare dazu klangen noch heute in Haydens Ohren. Im Grunde wurde alles innerhalb der Familie besprochen, ob es nun das Urlaubsziel eines Familienmitglieds, neue Vorhänge für das Badezimmer oder die erste Periode der einzigen Tochter war. Die Jungs konnten froh sein, dass sie niemals beim Masturbieren erwischt worden waren, denn das wäre sicherlich ebenfalls Thema des allabendlichen Essens gewesen.

„Schätzchen, magst du nach den Karotten schauen?“

Hayden tätschelte Ellens Rücken und bemerkte, dass die ältere Frau viel zu dünn geworden war. Sorgenvoll dachte sie darüber nach, dass Heaths Mom in den vergangenen drei Monaten wie ein Spatz gegessen hatte und mittlerweile viel zu viel Gewicht verloren haben musste. Während sie die Karotten probierte, beschloss sie, mit Kayleigh darüber zu reden, schließlich war die Ärztin und sollte sich in Zukunft mehr Gedanken um den Gesundheitszustand ihrer Mutter machen.

Um sich ein wenig abzulenken, fragte sie gespielt gelassen: „Wo stecken Ryan und Shane?“

„Shane schaut in der Garage nach Moms Auto und Ryan hatte bis gerade eben noch Dienst, kommt aber gleich“, gab Kyle zur Auskunft.

Ellen strich sich das ergraute blonde Haar zurück und blickte ihren Sohn auffordernd an. „Kyle, könntest du mit deiner Schwester den Tisch decken?"

Obwohl der blondhaarige Luftikus sein Leben lang genörgelt hatte, wenn er zur Hausarbeit verdonnert worden war, verzog er keine Miene und kam der Aufforderung seiner Mutter sofort nach. Seit ganz genau drei Monaten rissen sich ihre Kinder buchstäblich ein Bein aus, um ihrer Mutter behilflich zu sein. Seit drei Monaten gab es weder Zank noch laute Diskussionen oder einen Tag, an dem Ellen nicht jeder Wunsch von den Augen abgelesen wurde. Ryan hatte sogar sein WG-Zimmer in der Nähe seiner Wache gekündigt und war wieder zuhause eingezogen, um bei seiner Mom zu sein.

Auch wenn diese Harmonie sicherlich wünschenswert war, lag das bedrückende Gefühl der Trauer über der Familie und schaffte es nicht, dass man zurück in den Alltag fand. Hayden ertappte sich selbst dabei, dass sie wie auf Eierschalen um Ellen herum tanzte und sich darum bemühte, alle Probleme oder Sorgen von ihr zu schieben. Das war auch ein Grund, weshalb sie mit ihrer früheren Schwiegermutter in spe nicht über Heath sprach.

Ellen schien dies ganz ähnlich zu sehen, da sie seufzte, sobald ihr hochgewachsener Sohn die Küche verlassen hatte, und Hayden einen durchdringenden Blick schenkte. „Deine Augenlider sind geschwollen, Schätzchen."

Hayden schluckte und zuckte mit der Schulter.

„Hältst du es nicht endlich für an der Zeit, mir von dir und Heath zu erzählen?"

„Du weißt doch schon, dass er ausgezogen ist“, erwiderte sie leise.

Ellen seufzte laut auf. „Keiner von euch hat mir ein Wort gesagt. Ich musste es Wochen später von Mrs. Murphy hören, als ich bei der Post war. Sogar Kayleigh hat mir nichts verraten, obwohl sie sonst nie etwas für sich behalten kann.“

„Das wollten wir nicht.“ Unsicher, was sie Ellen sagen sollte, murmelte sie: „Wir wollten dir einfach nicht weh tun.“

„Das weiß ich, Schätzchen, aber trotzdem möchte ich doch wissen, was in der Familie los ist.“

Bei dem Wort Familie wäre sie beinahe zusammengezuckt. Hayden war immer Teil dieser Familie gewesen, aber die Trennung von Heath bedeutete doch auch, dass sie nicht mehr zu den Fitzpatricks gehörte, oder nicht?

„Du solltest dir um uns keine Sorgen machen, Ellen.“

„Wenn mein Sohn dich zum Weinen bringt und sich kaum noch bei mir blicken lässt, kann ich nicht anders, als mir Sorgen zu machen.“

Hayden wünschte sich plötzlich, doch daheim geblieben zu sein. Stattdessen holte sie tief Luft. „Kayleigh denkt, dass Heath einfach Zeit für sich braucht.“

„Und was denkst du?“

Unentschlossen hob sie beide Hände. „Ich weiß nicht, was ich denken soll, Ellen.“

„Möchtest du mir nicht endlich erzählen, was hinter seinem Auszug steckt?“

Plötzlich kratzte ihr Ringfinger, an dem sie noch immer den Verlobungsring trug, den Heath ihr vor über einem Jahr geschenkt hatte. Sie wollte Ellen nicht mit ihren Problemen belasten, aber anlügen konnte Hayden sie erst recht nicht.

„Heath möchte mich nicht mehr heiraten“, erklärte sie mit gefasster Stimme, auch wenn sie innerlich bebte. „Erst dachte ich, dass ... dass es nur vorübergehend wäre, aber das ist es nicht.“

„Ach, Schätzchen ...“

„Schon gut.“ Hayden lächelte zittrig. „Ich brauche einfach nur etwas Zeit.“

„Soll ich mit ihm sprechen?“

Der Vorschlag war sehr lieb gemeint, aber Hayden hielt es für keine gute Idee, wenn sich auch noch Ellen um die Beziehung ihres Sohnes Gedanken machen musste. Heaths Entscheidung schien unumstößlich zu sein, also würden selbst hundert Gespräche mit seiner Mutter nichts daran ändern. „Ich fürchte, das wird nichts ändern, Ellen, aber ich danke dir für den Vorschlag.“

„Was wirst du jetzt tun?“

Eine gute Frage. Mit klopfendem Herzen und äußerlich gefasst fuhr sie sich mit der Zunge über die Lippen. „Wir sollten uns über einen Hausverkauf einigen und ich muss mir eine Wohnung suchen.“

Ellen stieß einen tiefen Seufzer aus. „An so etwas möchte ich gar nicht denken. Was ist nur in den Jungen gefahren?“

Am liebsten hätte sie geantwortet, dass sie es selbst gerne wissen wollte, stattdessen trocknete sie sich die Hände an einem Handtuch ab und öffnete die Tür zum Garten. „Ich werde Shane Bescheid geben, dass wir gleich essen.“

„Mach das, Liebling.“

Während sie den Garten durchquerte und in Richtung Garage lief, atmete sie kurz durch und hoffte, dass niemand der Fitzpatricks auf die Idee kam, dieses Thema noch einmal bei Tisch anzusprechen. Außerdem tat es ihr in der Seele weh, dass Heath schon wieder nicht am Abendessen der Familie teilnahm. Es war absolut untypisch für ihn, sich derart rar zu machen. Er war immer der vorbildliche älteste Sohn gewesen, der vorbeigekommen war, um seinem Dad bei Arbeiten am Haus zu helfen, der seiner Mutter die Einkäufe ins Haus getragen und der keinen Gottesdienst verpasst hatte, weil er wusste, wie wichtig das seiner Mom war. Sein jetziges Verhalten passte nicht zu ihm und jeder wusste das.

Sie war noch völlig in Gedanken versunken, als sie die Garagentür öffnen wollte und stattdessen Zigarettenqualm roch. Naserümpfend ließ sie die Türklinke los und schlenderte den kleinen Kiesweg hinter die Garage entlang, wo sie Shane entdeckte, der sich an die Wand lehnte und gedankenverloren eine Zigarette rauchte.

„Hey."

Wie ein ertappter Sünder zuckte er zusammen und entspannte sich augenblicklich, was Hayden darauf zurückführte, dass er erkannt haben musste, dass nicht seine Mom, sondern nur sie ihn beim Rauchen erwischt hatte.

„Hey." Shane nickte ihr zu und nahm noch einen Zug. „Alles okay bei dir?"

„Wie man es nimmt." Sie zuckte mit der Schulter und schabte unbeteiligt mit ihren Sommerschuhen über den feinen Kiesweg hinweg, der unbedingt vom Unkraut befreit werden musste, wie sie erkannte. Das

Knirschen des Kieses überdeckte das Schnarchen des Nachbarn, der hinter der Hecke anscheinend ein Schläfchen in der Hängematte machte. Als Kinder hatten sie in der gleichen Hängematte gespielt und waren ständig herausgeplumpst, was ein Heidenspaß gewesen war.

„Kayleigh hat mir erzählt, was der Idiot dir gesagt hat."

Wer der Idiot sein musste, brauchte Hayden erst gar nicht zu fragen. Gespielt scherzhaft wollte sie wissen: „Bleibt in dieser Familie eigentlich nichts geheim?"

„Soll ich ihn für dich verprügeln?"

„Er ist dein Bruder, Shane", wies sie ihn leise zurecht. „Mir wäre sehr viel wohler, wenn du dich mit ihm aussöhnen würdest."

„Wie kommst du darauf, dass das meine Aufgabe ist?" Er ließ die Zigarette fallen und trat sie mit seinem Schuh aus.

Tadelnd verzog sie den Mund und betrachtete sein störrisches Gesicht. Bis auf die hellbraunen Augen sah er Heath zum Verwechseln ähnlich, auch wenn seine Nase einen Knick zur rechten Seite aufwies, den er sich bei einer Prügelei mit einem Kollegen eingehandelt hatte. Das war ungefähr zwei Jahre her und hatte ihm einen Monat unbezahlten Urlaub eingebrockt, was eine relativ leichte Strafe gewesen war. Shane war von allen Fitzpatricks der größte Hitzkopf, der sich bereits auf der Polizeiakademie ständig Ärger mit seinen Vorgesetzten eingehandelt hatte. Joseph war immer der Meinung gewesen, dass Shane lieber Rechtsanwalt anstatt Polizist geworden wäre, weil er als Anwalt nicht Gefahr liefe, jemanden im Streit mit seiner Dienstpistole zu erschießen. Zwar gab er einen guten Polizisten ab, doch das bedeutete auch, dass er sein hitzköpfiges Temperament unterdrücken musste, was ihm nicht immer leicht fiel.

„Denkst du nicht, dass es für die Familie leichter wäre, wenn Heath und du das Kriegsbeil begrabt?"

„Welches Kriegsbeil?"

Ironisch fragte sie nach: „Warum redet ihr dann seit drei Monaten nicht mehr miteinander?"

„Bevor ich mit ihm rede, soll er mir erst einmal genau erklären, was sich in jener Nacht abgespielt hat, Hayden."

Kurz schloss sie die Augen. „Du hast doch den Bericht gelesen ..."

„Ich möchte das aus seinem Mund hören."

Der Tag hätte nicht schlimmer werden können, stellte sie fest, während sich ein Klumpen in ihrem Magen bildete. „Shane ... weißt du eigentlich, was du da sagst? Du kannst Heath nichts vorwerfen – er hat nichts falsch gemacht, trotzdem leidet er darunter und sollte von dir unterstützt werden."

„Ausgerechnet du verteidigst meinen Bruder?"

„Ja", erwiderte Hayden mit belegter Stimme. „Dein Bruder hat sich von mir getrennt, aber das heißt nicht, dass er mir nicht mehr am Herzen liegt, Shane."

„Oh Gott!" Er verdrehte die Augen. „Wieso musst du immer so eine Märtyrerin sein, Hayden? Du darfst wütend auf ihn sein, weißt du?"

Wortlos drehte sie sich um und wollte verschwinden, als er ihre Hände packte. „Es tut mir leid ... okay?"

Langsam drehte sie sich wieder zu ihm und deutete mit verschlossenem Gesicht auf die ausgetretene Zigarette. „Deine Mom wird den Rauch riechen."

„Ich bin siebenundzwanzig Jahre alt."

„Trotzdem versteckst du dich beim Rauchen hinter der Garage."

Angesichts seiner genervten Miene hätte sie beinahe gelächelt. Beinahe. Stattdessen räusperte sie sich und sagte mit klarer Stimme: „Um auf deine Frage zurückzukommen: Ich bin nicht wütend auf Heath, sondern unglücklich über die gesamte Situation. Wie es scheint, kann ich ihm nicht helfen, aber vielleicht könntest du das."

„Hayden ..."

„Könntest du nicht wenigstens mit ihm reden? Du hast keine Ahnung, wie schlecht es ihm geht."

Nun verschloss sich auch sein Gesicht. „Wenn sich mein Bruder wie ein Arsch aufführt, ist das sein Problem, aber nicht meins."

Niedergeschlagen folgte sie ihm wenig später zurück ins Haus und wäre beinahe in Tränen ausgebrochen, als sie die beiden freien Stühle am Esszimmertisch sah.

2. Kapitel

„Fitzpatrick! Der Chief will dich sehen!“

Heath drehte den Kopf zur Seite und nickte Marty zu, während er einem anderen Kollegen ein Zeichen gab, die Inspektion der Drehleiter zu beaufsichtigen. Als Chef des Löschfahrzugs lag die ordnungsgemäße Wartung in seinem Aufgabenbereich, und er war gerne dabei, wenn die Gerätschaften inspiziert wurden, aber da alles gut aussah und ihr letzter Einsatz lediglich der Rettung eines Kätzchens von einem Baum gegolten hatte, ging er nicht davon aus, dass es Schwierigkeiten mit der Drehleiter beim nächsten Einsatz geben könnte.

Er verließ die Fahrzeughalle, lief durch den Aufenthaltsraum der Feuerwehrwache, in der gerade das Mittagessen gekocht wurde, während andere Kollegen Poker spielten, und bewegte den Kopf von links nach rechts. Gleichzeitig gähnte er und hoffte, die Müdigkeit und Verspannung seines Nackens zu vertreiben. Seine Schicht war noch nicht zu Ende, trotzdem war er schon wie gerädert. Die Einsätze, zu denen sie in den vergangenen vierzehn Stunden gerufen worden waren, hatten es in sich gehabt. Es war immer das Gleiche, wenn eine Schicht ruhig begann und man hoffte, den Tag ohne größere Zwischenfälle überstehen zu können. Anschließend hatte man nicht einmal die Zeit, um einen Happen zu essen, weil ständig der Alarm ging und man zu einem Einsatz gerufen wurde.

Neben einer abgebrannten Turnhalle, bei dem der Hausmeister eine Rauchvergiftung erlitten hatte und von ihm und seinen Männern herausgetragen werden musste, waren sie zu einem Verkehrsunfall gerufen worden, bei dem zehn Autos ineinander gefahren waren und bei dem sie die Insassen aus den teilweise brennenden Trümmern befreien mussten, bevor sie zu einem Bürogebäude gerufen worden waren, von dem ein gerade gefeuerter Angestellter hatte springen wollen. Das kleine Kätzchen, das seiner Besitzerin entwischt und auf einen Baum geklettert war, von dem es nicht mehr hatte runterkommen können, während seine Besitzerin, eine annähernd hundert Jahre alte Oma, schluchzend auf der Veranda gestanden hatte, war der mit Abstand netteste Einsatz gewesen, schließlich hatte die ältere Dame die ganze Mannschaft zum Dank mit Keksen versorgt, die mittlerweile schon verputzt waren.

Der Rettungssanitäter Owen jedenfalls schien in einem Zuckerkoma zu liegen, da er es sich ausgestreckt auf einem der abgetragenen Sofas bequem gemacht hatte und schlief. Heath beneidete ihn darum und hätte sich selbst gerne kurz aufs Ohr gehauen, doch ihn erwartete nach dem Gespräch mit seinem Chief noch ein Haufen Papierkram, den er lieber erledigte und dabei das hausgemachte Chili seines Kollegen Collum verputzte. Außerdem wollte er sich die Hydraulik der Löschpumpe ansehen und die Ausrüstung kontrollieren. Schlafen konnte er, wenn seine Schicht in ein paar Stunden beendet war.

„Hey, Heath! Du musst mal langsam deinen Urlaub eintragen.“ Sam, der Leiter des HazMat-Teams, warf ihm aus seinem Sessel einen ungeduldigen Blick zu. „Der Chief will die Urlaubsverteilung bis Ende der Woche haben.“

„Moira will den Urlaub buchen“, beklagte sich auch Marty, Feuerwehrmann seit zwanzig Jahren. „Sie liegt mir ständig in den Ohren.“

„Ich will im Winter mit den Kindern zu meinen Eltern nach Arkansas fahren.“ Sam legte seine Zeitung beiseite und runzelte die Stirn. „Gnädigerweise rückt meine Ex sie raus. Wenn ich wegen dir meinen Urlaub nicht bekomme, Fitzpatrick ...“

Ungeduldig legte Heath den Kopf zurück. „Tragt mich einfach irgendwo ein.“

„Wenn das so ist, will ich an Halloween freihaben. Mein Neffe spielt in einer Schulaufführung mit“, ließ sich Jesse vernehmen, der Chef eines anderen Löschtrupps war, und erhob sich sofort, um den Urlaubsplaner von der Pinnwand zu nehmen.

„Heath.“ Greg O’Sullivan steckte seinen Kopf aus dem Mannschaftsraum heraus und hielt ihn auf, bevor er das Büro seines Chiefs erreicht hatte. „Ich will mich ja nicht einmischen, aber du solltest dir unbedingt Urlaub nehmen.“

„Dann misch dich auch nicht ein.“ Heath zuckte mit der Schulter und ging an seinem älteren Kollegen vorbei, bevor er an die Tür des Chiefs klopfte und eintrat.

„Sie wollten mich sprechen, Chief?“

„Kommen Sie rein und setzen Sie sich.“ Der Chief of Department winkte ihn grimmig herein und legte einen Stapel Papiere beiseite.

Heath schloss die Tür hinter sich, runzelte die Stirn und setzte sich auf den Stuhl vor dem Schreibtisch, der über und über mit Papieren bedeckt war. Einerseits hatte sich der Raum in den vergangenen drei Monaten kaum geändert, doch andererseits war dies nun das

Büro von Chief Brody und erinnerte ihn kaum noch an seinen Dad. Jedes Mal, wenn er den Raum betrat, hatte Heath ein verdammt bedrückendes Gefühl und starrte an die getäfelte Holzwand, an der Fotos der Familie Fitzpatrick gehangen hatte, seit Heath ein Teenager gewesen und sein Dad zum Chief ernannt worden war.

„Wenn es um den Urlaubsplan geht, Chief ..."

Sein Vorgesetzter winkte ab und schüttelte den Kopf, als er eine Mappe über den Tisch schob. „Es geht nicht um den Urlaub, Heath."

Innerlich atmete er ein, griff einen Augenblick später nach der Mappe und schlug diese auf, auch wenn er bereits gewusst hatte, worum es ging, wenn der Chief eine derart ernste Miene aufsetzte. Es mochte zwar sein, dass er den Mann erst seit drei Monaten kannte, aber als Feuerwehrmann verstand es Heath ziemlich gut, ernste Situationen zu erkennen. Er überflog den Brief, schob das Kinn nach vorne und schenkte seinem Vorgesetzten einen bemüht lakonischen Blick.

„Bin ich suspendiert?"

„Davon ist überhaupt keine Rede." Der ergraute Chief öffnete den obersten Knopf seines blütend weißen Uniformhemdes, an dem unzählige Bandschnallen befestigt waren, die erkennen ließen, wie viele Auszeichnungen und Orden der Chief während seiner Laufbahn bereits verliehen bekommen hatte. Sein Dad hatte nicht weniger besessen, bis ihm vor drei Monaten ein weiterer Verdienstorden verliehen worden war – posthum.

„Wie soll ich denn sonst diesen Brief verstehen, Chief?"

„Hören Sie, Heath." Sein Vorgesetzter seufzte auf. „Sie kennen doch die Bürokraten ..."

„Mache ich meinen Job nicht gut?"

Einen Augenblick wartete der Chief, bevor er ruhig gestand: „Sie machen Ihren Job außerordentlich gut. Vielleicht sogar *zu* gut, wenn ich die Umstände bedenke. Eine Auszeit täte Ihnen gut. Ein wenig Urlaub."

Heath knirschte mit den Zähnen. „Für mich klingt das nach Suspendierung."

„Wenn ich Sie suspendieren wollte, hätte ich Sie nicht als nächsten Anwärter für eine Beförderung zum Captain vorgeschlagen. Die Verwaltung hat mich nur darauf hingewiesen, dass Sie noch immer nicht mit dem Psychologen gesprochen haben, Heath. Sie kennen doch die Vorschriften."

Natürlich kannte er die Vorschriften. Eigentlich hätte man ihm längst auf die Füße treten müssen, doch weil Joseph Fitzpatrick sein Vater gewesen war und der neue Chief Gnade vor Recht walten ließ, hatte er bis jetzt seinen Dienst ausüben dürfen, ohne den Psychologen aufzusuchen, der ihm eine Unbedenklichkeitsbestätigung ausstellen musste.

Ein Psychologe musste sofort erkennen, wie kaputt er war, weshalb er sich mit Händen und Füßen dagegen wehren würde, sich auf eine Couch zu legen und dem Quacksalber sein Herz auszuschütten.

„Die Vorschriften sind für den Arsch", entgegnete er mit typischem Fitzpatrick-Unmut. „Chief, ich brauche keinen Psychologen, der mich nach meiner Kindheit fragt und mir irgendwelche Fotos mit Klecksen zeigt, um meinen Geisteszustand zu untersuchen!"

Sein Vater hätte jedem seiner Männer in den Hintern getreten, wenn dieser derart respektlos mit ihm gesprochen hätte, aber Chief Brody schenkte ihm einen geduldigen Blick und gab ihm somit das Gefühl, sich wie im Kindergarten zu benehmen.

„Vorschriften sind Vorschriften, Heath. Daran kann ich nichts ändern, aber ich will verdammt sein, wenn einer meiner besten Männer aus dem Dienst ausscheiden muss, weil er sich weigert, den Psychologen aufzusuchen."

„Aber ..."

„Sie hätten bereits vor drei Monaten schon zu einer psychologischen Beratung gehen müssen", unterbrach der Chief ihn. „Wegen Joe haben wir alle ein Auge zugedrückt, aber nach allem, was ich in letzter Zeit höre und sehe, kann ich die Schreiben der Verwaltung nicht länger ignorieren, Heath."

Aufgebracht lehnte er sich vor und ballte die Hände zu Fäusten, die er in den Taschen seiner Diensthose vergrub. „Was meinen Sie damit? Halten Sie mich für dienstuntauglich?"

„Ich denke, dass die Tatsache, dass Sie gleich nach dem Tod Ihres Vaters wieder zum Dienst angetreten sind, für sich spricht."

Er holte Luft und presste zwischen den Zähnen hindurch: „Es spricht dafür, dass ich meinen Job liebe und verantwortungsbewusst bin, Chief."

„Das hat auch niemand in Frage gestellt."

„Was wollen Sie mir denn dann sagen?"

Der Chief hob beide Hände in die Höhe und ließ sie zurück auf die Lehne seines Sessels fallen. „Was war das heute für eine Kamikaze-Aktion bei dem Brand der Turnhalle?"

Heath versteifte sich und presste die Lippen zusammen, bevor er mit hohler Stimme erklärte: „Beim

Löschen des Brandes hat das Infrarot den bewusstlosen Hausmeister in einer Umkleidekabine entdeckt, den wir in Sicherheit bringen konnten. Glücklicherweise handelte es sich nur um eine Rauchvergiftung.“

„Das habe ich nicht gemeint, Heath. Das Rettungsteam war bereits auf dem Weg, den Verletzten zu evakuieren. Sie sollten den Brandherd bekämpfen. Die Rettung des Verletzten gehörte nicht zu Ihren Aufgaben. Ihnen sollte doch klar sein, dass Sie damit den ganzen Einsatz gefährdet haben.“

„Hätte ich den Mann sterben lassen sollen?“

Anstatt ihm darauf eine Antwort zu geben, erklärte der ältere Mann gefasst: „Ich kenne Ihre Akte, Heath. Bisher kam es zu keinem Vorfall, bei dem Sie irgendwelche Befehle missachtet hätten, aber seit ich der Chief der Wache bin, sind Sie mir schon ein paar Mal aufgefallen, weil Sie ganz konkrete Vorschriften oder Anweisungen missachtet haben. Da ich Joe gekannt habe, kann ich mir nicht vorstellen, dass er Ihre Akte frisiert hat.“

„Natürlich hat er das nicht!“, platzte es aus Heath heraus.

Betont ruhig fragte ihn sein Vorgesetzter: „Liegt der Grund Ihrer plötzlichen Insubordination dann darin, dass Sie keinen Respekt vor mir haben?“

Heath schnaubte auf. „Nein.“

„Dann sollten wir uns darauf einigen, dass Sie dem Psychologen in nächster Zeit einen Besuch abstatten sollten.“ Der Chief setzte sich aufrecht hin und klang endgültig.

Mochte Chief Brody auch noch so gelassen und freundlich wirken, aber sein stahlharter Wille war nicht zu übersehen. Dennoch versuchte Heath es noch einmal. „Hören Sie, Chief ...“

Der ältere Mann nickte der Tür zu. „Ich gebe Ihnen zwei Wochen, dann möchte ich die Bescheinigung des Psychologen sehen, Leutnant.“

Zwar gab ihm Heath keine Antwort, aber er schätzte, dass der Chief seine Stimmung auch an der scheppernden Tür, die er wütend hinter sich zuschlug, erkennen konnte.

Müde schob Heath den Einkaufswagen durch den Supermarkt, der nur zwei Blocks von seiner Wohnung entfernt lag und vierundzwanzig Stunden am Tag geöffnet hatte. Glücklicherweise war seine restliche Schicht relativ ruhig verlaufen, und er hatte sogar eine Portion Chili essen können, bevor er zu seinem letzten Einsatz gerufen worden war. Der kleine Küchenbrand war relativ schnell gelöscht worden und hatte ihm und seinem Trupp kaum Arbeit abverlangt.

Da in seinem Kühlschrank gähnende Leere herrschte, hatte er wohl oder übel auf dem Heimweg noch einen Zwischenstopp im Supermarkt einlegen müssen. Normalerweise duschte er nach Schichtende auf der Wache und zog sich Zivilkleidung an, aber nach dem Gespräch mit seinem Chief war er zu aufgebracht gewesen und hatte gleich nach Hause fahren wollen. Das Ergebnis war, dass er nach Rauch roch, sich schmutzig fühlte und mit dem nicht zu übersehenden Emblem seiner Feuerwache auf dem Shirt durch die langen Gänge des Supermarktes schlich.

Obwohl er kein großer Fan von Tiefkühlkost war, hatte er keine Lust, die winzige Kochnische in seiner Wohnung fürs Kochen zu benutzen, und verlegte sich daher meistens auf ein Gericht aus der Mikrowelle oder aß einen Happen im Pub, den er mittlerweile öfter aufsuchte als seine eigenen vier Wände. Auch heute wäre er normalerweise im Pub aufgetaucht, um sich dort ein Feierabendbier oder auch zwei zu genehmigen, aber da die Boston Red Sox gegen die New York Yankees spielten, war der Pub sicherlich brechend voll, und Heath hätte vermutlich einen seiner Brüder, wenn nicht sogar alle drei, sowie seine Schwester getroffen.

Und wo seine Schwester war, war Hayden meistens nicht weit entfernt. Als großer Baseballfan verpasste Kayleigh kaum ein Spiel der Red Sox und hätte sicherlich Hayden im Schlepptau, die zwar Basketball lieber schaute, aber selbstverständlich auch Anhängerin des lokalen Baseballteams war.

Auf so eine Begegnung konnte er für heute verzichten. Das Aufeinandertreffen mit ihr vor zwei Tagen hatte ihm gereicht. Ständig liefen sie sich über den Weg, was sich kaum vermeiden ließ, auch wenn er sich alle Mühe gab, ihr nicht zu begegnen. Zwar lebten sie in Boston, doch das Stadtviertel, in dem sie beide zusammen aufgewachsen waren und immer noch wohnten, war so etwas wie ein Mikrokosmos. Dass sie beide den gleichen Freundeskreis und die gleichen Interessen hatten, bedeutete, dass Heath kaum vor die Tür gehen konnte, ohne auf Hayden angesprochen zu werden oder ihr zu begegnen. Daher hielt er es für besser, sich nirgends mehr blicken zu lassen und den Kontakt zu seinen Freunden und seiner Familie auf ein Minimum zu beschränken. Hayden um sich zu haben, hielt er kaum aus. Das schlechte Gewissen, das ihm ständig und überall gemacht wurde, half ihm nicht besonders, sie aus seinen Gedanken zu verbannen. Insbesondere seine Geschwister hielten mit ihren Meinungen nicht hinterm Berg, was seine Beziehung zu Hayden betraf.

Da war es fast ein Glück, dass Shane nicht mehr mit ihm sprach. Sein Bruder, der lediglich ein knappes Jahr jünger war, verstand sich dank seiner Polizeiausbildung und diversen Schlägereien sehr gut im Nahkampf. Zwar hatten sie beide sich niemals miteinander geprügelt, aber Heath war mehrmals Zeuge gewesen, wie Shane anderen die Zähne ausgeschlagen hatte. Auch wenn er selbst kein Schwächling war und es mit seinem Bruder sicherlich hätte aufnehmen können, war er nicht besonders scharf auf eine Prügelei mit ihm.

Noch während er an Shane dachte und aus den Gefrierschränken des Supermarkts gleich mehrere Pakete Tiefkühllasagne nahm, erklang hinter ihm ein Räuspern.

„Wenn Mom wüsste, dass du so einen Schrott in dich hineinstopfst, würde sie einen Anfall bekommen."

Wunderbar! Heath schnitt eine Grimasse. Da blieb er absichtlich dem Pub und den hausgemachten Burgern fern, weil er seinen Brüdern nicht begegnen wollte, und lief einem von ihnen im Supermarkt über den Weg.

„Hey, Ryan." Er ließ die Lasagne-Pakete in seinen Einkaufswagen plumpsen und drehte sich seinem jüngsten Bruder zu, der in seiner Polizeiuniform und mit einer Flasche Gatorade in der Hand vor ihm stand. „Wie geht's, Officer?"

„Besser als dir." Sein Babybruder setzte einen ernsten Ausdruck auf und deutete auf Heaths Einkaufswagen, in dem sich neben den Fertiggerichten vor allem Bier befand.

Auch wenn sich Ryan sehr erwachsen geben wollte und unter seiner dunklen Schirmmütze die ernste Miene eines Polizeibeamten aufgesetzt hatte, der ein Kilo Heroin bei einem Dealer gefunden hatte, nahm sich Heath davon wenig an, immerhin hatte er den Kleinen bereits trösten müssen, als Ryan in der Grundschule einen Frosch seziert und anschließend gekotzt hatte.

„Die Truppe weiß schon, dass sie im Dienst nicht trinken darf, oder?"

Heath verschränkte die Arme vor der Brust und schaute seinen kleinen Bruder scharf an. „Irre ich mich oder bist du erst vor vier Monaten von der Polizeiakademie gekommen, kleiner Bruder?"

„Willst du mir sagen, dass das ganze Bier für dich sein soll?", fragte Ryan stattdessen. „Du kannst dich doch nicht besaufen, wenn du im Dienst bist, Heath."

„Mach mal halblang", erwiderte Heath ruhig. „Was ich tue, geht dich gar nichts an. Außerdem ist meine Schicht beendet und ich habe jetzt achtundvierzig Stunden frei."

„Dann solltest du bei Mom vorbeischauen, anstatt dir die Kante zu geben."

Seufzend schüttelte er den Kopf. „Könntest du mich bitte in Ruhe lassen?"

„Vielleicht weißt du es noch nicht, aber ich wohne wieder zuhause, um Mom zu unterstützen. Das tun wir alle, nur du glänzt durch Abwesenheit."

„Versuchst du mir ein schlechtes Gewissen zu machen?", fragte er finster und verlagerte das Gewicht auf das andere Bein.

„Mal ehrlich, Heath. Mom möchte dich öfter sehen."

Anstatt darauf einzugehen, nickte Heath in Richtung Ausgang. „Wie ist das Leben als Streifenpolizist?"

Ryan verdrehte zwar die Augen, antwortete jedoch gelassen: „Gut so weit. Was macht die Truppe?"

„Alles in Ordnung."

Naserümpfend musterte er ihn ausgiebig. „Hayden hat erzählt, dass du mit anderen Frauen schläfst."

Obwohl er seit achtundzwanzig Jahren wusste, dass die Fitzpatricks mit der Tür ins Haus fielen, war Heath dennoch ein wenig vor den Kopf gestoßen und fassungslos, dass Ryan ausgerechnet dieses Thema zur Sprache brachte – mitten im Supermarktgang, umgeben von Tiefkühllasagne und Toilettenpapier. Seine Finger schlossen sich um die Stange des Einkaufswagens. „Was?"

„Wir haben es beim Sonntagsessen erfahren ..."

Augenblicklich wurde seine Kehle trocken. „Willst du mir etwa sagen, dass Hayden mit euch beim Essen darüber geredet hat?"

„Sei kein Arsch. Hayden hat es Kayleigh anvertraut, als sie völlig aufgelöst nach eurem Gespräch nach Hause kam. Kayleigh wiederum hat es erst Shane und dann Kyle erzählt, der mir davon berichtet hat. Hast du jetzt völlig den Verstand verloren?"

Nachdem er sich gefangen hatte, pöbelte er los: „Das geht dich einen Scheiß an."

„Wenn du deine Hose nicht anbehalten kannst, solltest du wenigstens genügend Verstand besitzen, es Hayden nicht brühwarm zu erzählen. Hast du eigentlich eine Ahnung, was sie gerade durchmacht?“

Wieder spürte er, wie ihm ein kalter Schauer über das Rückgrat fuhr. Bei allem, was ihm heilig war, aber Hayden zu verletzen, war so ungefähr das Letzte, was er wollte. Was dachten seine Brüder denn, warum er den ganzen Aufwand betrieb und sich von ihr und seiner Familie fernhielt? Er tat es nicht, um Hayden weh zu tun, sondern um ihr so viel Kummer wie möglich zu ersparen.

„Du kannst dir deine Ratschläge sonst wohin stecken, Ryan. Lass mich in Ruhe.“ Am liebsten hätte er seinem kleinen Bruder eine verpasst, begnügte sich jedoch damit, ihn wütend anzustarren.

„Und wenn wir schon einmal beim Thema sind ...“

„Das sind wird nicht!“

Ryan erwies sich als ziemlich hartnäckig, da er den Einkaufswagen beiseiteschubste und Heath die Stirn bot. „Ich meinte es ernst. Du solltest dich öfter bei Mom melden. Sie sieht nicht gut aus, schläft wenig und isst kaum.“

„Mom ist in Trauer.“ Stirnrunzelnd lehnte er sich gegen einen der Gefrierschränke.

„Deshalb solltest du dich mehr um sie kümmern, anstatt dich zu betrinken und irgendwelchen Weibern hinterherzusteigen.“

„Pass mal auf ...“ Gerade eben konnte er sich noch zusammennehmen und sich selbst davon abhalten, seinen uniformierten Bruder am Schlafittchen zu packen.

In diesem Moment knarrte das Funkgerät an Ryans Brusttasche und eine genervte Stimme erklang. *„Fitzpatrick, muss ich eine Vermisstenanzeige schalten?“*

Augenblicklich verschloss sich das Gesicht seines Bruders, und er senkte den Kopf, während er einen Knopf am Funkgerät betätigte. „Ich komme sofort.“

„Vergiss meine Schokoriegel nicht“, ertönte die gequälte Stimme des Partners seines Bruders.

Sein Bruder antwortete zwar nichts, aber ihm war anzusehen, dass er genervt war.

Sobald er das Funkgerät wieder abgeschaltet hatte, fügte er versöhnlicher hinzu: „Heath ... ich bin nicht blöd und weiß, was mit dir los ist.“

„So? Weißt du das?“

Ryan nickte mit angespanntem Gesicht und nahm die Flasche Gatorade in die andere Hand. „Wir sind alle fertig wegen Dad und wir machen uns Sorgen um dich. Könntest du nicht wenigstens für Mom vorbeikommen? Sie macht sich wahnsinnige Sorgen um dich.“

„Gut.“ Er schluckte kurz und antwortete mit heiserer Stimme: „Ich fahre morgen bei ihr vorbei. In Ordnung?“

„Und wegen Hayden ...“

„Hayden geht dich nichts an“, widersprach Heath ihm rau. „Ihr müsst damit klarkommen, dass wir kein Paar mehr sind, schließlich ist das nicht eure Sache.“

Sein Bruder sah aus, als würde er ihm widersprechen wollen, als sein Funkgerät ein weiteres Mal Geräusche von sich gab. *„Einsatzwagen 302. Es wurde ein Einbruch gemeldet ...“*

Im gleichen Moment ertönte draußen eine Hupe.

Ryan warf seine Flasche in Heaths Einkaufswagen. „Ich muss los. Tu mir und deiner Leber einen Gefallen und halte dich lieber an das Zeug.“

Heath seufzte schwer. „Pass auf dich auf, Officer.“

„Ebenso, Leutnant.“

3. Kapitel

Hayden wunderte sich immer wieder über Viertklässler und fragte sich, wieso sie nicht in der Lage waren, so ordentlich zu schreiben, dass man ihr Gekrakel entziffern konnte. Sie konnte sich nicht erinnern, mit ihren Schülern Hieroglyphen im Unterricht durchgenommen zu haben, aber ein Blick auf das Blatt von Justin Miller ließ in ihr die Frage aufkommen, ob der Junge in irgendeiner ominösen Aliensprache den Aufsatz über sein Lieblingsbuch geschrieben hatte. Zuzutrauen wäre es ihm, schließlich benahm er sich während des Unterrichts und auch in den Pausen so, als wäre er von Außerirdischen entführt und für irgendwelche Experimente missbraucht worden.

Peinlich berührt über ihre eigenen Gedanken nagte sie auf ihrer Unterlippe herum. Der Junge konnte schließlich nichts dafür, dass er sich wie die schlimmste Rotzgöre der Welt benahm, wenn man bedachte, welche Eltern der Kleine hatte. Seinen Vater hatte sie erst zweimal getroffen, doch das war eindeutig zweimal zu viel gewesen. Der Mann war ganz sicher Alkoholiker, und nach dem Wutanfall zu schließen, den er bekommen hatte, als sie ihn freundlich darauf hingewiesen hatte, dass Justin kaum das Alphabet beherrschte und Nachhilfe bräuchte, konnte sie sich vorstellen, dass der Mann auch gewalttätig war. Erst vorgestern hatte sie wegen dieses Zwischenfalles in ihrem Klassenzimmer, bei dem ein Stuhl zu Bruch gegangen war, als der nach Alkohol riechende Mann wütend hinausgepoltert war, beim zuständigen Jugendamt angerufen und hoffte nun, dass der Mann unter die Lupe genommen wurde. Als Lehrerin sollte man eigentlich keine Lieblinge haben und alle Schüler gleich behandeln, aber bei Justin Miller war es nun einmal so, dass sie den Jungen nicht unbedingt zu ihren liebsten Schülern zählte, um es freundlich auszudrücken.

Die Tage, an denen er fehlte, waren tatsächlich die ruhigsten und am wenigsten anstrengenden Schultage, die sie hatte. Sobald er in der Klasse auftauchte, machte er Mist, ließ sich nichts sagen, war frech und brachte den kompletten Unterricht durcheinander. Dass seine Eltern nie zu erreichen waren und er sowieso keine Hausaufgaben geschweige denn Strafarbeiten machte, zeigte ihr, dass seine Handlungen keine Konsequenzen hatten. Hayden liebte ihre Arbeit als Lehrerin und hatte ihre Schüler wirklich ins Herz geschlossen, aber bei Schülern wie Justin wünschte sie sich manchmal einen Bürojob, bei dem sie nicht Gefahr lief, mit Tinte beschmiert oder von grantigen Eltern angebrüllt zu werden.

Missmutig rümpfte sie die Nase und starrte auf den Aufsatz ihres Schülers.

Ich hase Bücha unt leße nich. Bücha sint dof. Ich whil nich leßen. Ich whil fehrnsen schaun unt mack am liehbztn Horhorfilme mit fil Bluht ...

Um diesen Aufsatz zu korrigieren, bräuchte sie sicherlich eine ganze Flasche Rotwein, überlegte Hayden frustriert, als sie an ihrem Eistee nippte und in den Garten hinausschaute, während in weiter Entfernung ein Rasenmäher sowie das Bellen eines Hundes zu hören waren. Der Tag hätte nicht schöner sein können, da die Sonne schien, nur wenige Wölkchen am Himmel zu sehen waren und in ihrem Garten paradiesische Ruhe herrschte. Einzig und allein der Stapel Aufsätze auf ihrem Gartentisch raubte ihr den letzten Nerv.

Wenn es noch andere Texte wie diesen in ihrer Klasse geben würde, bräuchte sie sicherlich ewig, um sie zu korrigieren. Es war erst Mittwoch, und wie es schien, würde sie ihr Wochenende mit Korrekturen verbringen, auch wenn Kayleigh sie bereits für Samstagabend auf ein Bier eingeladen hatte.

Als es an der Tür klopfte, stellte sie das Glas beiseite und schlich auf nackten Sohlen durch das Erdgeschoss, um Shane die Tür zu öffnen, der mit einem anderen Mann auf ihrer Veranda stand.

Automatisch zog sie den Reißverschluss ihrer hellblauen Sweatshirtjacke hoch und öffnete die Fliegengittertür. „Hi, Shane. Was gibt's?"

Er zuckte mit der Schulter, beugte sich vor und küsste sie auf die Wange, bevor er durch die Tür trat. „Wir waren gerade in der Gegend, deshalb wollte ich vorbeikommen und nach dem defekten Wasserhahn schauen, den du am Sonntag erwähnt hast."

Vermutlich hatte er bei ihr vorbeischauen wollen, weil er auf etwas Essbares hoffte, schließlich kam es öfter vor, dass Shane während seines Dienstes bei ihr auf der Matte stand und jedes Mal ihren Kühlschrank plünderte.

Seufzend verdrehte sie die Augen und nahm den anderen Mann in Augenschein, der ihr lächelnd die Hand hinhielt.

„Das ist mein neuer Partner", fügte Shane hinzu und streckte sich.

Der Blondhaarige ergriff ihre Hand. „Alec Anderson.“

Blinzelnd erwiderte Hayden den Händedruck und fragte, ohne darüber nachzudenken: „Alec Anderson?“

„Meine Eltern haben einen merkwürdigen Sinn für Humor.“ Wie selbstverständlich trat auch er ein, nachdem er ihre Hand losgelassen hatte, und schloss die Fliegengittertür.

Hayden wandte ihre Aufmerksamkeit wieder Shane zu, der erwartungsvoll in Richtung Küche deutete, und hob mit einem Stöhnen beide Hände in die Höhe. „Im Kühlschrank müsste ich noch Auflauf und Apfelkuchen haben. Bedient euch ruhig.“

„Super.“ Ein großspuriges Lächeln breitete sich auf seinem Gesicht aus, während er seinem Partner zunickte. „Ich habe dir doch gesagt, dass wir hier etwas zu essen bekommen, Alec.“

Mittelmäßig begeistert folgte sie den beiden hochgewachsenen Männern in ihre Küche und fragte mit leicht sarkastischer Stimme: „Verdienen die Detectives der Bostoner Polizei so schlecht, dass ihr meinen Kühlschrank plündern müsst?“

Shane grinste und schlüpfte aus seiner Jacke, so dass das Schulterholster mit seiner Dienstwaffe sowie seine Polizeimarke, die er an seinem Gürtel trug, sichtbar wurden. Noch immer hatte sich Hayden nicht an den Anblick einer Waffe in ihrer Umgebung gewöhnt, auch wenn nun Ryan nach Shane in den Polizeidienst getreten war. Als Feuerwehrmann hatte Heath zwar ständig Rauchgeruch und verrußte Kleidung mit nach Hause gebracht, aber ihr war wenigstens erspart geblieben, dass daheim eine Waffe herumgelegen hatte.

„Alec und ich hatten keine Lust, uns mit schnöden Hotdogs vollzustopfen."

„Abgesehen davon kann man als Bulle nirgendwo in Ruhe essen", erklärte Shanes neuer Partner augenzwinkernd. „Jeder Imbissbudenbesitzer quatscht uns an, damit wir uns um Probleme mit Langfingern oder Graffitischmierereien kümmern sollen."

„Stimmt." Shane stopfte sich ein Stück Kuchen in den Mund. „Dabei haben wir mit Diebstahlkriminalität nichts zu tun, sondern arbeiten für die Mordkommission."

Hayden lehnte sich gegen den Türrahmen und verschränkte die Arme vor der Brust. „Das interessiert den Hotdogstandbesitzer sicherlich nicht. Außerdem bekommt ihr die Hotdogs doch auch umsonst, oder nicht?"

Shane verdrehte die Augen. „Das wäre Bestechung, Hayden."

Schnaubend schnappte sie sich eine Flasche Wasser und setzte sich auf einen Stuhl, während die beiden Männer sich über ihren Auflauf hermachten und die Mikrowelle bedienten. „Ich glaube kaum, dass sich die interne Abteilung für ein heißes Würstchen interessiert, das du irgendwo abgestaubt hast, Shane."

„Bestechung bleibt Bestechung."

Sein Partner lehnte sich gegen ihren Küchenschrank und musterte sie über den Rand seines Wasserglases neugierig. „Arbeiten Sie auch bei der Polizei?"

„Hayden ist Lehrerin", erwiderte Shane leichthin und nahm sich einen weiteren Teller aus dem Regal.

Sie schnitt eine Grimasse. „Tu mal nicht so überheblich, mein Lieber, schließlich habe ich keine

Dienstpistole, um damit für Ruhe und Ordnung zu sorgen."

„Und verhaften dürfen Sie auch niemanden."

„Richtig." Sie lächelte den blonden Mann kurz an, bevor sie Shane auffordernd ansah. „Du musst nicht glauben, dass ich den defekten Wasserhahn vergessen habe."

„Ja." Mit vollem Mund nickte er. „Gleich."

Shanes neuer Partner räusperte sich und erlangte damit wieder ihre Aufmerksamkeit. „Gehören Sie etwa zu den berühmten Fitzpatricks?"

„Die berühmten Fitzpatricks?" Fragend hoben sich ihre Augenbrauen. „Wie meinen Sie das?"

Schulterzuckend stellte er das Glas neben sich auf die Arbeitsfläche ihrer Küche. „Zwar bin ich erst seit kurzem in Boston, aber der Name Fitzpatrick ist in aller Munde. Zwei Chiefs der Feuerwehr, Detectives und Police Officers ..."

„Meine Familie leidet unter einem Helfersyndrom", führte Shane achtlos aus, was Hayden den Kopf schütteln ließ. Die Fitzpatricks mochten zwar wirklich ein Helfersyndrom haben, aber ihre Jobs hatten sie sich aufgrund von Abenteuerlust und Heldentum ausgesucht. Für Heath war nie etwas anderes in Frage gekommen, als wie sein Großvater und sein Vater Feuerwehrmann zu werden, während Shane seinem anderen Großvater nachgeeifert hatte, der sein Leben lang als Streifenpolizist gearbeitet hatte. Dass er und auch Ryan in den Polizeidienst getreten anstatt zur Feuerwehr gegangen waren, hatte niemanden in der Familie verwundert. Einzig Kyle schlug eher nach seiner Schwester, da er sich für die Medizin interessierte und eine Ausbildung zum Rettungssanitäter machte.

„Also? Sind Sie auch eine Fitzpatrick?“

Hayden warf einen unsicheren Blick zu Shane, dessen Gesichtsausdruck mal wieder nichts verriet, bevor sie mit der Schulter zuckte. „Nein, das bin ich nicht.“

„Woher kennen Sie die Bande?“

Sie faltete die Hände im Schoß und erklärte leichthin: „Mein Dad war Joe Fitzpatricks Kollege. Mit Shane und seinen Geschwistern bin ich aufgewachsen.“

„Und? Haben Sie bleibende Schäden davongetragen?“, fragte Alec scherzhaft, während seine hellbraunen Augen ihr freundlich entgegenblinzelten.

Augenblicklich merkte Hayden, dass er anscheinend mit ihr flirtete, und musste sich zusammenreißen, nicht schon wieder in Shanes Richtung zu schauen. Sie hatte keine Ahnung, wie man flirtete, schließlich hatte sie das nie tun müssen, außerdem wusste sie nicht, ob sie das überhaupt tun wollte. Ihre Gedanken waren immer noch mit Heath beschäftigt, und ein Teil ihres Wesens wollte nicht wahrhaben, dass er Schluss gemacht hatte. Ein Flirt mit Shanes neuem Partner war undenkbar, solange sie immer noch in einen anderen Mann verliebt war.

„Ach.“ Nervös schüttelte sie den Kopf. „Sie sind alle sehr umgänglich. Shane könnte sich zwar bessere Tischmanieren zulegen, aber ansonsten kommt man sehr gut mit ihnen klar.“

Shane enthielt sich jeglichen Kommentars, räusperte sich kurz und fragte stattdessen: „Kayleigh hat mir erzählt, dass du Probleme mit dem Vater eines deiner Schüler hattest. Muss ich ihm einen Besuch abstatten?“

Wunderbar, dachte Hayden frustriert. Natürlich war es verdammt lieb von Shane, dass er sich Sorgen um sie machte, aber manchmal schlug er mit seiner autoritären Art über die Stränge. „Kayleigh übertreibt und sollte sich ein Hobby zulegen.“

„Du weißt, dass du zu mir kommen musst, wenn dir jemand Probleme macht, oder?“

„Jawohl, Dad“, erwiderte sie mit einem Augenverdrehen.

Nun mischte sich auch Alec ein, der äußerst charmant klang. „Ansonsten können Sie sich gerne auch an mich wenden, wenn Sie Probleme mit einem unangenehmen Zeitgenossen haben, Hayden.“

„Das ist ...“

„Hayden ist mit meinem Bruder verlobt“, erklang plötzlich Shanes warnende Stimme, bei der sich ihr Nackenfell sträubte.

Stirnrunzelnd drehte sie ihm das Gesicht zu. „Shane ...“

„Oh.“ Sofort schien Alec ernster zu werden. „Das wusste ich nicht.“

Sie hatte keine Ahnung, warum sich Shane plötzlich wie ein Rüde benahm, der jeden Baum anpinkelte, an dem er vorbeilief. Seit drei Monaten redete er nicht mehr mit seinem Bruder, schlug ihr vor, Heath für sie zu verprügeln, und nannte ihn Arschloch, aber wenn ein anderer Mann Interesse an ihr zeigte, plusterte er sich auf und glaubte, seinen neuen Partner auf das angebliche Besitzrecht seines Bruder hinzuweisen. Männliches Balzgehabe hatte Hayden noch nie ausstehen können, vor allem dann nicht, wenn es um sie ging.

„Wir sind nicht mehr verlobt“, stellte sie fast schon grob fest.

Shanes Miene wurde derart finster, dass sie beinahe zusammengezuckt wäre. „Für mich seid ihr das noch.“

Hayden hätte ihm am liebsten eine verpasst, verlegte sich jedoch darauf, lediglich die Stirn zu runzeln. „Shane, das geht dich gar nichts an.“

„Okay.“ Alec schnappte sich ein Stück Kuchen und nickte ihr zu. „Ich warte lieber draußen. Vielleicht sieht man sich mal wieder, Hayden.“

Sobald er verschwunden war, platzte es aus ihr heraus: „Was ist nur in dich gefahren? Heath und ich sind getrennt ...“

„Willst du etwa mit anderen Männern ausgehen?“

Innerlich zählte sie bis fünf und antwortete erst dann. „Shane, du bist nicht mein Schwager. Heath hat sich von mir getrennt, also hast du keinen Grund, dich so aufzuführen!“

Mit seinem dunklen Schopf deutete er auf ihre Hand. „Du trägst noch seinen Ring.“

Aufgebracht ballte sie beide Hände zu Fäusten. „Niemand gibt dir das Recht, mich wie den Besitz deines Bruders zu behandeln. Hast du etwa vergessen, dass du derjenige bist, der seit Monaten kaum ein Wort mit ihm gesprochen hat?“

„Das ändert nichts daran, dass ihr beide ein Paar seid.“

Sie schüttelte den Kopf. „Das war einmal ...“

„Heath würde ausrasten, wenn er dich mit einem anderen Mann sieht“, prophezeite er düster.

„Schön! Soll er doch“, ächzte sie, während ihre Kehle trocken wurde. „Mir erzählt er, dass er mit anderen Frauen schläft, also kann es mir egal sein, was er darüber denkt, wenn ich mit anderen Männern ausgehe ...“

„Das kannst du nicht tun“, entgegnete Shane streng.

„Ihr Fitzpatricks geht mir tierisch auf die Nerven!“ Wütend zog sie den Ring von ihrem Finger und atmete schwer. „Hier! Da du dich so gut mit deinem Bruder verstehst, kannst du ihm den Ring zurückgeben!“

Seit einigen Tagen schob Hayden dieses Gespräch vor sich her, doch das war auch keine Lösung, wie sie festgestellt hatte. Anstatt den Kopf in den Sand zu stecken, musste sie der Tatsache ins Auge sehen, dass sie mit Heath zu einem Übereinkommen gelangen musste. Daher wollte sie heute mit ihm über das Haus und das Auto sprechen. Von Ellen hatte sie erfahren, dass Heath heute Schicht auf der Wache hatte, weshalb sie nach Beendigung des Unterrichts in den Wagen gestiegen war, um zu seinem Arbeitsplatz zu fahren.

Umgeben von seinem Trupp und den Männern, die sie seit Jahren kannte, würde er keine Szene machen und hatte auch keine Ausrede, sich vor einem Gespräch mit ihr zu drücken. Vor fünf Tagen hatte er sie so weit gebracht, dass sie weinend aus seiner Wohnung verschwunden war, aber das würde heute nicht passieren, hatte sie sich geschworen. Heath mochte zwar nichts mehr mit ihr zu tun haben wollen, aber das hielt sie nicht davon ab, all das zu klären, was er sträflich vernachlässigte.

Mit einem widerlichen Gefühl im Magen parkte sie neben der Feuerwache und konnte sehen, dass die Einsatzfahrzeuge bereit standen. Einerseits war sie froh darüber, dass Heath zu keinem Einsatz gerufen worden war, damit sie miteinander reden konnten, aber andererseits hätte sie dieses Gespräch lieber weit von sich geschoben.

Nervös schloss sie das Auto ab und lief über die Einfahrt der Wache in die offene Garage, während sie die Hände in den Taschen ihrer Jeans vergrub.

Der Erste, der ihr begegnete, war Heaths Kollege Sam, der gerade dabei war, sein Löschfahrzeug zu putzen, und ihr einen herzlichen Blick schenkte. „Hey! Da schau einer mal an, wen es in unsere Hütte verschlagen hat."

„Hi, Sam." Sie ließ sich von ihm umarmen, nachdem er den Lappen in einen Eimer geworfen hatte, und lächelte leicht gequält. „Gut siehst du aus."

„Danke, Süße." Mit volltönender Stimme brüllte er los, bevor sie ihn davon hätte abhalten können. „Antreten zur Inspektion, Jungs! Wir haben Besuch!"

Hayden zuckte zusammen und schüttelte seufzend den Kopf. „Ich wünschte, du hättest die Klappe gehalten."

„Du bist viel zu selten hier", urteilte Sam und legte ihr einen schweren Arm um die Schulter, während er sie in Richtung Mannschaftsraum führte, aus dem bereits die ersten Kollegen traten und sie fröhlich begrüßten.

„Na ja ... du weißt doch."

Der Feuerwehrmann mit der Glatze seufzte und flüsterte ihr ins Ohr: „Dein Leutnant macht einen großen Fehler, aber das wird er auch noch bemerken."

Was hätte sie darauf antworten sollen? Hayden schwieg stattdessen und wurde von der ganzen Mannschaft überschwänglich begrüßt, die sie alle an sich drückte und wie eine verloren gegangene Schwester behandelte, was irgendwie sogar stimmte. Sie kannte die Wache wie ihre Westentasche, war sie schließlich hier seit ihrem fünften Lebensjahr ein und aus gegangen, als ihr Dad hierher versetzt worden war. Als Heath vor einigen Jahren ebenfalls in diesem Department eingesetzt worden war, hatte sie ständig vorbeigeschaut, den Jungs Kuchen mitgebracht oder sogar im Aufenthaltsraum gelernt, weil die Nachbarn ihrer früheren Mietwohnung grauenvoll laut gewesen waren.

Nicht mehr ständig vorbeizuschauen, weil Heath und sie getrennt waren, fühlte sich an, als hätte sie ein Stück ihrer Heimat verloren.

„Hey, Schatz." Greg O'Sullivan, der sogar schon mit ihrem Dad zu Einsätzen gefahren war, drückte sie eng an sich und tätschelte ihr den Rücken. „Alles gut bei dir?"

„Aber sicher", erklärte Hayden leichthin und konnte hinter Gregs fülligem Gesicht sehen, dass Heath ebenfalls aus dem Mannschaftsraum getreten war, sie verblüfft ansah und gleich darauf eine finstere Miene aufsetzte, während er sich mit vor der breiten Brust verschränkten Armen gegen die Wand lehnte.

Schnell wandte sie sich wieder Greg zu, der sie immer noch umfasst hielt und von irgendeiner alten Geschichte schwärmte, bevor er abrupt das Thema wechselte. „Du kommst doch auch zum Familienpicknick am nächsten Wochenende, oder? Bringst du wieder deinen fabelhaften Pudding mit?“

Innerlich zuckte sie zusammen, weil sie das jährliche Familienpicknick völlig verdrängt hatte. Seit sie denken konnte, hatte es kein Jahr gegeben, in dem sie nicht hingegangen wäre, aber angesichts der aktuellen Situation hielt sie es für besser, dort nicht aufzutauchen.

Obwohl ihre Augen wieder zu Heath schweifen wollten, fixierte sie Greg und zuckte entschuldigend mit der Schulter. „Ich glaube nicht ...“

„Natürlich kommst du! Wir veranstalten es im Gedenken an Joe. Allein deshalb musst du dabei sein.“

Hayden schluckte und war sich der vielen Augen bewusst, weshalb sie beinahe schroff nickte und hoffte, einer weiteren Diskussion zu entgehen. „Okay, okay ... ich werde kommen.“

„Gut so.“ Greg drehte den Kopf zur Seite und nickte seinen Kameraden zu, was diese zum Anlass nahmen, sich wieder in den Mannschaftsraum zu begeben, während sie ihr aufmunternd den Arm tätschelten und Verabschiedungsworte murmelten.

„Wir sehen uns, Hayden!“

„Mach’s gut!“

„Pass auf dich auf.“

Auch Greg ließ sie nun los, gab ihr einen Kuss und erklärte an Heath gewandt: „Benimm dich dem Mädchen gegenüber.“

Gerne hätte sie die Augen verdreht, sah jedoch Greg hinterher, der seinen stetig wachsenden Bierbauch durch die Tür schob und sie beide allein ließ. Die beginnende Stille wurde lediglich durch die Geräusche gestört, die aus dem Mannschaftsraum kamen und darauf deuteten, dass der Fernseher laufen musste.

Hayden gab sich einen Ruck und schaute Heath ins Gesicht, der sie stoisch beobachtete, aber ebenfalls kein Wort sagte. Im Gegensatz zu ihrem Treffen vor einigen Tagen wirkte er weder übernächtigt noch betrunken, was sie erst einmal erleichtert aufatmen ließ. Sein Anblick hatte sie beunruhigt, doch jetzt, in seiner Feuerwehrkluft, die aus einer schwarzen Arbeitshose und einem dunkelgrauen T-Shirt bestand, auf dem das Abzeichen der Feuerwache abgedruckt war, sah er eigentlich aus wie immer. Zwar lag ein leichter Bartschatten auf seinem Gesicht, aber das war normal, wenn er seine Schicht beinahe hinter sich hatte. Da er ein wenig abgenommen hatte, wirkte sein Gesicht kantiger als sonst, doch seiner Attraktivität tat dies keinen Abbruch, wie sie mit einem Kloß im Hals gestehen musste.

Heath war ein süßes Kind und ein hübscher Teenager gewesen, der sich mittlerweile zu einem erwachsenen Mann gemausert hatte, der ihr auch heute noch die Knie weich werden ließ. Unter seinem dunkelgrauen T-Shirt zeichneten sich nicht übersehbare Muskeln ab, er war unglaublich groß, sein dichtes dunkelbraunes Haar fühlte sich unter den Fingern extrem weich an, und sein Blick konnte derart durchdringend sein, dass man das Gefühl hatte, in tausend Teile zu zerspringen, wenn er einen nicht sofort berührte.

Unbehaglich ballten sich ihre Hände in den Taschen ihrer Jeans zu Fäusten. „Hey, Heath. Hast du eine Minute?“

Er nickte und stieß sich von der Wand ab. „Worum geht's?"

„Wir sollten uns über das Haus und das Auto unterhalten."

„Wieso?"

„Hör zu", seufzte sie auf. „Ich habe es kapiert. Du willst diese Trennung, aber es gibt dennoch ein paar Dinge, über die wir sprechen müssen."

Während sie ihm in die Augen schaute, hoffte sie mit jeder Faser ihres Herzens, dass er ihr widersprach, doch er blieb stumm und wirkte völlig emotionslos. Hayden holte Luft und kämpfte gegen ihre zittrige Stimme an. „Dann sollten wir darüber sprechen, was wir mit dem Haus und dem Auto machen wollen. Außerdem läuft dieser Sparvertrag auf unsere beiden Namen und der Kleinkredit, den wir vor anderthalb Jahren aufgenommen haben, muss auch noch abbezahlt werden."

„Ich habe dir doch gesagt, dass du im Haus wohnen bleiben sollst. Das Auto kannst du auch behalten ..."

„Das geht nicht, Heath", unterbrach sie ihn. „Du kannst mir nicht einfach das Haus und das Auto überlassen. Das wäre nicht richtig."

„Hayden", erklärte er leise. „Da ich Schluss gemacht habe, solltest du dort weiter wohnen bleiben."

Entschlossen schüttelte sie den Kopf und verharrte mitten in der Bewegung, als sie einen Schritt auf ihn hatte zu machen wollen.

Er erklärte kategorisch: „Ich werde nicht wieder in das Haus ziehen."

„Gut", antwortete sie fest. „Aber ich werde unter diesen Umständen dort nicht wohnen bleiben. Wie es scheint, werden wir das Haus verkaufen müssen."

Das schien ihn zu überraschen, da er beide Arme fallen ließ und sie fassungslos ansah. „Hayden, ich habe das Haus für dich renoviert und ..."

„Falsch", krächzte sie. „Du hast es für *uns* renoviert. Wenn du dort nicht einziehen willst, bleibt uns nichts anderes übrig, als es zu verkaufen, weil ich dort ganz sicher nicht bleiben werde."

Sie konnte ihm ansehen, dass er damit nicht einverstanden war, schließlich schob er das Kinn vor – ein untrügliches Zeichen, dass ein Fitzpatrick wütend wurde, doch damit konnte sie umgehen.

„Ich habe nicht zwei Jahre lang an jedem Wochenende und jedem freien Tag geschuftet, damit du jetzt in irgendeine Wohnung ziehst, Hayden."

Mit einem trockenen Lachen fixierte sie ihn. „Da sagst du es doch, Heath. *Du* hast dort die meiste Arbeit hineingesteckt, also solltest auch *du* dort wohnen anstatt in dieser Absteige."

„Aber ich lege darauf keinen Wert."

„Und was ist mit dem Auto?"

„Was soll damit sein?" Heath zuckte gelassen mit der Schulter. „Ich brauche es nicht."

„Ich brauche es auch nicht", entgegnete sie scharf und konnte nicht umhin, auf das Offensichtliche zu sprechen zu kommen. „Wir haben es gekauft, weil wir Kinder bekommen wollten. Was soll ich deiner Meinung nach mit einem Familienauto anfangen, wenn ich keine Familie habe?"

Als er die Mundwinkel nach unten zog und sich ins Gesicht fasste, als nerve ihn diese Diskussion tierisch, presste sie die Lippen zusammen.

„Hör zu, Hayden. Mir geht's mit meiner Wohnung und meiner Karre gut, also können wir getrost alles beim Alten lassen."

Sie fuhr sich kurz mit der Zunge über die Lippen und richtete sich währenddessen steif auf. „Wenn du diese Trennung durchziehen willst, müssen wir das regeln. Ich möchte nicht in unserem Haus wohnen bleiben und du möchtest dort nicht einziehen. Also verkaufen wir es. Falls du das nicht übernehmen willst, besorge ich uns einen Makler. Das Auto können wir sicherlich zu einem guten Preis ebenfalls verkaufen. Dann bleibt nur noch die Frage nach dem Sparvertrag und dem Kredit."

„Den Kredit bezahle ich weiter ab."

Ärgerlich runzelte sie die Stirn. Ihre Arbeitskollegin hatte vor zwei Jahren eine Scheidung durchgemacht und dabei um jedes Möbelstück und jeden Cent streiten müssen. Bei ihrer Trennung war es genau umgekehrt. Heath wollte nichts behalten, sondern hatte sich anscheinend in den Kopf gesetzt, alle Kosten zu übernehmen.

„Das kommt gar nicht infrage. Wir hatten den Kredit für Renovierungsarbeiten und meine Studiengebühren aufgenommen. Den werde ich bezahlen."

Als er sich ebenfalls zu voller Größe aufrichtete, fuhren ihre Augen automatisch über seine hochgewachsene Gestalt und blieben an seinen grünen Augen hängen, die sich in ihre zu bohren schienen.

„Da die Raten von meinem Konto abgehen, wirst du da nicht viel zu sagen haben, Hayden."

„Was bezweckst du damit?“ Ratlos schlüpften ihre Hände aus den Taschen ihrer Jeans. „Willst du mich völlig verwirren?“

„Ich will nur, dass du gut versorgt bist.“

Beinahe hätte sie freudlos gelacht. „Es ist ein wenig spät, dass du dir Sorgen um mich machst. Und versorgen kann ich mich allein. Vielen Dank.“

Seufzend legte er den Kopf schief. „Es geht mir doch nur darum, dass du keinen Verlust haben sollst, weil ich Schluss gemacht habe.“

Fassungslos starrte sie ihm ins Gesicht und konnte kaum glauben, was sie da hörte. Mit bebender Stimme führte sie aus: „Joe ist tot, mein Verlobter macht von heute auf morgen mit mir Schluss und die Familie geht den Bach runter, aber du stehst hier und erklärst, dass du nicht willst, dass ich irgendwelche Verluste habe? Weißt du eigentlich, was du da sagst?“

„Dann verkaufe das Haus, um Himmels willen!“ Heath warf die Hände in die Luft. „Wenn du so scharf darauf bist, dein Zuhause loszuwerden ...“

„Nein, das bin ich nicht“, konterte sie mit kaum gezügelter Wut. „Aber was soll ich denn tun, wenn du dich dermaßen rücksichtslos benimmst?“

„Rücksichtslos? Habe ich dir nicht gesagt, dass du alles behalten kannst?“

Hayden hätte ihn am liebsten getreten. „Du willst die Trennung, also musst du auch damit klarkommen, dass wir alles untereinander aufteilen. Glaubst du, ich will in unserem Haus wohnen, nachdem alles zwischen uns vorbei ist?“

„Aber ...“

Sie fixierte ihn missmutig. „Darüber werde ich nicht mit dir streiten.“

Heath schwieg, betrachtete sie schweigend und meinte nach einer Weile mit lakonischer Stimme, die keinerlei Gefühlsregung erkennen ließ: „Mach, was du willst, Hayden. Für mich hat es keine Bedeutung mehr."

Als er sich umdrehte und in Richtung Umkleide lief, rief sie ihm wütend hinterher: „Und hol endlich deine Sachen ab, sonst werfe ich sie auf den Müll!"

4. Kapitel

Heath fasste in die Schale mit Nüssen, ließ seine Augen über den Bildschirm des Fernsehers über seinem Kopf gleiten und griff nach seinem Bier, um einen großen Schluck zu nehmen. Gleichzeitig drangen die Geräusche des Pubs in seine Ohren und übertönten das Gebrüll einer Horde Studenten, die im Nebenzimmer Billard spielten und eine Menge Spaß zu haben schienen.

Er hatte eine Vierundzwanzig-Stunden-Schicht hinter sich, war gerädert und hätte sich am liebsten hier auf den von Bier klebrigen Boden gelegt, um sich eine Mütze Schlaf zu holen, aber allein in seiner Kaschemme hätte er nur an seine heutige Begegnung mit Hayden denken müssen. Daher war er in den Pub gefahren und trank nun bereits sein drittes Bier. Heath wusste selbst, welch traurige Gestalt er abgab, indem er sich regelmäßig im Pub betrank und ansonsten die Gesellschaft von Freunden oder der Familie mied. Wie ein Einsiedler blieb er meistens in seiner Wohnung, fuhr zur Arbeit und war anschließend hier zu finden. Dann saß er schweigend an der Bar, blockte Gesprächsversuche von Bekannten ab und verließ den Pub, nachdem er sich einen gebechert hatte. Wenn er in wirklich deprimierter Stimmung war, machte er nicht einmal hier Halt, sondern fuhr gleich in seine Wohnung, um sich dort die Kante zu geben.

Die einzige Ausnahme war ein Besuch bei seiner Mom gewesen, den er vor zwei Tagen unternommen hatte, nachdem Ryan ihm ein schlechtes Gewissen eingetrichtert hatte. Das Gespräch war alles andere als erfreulich gewesen, da er sich versteckte Vorwürfe über seine Trennung von Hayden hatte anhören müssen.

Wieso musste ihm jeder sagen, dass er einen Fehler machte? Das wusste er auch so! Er war kein Idiot und wollte Hayden gar nicht verlieren, doch ein solches Wrack wie er sollte sich nicht an eine Frau wie sie klammern und sie mit hinunterziehen. Hayden hatte etwas Besseres verdient als einen Mann, der sogar zu viel Schiss davor hatte, einen Termin beim Psychologen zu machen. Wie sollte er sich um seine Frau kümmern, wenn er sein eigenes Leben nicht einmal auf die Reihe bekam?

Er hätte es nicht ertragen, Schuld daran zu sein, dass ihr Leben eine genauso miese Wendung nehmen würde wie seins, also hatte er Schluss gemacht. Dass sie darüber unglücklich war, tat ihm in der Seele weh, aber darüber würde sie mit der Zeit hinwegkommen.

Für sie war es definitiv besser, jetzt unter Liebeskummer zu leiden, als in ein paar Jahren noch viel Schlimmeres durchzumachen.

Dieser Gedanke mochte tröstlich sein, dennoch hatte er das Gefühl, kaum atmen zu können, wenn er morgens in seinem leeren Bett wach wurde und sie an seiner Seite vermisste.

Dumpf starrte er in sein halbleeres Glas und spürte im gleichen Moment, wie ihm jemand auf die Schulter schlug. Ein Blick zur Seite ließ ihn ein Stoßgebet zum Himmel senden. Als wäre sein Tag nicht beschissen genug gewesen, musste der Allmächtige ihm auch noch seine Schwester vorbeischicken, die sich ohne zu zögern auf den Barhocker neben ihn setzte.

„Hey. Was tust du hier?“

„Dumme Frage“, murrte er in sein Glas und gab dem rothaarigen Barkeeper ein Zeichen, dass er zu zahlen wünschte, bevor er nach hinten greifen wollte, um an sein Portemonnaie zu gelangen.

„Hiergeblieben“, Kayleigh legte ihm eine Hand auf den Arm. „Endlich erwische ich dich mal ...“

„Ich wollte gerade gehen.“

Kampfeslustig reckte seine Schwester das Kinn in die Höhe und funkelte ihn mit Augen an, die er selbst jeden Morgen im Spiegel sah. „Ich muss ein ernstes Wörtchen mit dir reden, Kollege.“

„Stell dich hinten an“, erwiderte Heath gelassen und drehte sich auf dem Barhocker zu seiner Schwester um, die – wie er wusste – für eine Frau einen verdammt harten rechten Haken hatte. Normalerweise wäre er sofort verschwunden, weil er sich sicher war, dass sie mit ihm über Hayden sprechen wollte, doch seiner Schwester hatte er nie etwas abschlagen können. Zu viele Male hatten er und Shane sie beschützt, wie es ältere Brüder nun einmal taten, und Jungs verprügelt, die sie auf dem Spielplatz geärgert oder später angemacht hatten, als dass er sie jetzt einfach hätte stehen lassen können. Auch wenn Kayleigh schon seit langem darauf bestand, ihre eigenen Schlachten zu schlagen, und dabei sehr effektiv vorging, wie einige aufdringliche Zeitgenossen bestätigen konnten, die nach einem Zusammenstoß mit ihr ein Veilchen davontrugen, blieb sie doch seine kleine Schwester. Manchmal hätte er seine Eltern verfluchen können, dass sie ihre Söhne dahingehend erzogen hatten, sich um ihre Schwester zu kümmern.

„Wieso trägt Hayden ihren Ring nicht mehr?“

Innerlich zuckte er zusammen und musste die Zähne zusammenbeißen, um sich vor Kayleigh nichts anmerken zu lassen. Er hatte heute nicht darauf geachtet, ob Hayden den Ring getragen hatte, den er nach wochenlanger Suche in einem kleinen Juweliergeschäft entdeckt und für sie gekauft hatte. Da der Hauskauf und die Renovierungen so ungefähr jeden Cent seiner Ersparnisse verschlungen hatten, hatte Heath damals sein Motorrad versetzt, um das Geld dafür aufzutreiben. Der Gedanke, dass sie seinen Ring nicht mehr trug, verursachte nun ein unangenehmes Brennen in seiner Kehle.

Äußerlich blieb er jedoch gelassen und zuckte nachlässig mit der Schulter. „Sie kann machen, was sie will."

„Also hast du nichts dagegen, wenn sie sich mit einem anderen Mann trifft?"

Vermutlich würde er sich an dem Tag, an dem er davon erfahren sollte, ins Koma saufen, aber seiner Schwester gegenüber erklärte er lapidar: „Wieso sollte ich?"

„Aber ..."

„Hör zu, Kayleigh, ich habe mich von Hayden getrennt, also kann sie tun, was sie will. Mich geht das nichts mehr an."

Ungläubig zwinkerte sie, was ihr Heath nicht verübeln konnte. Da er zu der eifersüchtigen Sorte gehörte, musste sein Verhalten sie tierisch verwirren. „Ich habe keine Ahnung, was bei dir im Oberstübchen nicht mehr stimmt, aber du solltest es schnellstmöglich reparieren lassen."

Heath presste die Lippen zusammen und knurrte: „Kayleigh. Halt die Klappe."

„Ich denke gar nicht dran! Früher hätte ich gedacht, dass du bei dem Gedanken, dass irgendein Mann Hayden anmachen könnte, zum Berserker wirst, und jetzt interessiert es dich nicht einmal?“

„Ist das nicht Sinn und Zweck einer Trennung? Man hat mit dem anderen nichts mehr zu tun.“ Er griff nach seinem Glas und leerte es in einem Zug.

„Gott, du bist so ein Arsch“, erwiderte sie mit kalter Stimme. „Hayden gehört zur Familie! Ihr seid seit Ewigkeiten ein Paar.“

„Aber jetzt nicht mehr“, antwortete er mit harter Stimme und hoffte, dass sie endlich aufhörte, über ihn und Hayden zu sprechen. Nicht nur das Gesprächsthema ging ihm an die Nieren, sondern auch der pure Abscheu in ihrem Blick.

„Irgendwann wird es dir leidtun ...“

Heath schüttelte den Kopf. „Du wiederholst dich.“

„So wie du dich benimmst, wird sie nicht lange brauchen, um einen anderen Mann zu treffen. Willst du etwa zuschauen, wie sie mit einem neuen Freund in eurem Haus wohnt?“

Mühevoll hielt er sich davon ab, das Glas in seiner Hand zu zerbrechen. „Hayden hat mir heute erzählt, dass sie das Haus verkaufen will. Also wird sie mit ihrem neuen Freund dort sicherlich nicht wohnen.“

Stöhnend schüttelte seine Schwester den Kopf. „Es ist doch euer Haus, Heath. Das kannst du nicht zulassen.“

„Jetzt pass mal genau auf.“ Er schaute ihr direkt ins Gesicht und hoffte, grimmig genug auszusehen, um sie endlich davon abzuhalten, ständig über ihn und Hayden zu reden. „Hayden und ich sind geschiedene Leute. Wir leben nicht mehr zusammen und werden es auch nie wieder. Sie hat das kapiert, also solltest du es endlich auch in deinen Kopf bekommen. Und bei der Gelegenheit könntest du auch unseren Brüdern verklickern, dass sie mich mit diesem Thema in Ruhe lassen sollen."

„Das ist dein Problem und nicht meins!" Als sie mit der Hand auf die Theke schlug, warf ihr der Barkeeper einen interessierten Blick zu, wandte sich jedoch gleich darauf wieder seinen Biergläsern zu. „Sprich du mit den drei, wenn es dir nicht passt, dass sie sich Sorgen um dich machen."

„Sorgen?" Heath schnaubte und lehnte sich auf seinem Barhocker zurück. „Mein kleiner Bruder belehrt mich vor der Gefriertruhe im Supermarkt über meinen Job und hat die Nerven, mich nach meinem Sexleben zu fragen."

Kayleigh funkelte ihn an. „Hast du wirklich mit anderen Frauen geschlafen?"

Aufgebracht fuhr er sich durchs Haar. „Das geht dich gar nichts an! Wie kommst du dazu, mir eine solche Frage zu stellen?"

„Weil du Hayden damit zum Weinen gebracht hast, du Arsch!"

Die Enge in seiner Kehle war wieder da, aber er ignorierte sie und zuckte mit der Schulter. „Sie wollte es schließlich hören ..."

„Hast du eigentlich nichts Besseres zu tun, als dich durch die Weltgeschichte zu vögeln, während wir um Dad trauern?" Sie rutschte von ihrem Hocker und sah ihn abfällig an. „Ich hätte ja nie gedacht, dass ich mich für dich schämen müsste. Gratulation, Heath. Vielleicht ist Hayden wirklich besser ohne dich dran."

Auf Beerdigungen sollte es eigentlich regnen.

Heath saß wie erstarrt zwischen seiner Mom und Hayden und konnte nicht anders, als den blauen Himmel über dem Friedhof anzustarren. In Filmen regnete es immer, wenn Beerdigungen stattfanden. Es regnete in Strömen und wirkte grau, doch auf der Beerdigung seines Vaters schien die Sonne und keine Wolke war am Himmel zu sehen. Tatsächlich war es sogar ziemlich heiß für einen Apriltag, und er schwitzte unter seiner Uniform, in die er sich hineingekämpft hatte, während seine Schulter wie Feuer gebrannt hatte. Auch jetzt pochte seine Verletzung vor sich her und verursachte ihm mehr als ein unangenehmes Ziehen. Doch das war nicht einmal das Schlimmste.

Viel schlimmer war das Quietschen, mit dem der Sarg in das frisch ausgehobene Grab hinabgelassen wurde, während der Dudelsackspieler Amazing Grace intonisierte und Haydens leises Schluchzen an sein Ohr drang, als sie das Gesicht an seiner unverletzten Schulter vergrub.

Merkwürdig, überlegte er verblüfft. Eigentlich sollte man doch meinen, dass vor einer Beerdigung die Gerätschaften kontrolliert werden sollten, damit so etwas wie das laute Quietschen nicht passierte. Einige Tropfen Öl hätten es im Grunde getan und sein Dad hätte ohne das Geräusch, das Ähnlichkeiten mit einer überfahrenen Ratte hatte, seine letzte Ruhe finden können.

Er musste sich nicht umschauen, um die vielen Würdenträger, Feuerwehrmänner und Polizisten zu sehen, von denen er wusste, dass sie hinter ihnen standen, während der Familie die Plätze in der ersten Reihe vorbehalten waren.

Seine Mom quetschte seine Hand, während sie blinzelnd auf den Sarg schaute, der immer noch von dem grauenvollen Quietschen begleitet im Erdreich versank. Am liebsten hätte er etwas gegen das Quietschen unternommen, aber da er nicht anders konnte, blieb er stocksteif sitzen, fühlte Haydens Schluchzer an der einen Seite und bemerkte den festen Händedruck seiner Mutter auf der anderen Seite.

Als der Bürgermeister seiner Mom die gefaltete Flagge reichte, die kurz zuvor noch auf dem Sarg seines Dads gelegen hatte, konnte auch sie ein Schluchzen nicht unterdrücken und bedankte sich heiser für die Beileidsbekundungen des Mannes. Beerdigungen von Feuerwehrmännern waren stets eine offizielle Angelegenheit, aber wenn der hochdekorierte Chief eines Departments im Einsatz verunglückte, ließen es sich die Stadtväter nicht nehmen, daraus einen kleinen Staatsakt zu machen. Ein rascher Blick zur Seite ließ ihn in die Augen seines Bruders schauen. Auch Shane trug seine Galauniform zu Ehren seines Vaters und starrte Heath wortlos an. Der stille Vorwurf im Blick seines Bruders ließ ihn die Lippen aufeinanderpressen. Weder seine Mom noch Hayden, die Zwillinge oder Kayleigh, geschweige denn seine Kameraden machten ihn für den Tod seines Dads verantwortlich. Als er in der Notaufnahme aufgewacht war, hatte Kayleigh, die verheult neben seinem Bett gesessen hatte, als Allererstes gesagt, dass er nicht schuld sei, während vor der Tür des Untersuchungszimmers die halbe Mannschaft rußgeschwärzt und mit gesenkten Köpfen darauf gewartet hatte, Auskunft über seinen Zustand zu erhalten.

Ihn hatte es kaum erwischt. Eine leichte Rauchvergiftung, eine verletzte Schulter sowie eine Brandwunde am Rücken waren kaum der Rede wert gewesen. Nach einer Nacht unter Beobachtung hatte er am nächsten Tag das Krankenhaus verlassen können – in der Gewissheit, dass sein Dad im Einsatz sein Leben verloren hatte, während er überlebt hatte.

Weder die Jungs von der Feuerwache noch seine Mom hatten ihn gefragt, wie sein Dad umgekommen war, nachdem er noch im Krankenhaus seine Aussage zum Unfall abgegeben hatte. Allein Shane wollte Details wissen und gab sich mit dem offiziellen Bericht nicht zufrieden, was Heath ihm nicht einmal verdenken konnte.

Sie sprachen nicht mehr miteinander, wenn ihre Mom nicht anwesend war, und hatten sich wegen Shanes Fragen und wegen seiner Schweigsamkeit beinahe geprügelt. Zwar sagte es Shane nicht laut, aber er gab Heath die Schuld an Dads Tod, was jedoch nicht weiter schlimm war, denn auch Heath fühlte sich für den Tod seines Vaters verantwortlich.

Seinem Sündenregister musste er eine weitere Sache hinzufügen.

Hayden.

Sie saß neben ihm, weinte um den einzigen Vater, der ihr noch geblieben war, hatte eine Hand tröstend auf seinen Arm gelegt und hatte es sich in der vergangenen Nacht gefallen lassen müssen, dass er sie aus dem Schlaf gerissen und sich einfach über sie hergemacht hatte. Gott, er hatte sich wie ein Tier benommen, bevor er zitternd und zu Stein erstarrt neben ihr zusammengesackt war. Sie hatte ihn weder geschlagen noch angeschrien, sondern sich zu ihm gedreht, die Arme um ihn gelegt und die ganze Nacht nicht losgelassen, während er vor Selbstekel beinahe verrückt geworden wäre.

Er wusste nicht, was mit ihm los war.

Er war so nicht.

Er wollte so nicht sein.

Mit trockenen Augen verfolgte Heath, wie Pater Brady um das Grab herum ging, es mit Weihwasser segnete und dann ein Gebet sprach.

Neben ihm murmelte Hayden den gleichen Psalm und schlug anschließend ein Kreuz, bevor sie wieder an seiner Schulter schluchzte und gleichzeitig tröstend über seine starre Hand streichelte. Weil sie so sehr zitterte, musste er ihren Arm nehmen, um ihr aufzuhelfen. Als seine Mutter in haltloses Schluchzen ausbrach, eilte Kyle hinzu, um sie zusammen mit Shane zu stützen. Heath kniff währenddessen die Augen zusammen und wusste, dass er Hayden niemals so weh tun wollte. Niemals.

5. Kapitel

„Hayden? Hätten Sie eine Minute?“

Hayden sah von der Zeitung auf, die sie gerade durchblätterte, und blickte in das freundliche Gesicht ihres Vorgesetzten. Mr. Horrace war ein hagerer Mann, dessen Hosen beinahe bis unter die Achseln reichten und immer auf Hochwasser hindeuteten. Sie hatte schon öfter von besonders aufgeweckten Schülern gehört, dass sie ihn Hochwasser-Horrace nannten, was sogar ihr ein Lächeln auf die Lippen gezaubert hatte.

Natürlich hatte sie die Kinder stets getadelt und ihn eingetrichtert, dass man sich nicht über seine Lehrer und schon gar nicht über den eigenen Schuldirektor lustig machen sollte, aber lustig war es dennoch gewesen. Seine merkwürdigen Hosen sowie der federnde Gang, mit denen der Direktor durch die Schule schritt, luden beinahe ein, ihm einen solchen Spitznamen zu verpassen.

Da es gerade zur Mittagspause geläutet hatte, waren sie allein im Lehrerzimmer, was nicht wirklich erstaunlich war, schließlich flohen die meisten Lehrer zu dieser Zeit in die Kantine, um sich eine Stärkung zu genehmigen, wenn sie den Nachmittagsunterricht ertragen wollten.

Hayden legte ihre Zeitung beiseite und deutete auf den freien Stuhl neben sich. „Natürlich, Mr. Horrace. Was kann ich für Sie tun?“

Seufzend setzte er sich auf den leicht wackeligen Holzstuhl und blieb dabei erstaunlich aufrecht sitzen. „Nun ja ... ich habe gerade einen Anruf erhalten.“

Auch wenn sein Gesicht uneingeschränkt freundlich blieb, erinnerte sie sich schlagartig an die Situationen in ihrem Leben, an denen sie ebenfalls in der Schule angerufen worden war und bei beiden Malen eine entsetzliche Nachricht erhalten hatte. Vor nicht einmal vier Monaten war sie über das Sekretariat ausgerufen worden, während sie eigentlich einen Test hatte beaufsichtigen wollen. Am Telefon war ihr schließlich mitgeteilt worden, dass Heath und Joe bei einem Einsatz verletzt worden und ins Krankenhaus gekommen waren. Als sie die Notaufnahme erreicht hatte, war Joe bereits verstorben.

Beim ersten Mal war sie gerade in der vierten Klasse gewesen. Damals hatte der Direktor ihren Klassenraum betreten und sie mit ins Sekretariat genommen, wo Joe auf sie gewartet hatte, um ihr zu sagen, dass ihr Dad bei einem Einsatz erschossen worden war. Noch heute lief es ihr kalt den Rücken hinunter, wenn sie daran dachte, dass ein Feuerwehrmann von Dealern erschossen werden konnte, weil er den Brand in einer verlassenen Fabrikhalle löschen wollte, in dem sich in illegales Drogenlabor befand.

„Der Vater von Justin Miller war am Apparat, um sich über Sie zu beschweren."

Automatisch entspannte sie sich und atmete kurz durch, bevor sie interessiert fragte: „Tatsächlich? Was hat er denn gesagt?"

Mr. Horrace verdrehte die Augen. „Sie sollen seinem Sohn eine schlechte Note gegeben und unter der Klassenarbeit vermerkt haben, dass seine Versetzung gefährdet sei."

„Das ist korrekt“, erwiderte sie wahrheitsgemäß und lehnte sich zurück.

„Mr. Miller behauptet, dass Sie seinen Sohn nicht unterrichten wollen und ihn deshalb durchfallen lassen.“

Sie schüttelte leichthin den Kopf. „Justin verweigert jegliche Mitarbeit, die Hausarbeiten macht er sowieso nie und seine Tests sind ungenügend. Ich habe Mr. Miller schon mehrmals darauf hingewiesen, dass die Gefahr besteht, dass Justin das Jahr wiederholen muss, aber er nimmt mich nicht ernst, sondern droht mir ständig, sich über mich zu beschweren.“

„Was er ja nun getan hat“, beantwortete der Schuldirektor, der sich ein kleines Schmunzeln zu verkneifen schien.

Ebenso belustigt fragte Hayden nach: „Werde ich verwarnt oder gleich suspendiert?“

„Wenn ich jeden Lehrer suspendieren würde, der einen schlechten Schüler rechtmäßig benotet, müssten die Kinder von Robotern unterrichtet werden, Hayden. Haben Sie bereits über seine Versetzung entschieden?“

Hayden griff in ihre Tasche und nahm eine Mappe heraus, die sie öffnete und nach den entsprechenden Papieren durchsuchte, bevor sie Justins Leistungsdiagramm auf den Tisch legte. Erleichtert darüber, dass sie sehr penibel jede Unterrichtsstunde bewertete und sich immer Notizen machte, deutete sie auf ihre ordentlichen Unterlagen. „Angesichts seiner nicht vorhandenen Leistung wird ihm nichts anderes übrig bleiben, als das Jahr zu wiederholen. Er kann jetzt schon nicht mit seinen Mitschülern mithalten.“

„Darüber wird sein Vater nicht erfreut sein.“

Schulterzuckend erwiderte sie: „Es kommt ja nicht von heute auf morgen. Mr. Miller wurde von mir seit Monaten über die schlechte Schulleistung seines Sohnes aufgeklärt. Ich schlug ihm sogar eine Nachhilfebetreuung vor, die er jedoch ablehnte."

„Er klang nicht gerade wie ein angenehmer Zeitgenosse am Telefon. Er ist doch der Vater, der vor kurzem in Ihrer Sprechstunde einen Stuhl zerstört hat, richtig?"

Sie nickte und legte beide Hände in den Schoß. „Er ist äußerst aggressiv und roch stark nach Alkohol. Da Justin sehr verhaltensauffällig ist, habe ich den Schulpsychologen gebeten, mit ihm zu reden. Er ist auch der Meinung, dass Justin auffällig gewaltbereit erscheint."

„Ich kenne Justin", seufzte der besorgte Schuldirektor. „Der Junge randaliert und hat erst vor einer Woche ein furchtbares Chaos im Sportunterricht veranstaltet. Wie Mrs. Pembroke berichtete, zerstörte er vor Wut ein Sportgerät."

Hayden legte unbehaglich den Kopf schief. „Da ich mir um Justin Sorgen mache, habe ich das Jugendamt informiert. Hoffentlich nehmen Sie die Familienverhältnisse ein wenig unter die Lupe."

„Das war die einzig richtige Entscheidung, jedoch denke ich, dass Mr. Miller nicht wirklich begeistert sein wird."

Da ihr momentan sehr viele Dinge Magenschmerzen bereiteten, interessierten Hayden Mr. Miller und sein Ärger über das Sitzenbleiben seines Sohnes nicht wirklich. Als Lehrerin wurde man oft damit konfrontiert, dass Schüler und auch Eltern sich ungerecht behandelt fühlten. Normalerweise ging sie in solchen Situationen immer in sich, um noch einmal zu prüfen, dass sie auch nicht vorschnell geurteilt hatte, aber die Tatsache blieb, dass Justin die Anforderungen der vierten Klasse nicht einmal ansatzweise erfüllte.

Was sein Vater dazu sagte, war für sie nicht von Belang.

„Ich wollte Sie auch noch etwas anderes fragen, Hayden, obwohl es mir wirklich unangenehm ist wegen dem, was Sie in der letzten Zeit durchmachen mussten. Aber ich suche für die Ferien noch unbedingt jemanden, der einen Ferienkurs übernimmt. Normalerweise würde ich Sie nicht fragen, aber ein Aushilfslehrer hat mir zwei Wochen vor Ferienbeginn abgesagt ..."

Ferienkurse waren so ungefähr das Undankbarste, was es gab, und Hayden hatte sich vor langer Zeit geschworen, ihre Ferien zu genießen, anstatt das lausige Gehalt einzuheimsen, das man dabei verdienen konnte. Obwohl sie das Geld nicht wirklich brauchte und Ferien dringend nötig hatte, nickte sie gottergeben. Wenigstens war sie auf diese Weise abgelenkt und hatte etwas zu tun.

Hayden stand wartend in der kleinen Pizzeria, die nur einige Blocks von ihrem Haus entfernt lag, und bemühte sich darum, sich angesichts der sommerlichen Temperaturen und der Hitze, die der Steinofen ausstrahlte, keine Luft zuzufächeln. Innerlich schwor sie sich, dass Kayleigh ihr etwas schuldete, schließlich hätte sie die Pizza besorgen müssen.

Da ihre Freundin jedoch im Krankenhaus aufgehalten worden war, hatte sich Hayden erbarmt und war losgestiefelt, um ihnen etwas zu essen zu besorgen. In letzter Zeit war es vorgekommen, dass sie zu wenig gegessen und deshalb ein wenig abgenommen hatte, was ihr im Grunde egal sein konnte, aber heute spürte sie zum ersten Mal seit langem wieder richtig Hunger, weshalb sie nicht länger als nötig auf ihre Pizza warten wollte.

Als ihr jemand auf die Schulter tippte, wäre sie beinahe zusammengefahren, drehte sich stattdessen jedoch um und begegnete einem Gesicht, das sie nicht sofort einordnen konnte. Erst nach einigen Augenblicken erkannte sie den Blondschopf, der ihr ein breites Lächeln schenkte, wieder.

„Hallo ... Alec. Richtig?“

„Richtig“, erwiderte der Mann neben ihr lässig, während er dem Pizzaverkäufer zunickte. „Wie geht es Ihnen, Hayden?“

„Gut. Danke der Nachfrage.“ Musternd legte sie den Kopf schief. „Sind Sie im Einsatz oder in Zivil unterwegs?“

„In Zivil.“ Er deutete auf seine Kleidung, die aus einfachen Jeans und einem Shirt bestand. „Meine nächste Schicht beginnt erst übermorgen.“

„Was für ein Luxus“, scherzte Hayden und wandte den Blick von seinen strahlenden Augen ab. Sie erinnerte sich allzu gut daran, dass er erst mit ihr geflirtet und dann das Haus verlassen hatte, als Shane begonnen hatte, den Macho zu spielen.

„Das wäre schön, aber ich muss in meiner Wohnung so einige Dinge reparieren und neue Böden verlegen, deshalb habe ich von meinen freien Tagen nicht besonders viel."

„Das kann ich mir denken", sie verzog den Mund zu einem kleinen Lächeln. „Reparaturen verderben einem den ganzen Spaß an freien Tag. Haben Sie denn noch viel vor sich?"

Alec verdrehte die Augen. „Meine handwerklichen Qualitäten könnten besser sein, um ehrlich zu sein. So dauert es etwas länger. Sobald die Küche fertig ist, bin ich bereits zufrieden, da ich keine Lust mehr auf Fastfood habe." Er nickte dem Pizzabäcker zu, der schnaubend eine Bestellung in seinen Computer gab. „Nichts gegen dich, Tony."

Glucksend hielt sie sich die Hand vor den Mund und verlagerte das Gewicht auf das andere Bein. „Shane hat gar nicht erzählt, wie lange Sie schon in Boston sind."

„Mein neuer Partner scheint auch nicht der redseligste Typ auf der Welt zu sein."

„Shane ist ein guter Kerl", erwiderte sie sofort, weil sie das Bedürfnis hatte, ihn in Schutz zu nehmen. Da sie Shane wie einen Bruder liebte und großzügig über seine Macken hinwegsah, fand sie kaum etwas an ihm auszusetzen.

Doch auch sein neuer Partner schien den teilweise starrköpfigen Polizisten gut leiden zu können, da er sie überrascht ansah und sehr ehrlich erklärte: „Das wollte ich auch nicht sagen. Mit Shane verstehe ich mich sehr gut, auch wenn wir erst seit ein paar Wochen zusammen unterwegs sind."

Hayden nickte mit einem schwachen Lächeln. „Sobald an seiner Schläfe eine Ader zu pochen beginnt, sollten Sie aufpassen und ihm die Dienstwaffe abnehmen."

Nun gluckste er fröhlich auf. „Das werde ich machen."

Da Shane mit seinem alten Partner ständig im Clinch gelegen hatte, hoffte Hayden, dass er sich mit Alec besser verstehen würde. Der blondhaarige Mann war auf jeden Fall sehr viel sympathischer als der ältere Detective, mit dem Shane in den vergangenen anderthalb Jahren unterwegs gewesen war. Außerdem wirkte er aufgeschlossener, was Shanes irisches Temperament betraf. Lächelnd betrachtete sie ihn und sagte mit der höflichen Neugier einer alteingesessenen Bostonerin: „Sie haben mir noch immer nicht gesagt, wo Sie herkommen."

„Bei unserem Überfall auf Ihren Auflauf und Apfelkuchen blieb ja auch kaum Zeit, mich vorzustellen. Ich hoffe, Sie waren nicht allzu entsetzt über uns."

Hayden zuckte mit der Schulter. „Das zeigt mir, dass Sie Shane noch nicht allzu lange kennen können. Seine Überfälle auf meinen Kühlschrank kommen öfter vor."

Er grinste entschuldigend. „Das mag schon sein, aber eigentlich gehört es nicht zu meinen Angewohnheiten, den Kühlschrank von fremden Frauen zu plündern."

„Gut zu wissen."

Als sein Blick für einen kurzen Moment auf ihren Mund fiel, stieg augenblicklich Nervosität in ihr auf – doch nicht die Art von positiver Anspannung, die man fühlte, kurz bevor man geküsst wurde oder ein Paar wirklich hübscher Schuhe im Schlussverkauf entdeckte, sondern eher das Gefühl, dass man eine unangenehme Situation nicht abwenden konnte. So in etwa, als würde man beim Abschreiben in der Schule erwischt werden oder müsste seiner Mutter erklären, warum man eine Schachtel Kondome zwischen der Unterwäsche versteckte.

Glücklicherweise schaute er ihr wieder in die Augen und legte dabei den Kopf ein wenig schief. „Ist Ihr Wasserhahn mittlerweile repariert? Sonst würde ich mich anbieten und vorbeikommen, um nach ihm zu schauen."

Während peinliche Röte in ihre Wangen schoss, schüttelte sie den Kopf und beeilte sich, ihm diese Idee auszureden. „Nein ... nein, mit dem Wasserhahn ist alles wieder in Ordnung. Aber danke für das Angebot."

Er zuckte mit der Schulter. „Falls doch einmal etwas sein sollte, stehe ich Ihnen gerne zur Verfügung."

Hayden zwang sich zu einem unverbindlichen Lächeln und hoffte, dass ihre verdammte Pizza endlich fertig war. Alec war ein total netter Mann, der ein sehr hübsches Lächeln hatte, aber seine eindeutigen Flirtversuche waren zu viel für eine Frau, die bisher erst einen Mann geküsst hatte und ihrer Verlobung immer noch hinterhertrauerte.

„Um auf Ihre Frage zurückzukommen: Aufgewachsen bin ich in Kentucky, habe aber in den letzten fünf Jahren in Seattle gelebt und gearbeitet."

Hastig unterdrückte sie das Zittern ihrer Stimme und wollte gespielt neutral wissen: „Was bringt einen Cop aus Seattle denn nach Boston?"

„Die Stadt verlor ihren Charme, als meine Freundin mit meiner halben Abteilung ins Bett ging", erwiderte er mit überraschend gelassener Stimme.

„Oh." Peinlich berührt zwinkerte sie. „Das tut mir leid."

„Muss es nicht." Er klang belustigt. „Schließlich bin ich nicht diejenige, die jetzt keinen Fernseher mehr hat."

„Na dann", murmelte sie und senkte den Blick.

„Hören Sie, Hayden. Ich habe keine Ahnung, was Shanes Revierverhalten zu bedeuten hatte, als wir bei Ihnen waren, aber ich würde Sie gerne fragen, ob Sie mit mir mal essen gehen würden."

Sie schluckte und bemerkte aus den Augenwinkeln, wie der Pizzabäcker angelegentlich auf den Computer starrte. Ob er so verhalten lauschte, weil Alecs Geschichte ihn interessierte oder weil er Zeuge sein wollte, wie Shanes neuer Partner offen mit ihr flirtete, konnte sie nicht sagen. Hayden wusste nur, dass sie nicht wollte, dass morgen jeder Bewohner von Charlestown von dieser Begegnung erzählte und Heath davon erfuhr. Auch wenn sie sich bei ihrem letzten Gespräch gestritten hatten, wäre es ihr mehr als unangenehm gewesen, wenn er davon ausging, dass sie sich gleich nach ihrer Trennung mit anderen Männern verabredete.

„Das ist wirklich sehr nett von Ihnen", begann sie stotternd, während hinter ihr jemand die Pizzeria betrat. Ein kurzer Blick sagte ihr, dass Pater Brady anscheinend seiner Sucht nach fetttriefenden Lebensmitteln frönen wollte. Für einen kurzen Moment schloss sie die Augen, da Pater Brady die größte Klatschtante der ganzen Gegend war.

Als sie nicht weitersprach, führte Alec ihren Satz weiter. „Aber?"

„Aber ich bin für Dates noch nicht bereit."

„Oh." Seine Stirn legte sich in nachdenkliche Falten. „Liegt es an mir oder an dem Date?"

Hayden ließ die Schultern sinken. „Ich halte es einfach für keine gute Idee. Shane ist Ihr Partner und ... und sein Bruder war mit mir verlobt. An Ihnen liegt es nicht."

„Aber Sie sind nicht mehr mit ihm verlobt?"

Sie schüttelte den Kopf, schwieg jedoch.

„Gut ... ich meine, das ist gut für mich." Alec lächelte verständnisvoll. „Nach Shanes Auftritt war ich mir nicht sicher. Warum treffen wir uns dann nicht ganz unverbindlich auf einen Kaffee? Sie müssen es ja nicht als Date ansehen, sondern als eine gute Tat."

„Als gute Tat?", fragte sie amüsiert nach und betrachtete seine zwinkernden Augen.

„Genau. Außer meinem dickköpfigen Partner und dem guten Tony hier kenne ich in Boston kaum eine Menschenseele. Sie könnten mir bei einem Kaffee etwas über meine neue Heimat berichten."

Innerlich wand sie sich und war sich der neugierigen Blicke des Paters und des Pizzabäckers bewusst, ebenso wie der fragenden Augen des sympathischen Polizisten, der sie unverwandt anstarrte.

„Ich weiß nicht ..."

„Kommen Sie, Hayden." Alec seufzte gespielt gequält auf. „Wenn Sie mir einen Korb geben, wird mir auch Tonys Pizza nicht mehr schmecken und ich kann seinen Laden wegen der schlechten Erinnerungen nicht mehr betreten. Dann würde ich in meiner Wohnung ohne Küche verhungern. Das wollen Sie doch sicher nicht, oder?"

Sie saß in der Zwickmühle und nagte für einen kurzen Moment auf ihrer Unterlippe herum, während das amüsierte Hüsteln des Paters an ihre Ohren drang. Das Kind war sowieso schon in den Brunnen gefallen, also könnte sie sich mit ihm ruhig auf einen Kaffee treffen.

Mit einem „Okay",erklärte sie sich bereit. „Ein Kaffee."

Er lachte erfreut auf. „Sagen wir zwei, damit es sich gelohnt hat, wenn Shane davon erfährt."

Shane konnte sie mal, doch das sagte Hayden nicht laut.

Glücklicherweise war kurz darauf ihre Pizza fertig und sie konnte sich auf den Heimweg machen, nachdem sie Alec ihre Telefonnummer gegeben hatte. Ein wenig unbehaglich bereitete sie zuhause alles für einen gemütlichen Pizza-Abend mit Kayleigh vor und war gerade dabei, den Fernseher anzuschalten, als ihre Freundin ins Haus polterte und ihre Sachen in die Ecke pfefferte.

„Ich musste drei Mal duschen! Drei Mal! Beim ersten Mal wollte ich gerade nach Hause gehen, als ein Schwerverletzter eingeliefert wurde, der eine arterielle Blutung hatte. Unser Oberarzt war wie vom Erdboden verschluckt, also musste ich mit anpacken. Anschließend hatte ich mich umgezogen und wurde von einem Kind angekotzt, als ich eine Krankenakte am Empfang unterschreiben wollte, und beim letzten Mal wurde ich angepinkelt. Angepinkelt! Ein Obdachloser konnte es nicht mehr halten. Uff!" Kayleigh ließ sich aufs Sofa fallen und streckte ihre Beine von sich. „Wieso habe ich mir nicht die plastische Chirurgie ausgesucht? Da könnte ich frustrierten Weibern neue Möpse machen oder ihnen das Fett absaugen. Anstatt mich um Durchfälle und pinkelnde Obdachlose zu kümmern, könnte ich mich damit beschäftigen, für einen Haufen Kohle Frauen neue Muschis zu verpassen …"

Hayden verschluckte sich prompt an ihrem Wein und hustete, als ihr das leicht säuerliche Getränk schmerzhaft in Rachen und Nase stieg. „Verdammt, Kayleigh!"

Ihre Freundin blinzelte verwirrt, zuckte mit der Schulter und schob sich ihre Schuhe von den Füßen, bevor sie es sich im Schneidersitz auf der Couch gemütlich machte und nach ihrem Weinglas griff, das ihr Hayden immer noch hustend reichte. „Was denkst denn du, was Frauen heute an sich operieren lassen? Lidstraffung war gestern, heute wollen sie auch unten herum gut aussehen."

„Bitte", flehte Hayden und ließ sich ebenfalls auf der Couch nieder. „Keine weiteren Ausführungen. Du weißt, dass mir schon immer schlecht wird, wenn du nur übers Blutdruckmessen erzählst."

„Du bist auch so eine Mimose." Kayleigh griff ohne Rücksicht auf ihre Klamotten oder Haydens Couch nach einem fettigen Stück Pizza und stopfte sich dieses in Rekordzeit in den Mund.

Hayden verdrehte die Augen, stellte ihr Glas auf den Couchtisch und zog ihre Beine unter den Körper, bevor sie ebenfalls nach einem Stück Pizza griff, doch es auf einen Teller legte und diesen auf ihrem Schoß abstellte. Ihre Freundin war ein gutes Beispiel dafür, was passierte, wenn ein Mädchen vier Brüder hatte. Wenn sie wollte, konnte Kayleigh richtiggehend mädchenhaft sein, sich die Fußnägel pink lackieren und stundenlang auf die Suche nach den perfekten Peeptoes gehen, doch meistens wollte Kayleigh dies nicht. Ein

Job als Ärztin in einer Notaufnahme trug ebenfalls dazu bei, dass sie die Klappe eines Truckers und den Faustschlag eines Türstehers hatte.

„Hauptsache, du berichtest mir nicht wieder in allen Einzelheiten über den Abszess des entlaufenen Opas. Ich habe Hunger und will mir den nicht verderben lassen."

„Keine Sorge", nuschelte Kayleigh stöhnend. „Ich bin froh, wenn ich meine Ruhe habe und nicht ans Krankenhaus denken muss."

„Da bin ich beruhigt", seufzte sie und biss mit einem ekstatischen Stöhnen in das Stück Pizza hinein. „Gott, ist das gut!"

„Keine Gotteslästerung. Du weißt, ich bin in einem katholischen Haus aufgewachsen."

Hayden lehnte sich entspannt gegen die Lehne ihres Sofas und betrachtete versonnen den dunklen Haarschopf ihrer besten Freundin. „Du bist so katholisch wie eine Packung Antibabypillen, meine Liebe."

„Sag das nicht Mom, Hayden."

„Ellen weiß sehr gut, was du für ein Früchtchen bist", lachte Hayden und dachte an das Jahr, als Kayleigh in den Semesterferien den Wahlkampf eines homosexuellen Politikers unterstützt hatte. Zwar waren die Fitzpatricks alles andere als engstirnig, aber mit Kayleigh sonntags in die Kirche zu gehen, während die ein T-Shirt trug, auf dem geschrieben stand: *Jesus war Single, kinderlos und wohnte bei seinen Eltern. Heute hieße das schwul*, war über das Fassungsvermögen ihrer Mutter gegangen. Joe dagegen hatte gelacht und seiner Tochter anschließend ein Bier spendiert.

Der Gedanke an Joe ließ die Pizza plötzlich wie Pappe schmecken.

Vorsichtig legte sie das angebissene Stück zurück auf den Teller und stellte diesen auf den Couchtisch, bevor sie nach ihrem Weinglas griff und einen großen Schluck nahm. Manchmal fragte sie sich, was passiert wäre, wenn Joe nicht umgekommen wäre. Ihr war klar, dass Heath am Tod seines Vaters litt, und sie ahnte, dass ihre Trennung damit zu tun hatte, aber da Heath dermaßen abweisend und kalt zu ihr war, bekam sie einfach keine Chance, dies wieder geradezubiegen. Nachdenklich schaute sie in den Fernseher und bekam von den Nachrichten kaum etwas mit.

Wäre Joe noch am Leben, dann hätte sie sich bei ihm Rat suchen können, anstatt allein in ihrem Bett zu liegen und sich den Kopf zu zerbrechen.

„Wie war dein Tag? Hat der freche Junge wieder irgendeinen Scheiß angestellt?"

„Er war heute nicht da." Hayden leckte sich über die Lippen.

Glucksend legte Kayleigh ihre Füße auf den Couchtisch und sah sie mit vollen Backen an, die denen eines vollgefressenen Hamsters ähnelten. Als sie sprach, war sie nur schwer zu verstehen. Außerdem wartete Hayden nur darauf, dass ihr kleine oder größere Pizzastücke aus dem Mund fielen. „Vielleicht wurde er ja entführt."

„Das ist nicht komisch." Tadelnd reichte sie ihr eine Serviette. „Außerdem würde kein Mensch bei klarem Verstand diesen Rotzlöffel entführen."

Kayleigh wischte sich großzügig über den Mund und nickte fröhlich. „Das glaube ich dir sofort. Dem

Kind, das mich angekotzt hat, bringe ich auch keine großen Sympathien entgegen.“

„Bei deiner Empathie hättest du lieber Pathologin werden sollen.“

„Ein verlockender Gedanke.“ Kayleigh nickte ihr zu. „Hast du was von Heath gehört?“

Stumm schüttelte sie den Kopf und nahm das Pizzastück wieder an sich, um wenigstens eine Beschäftigung zu haben, die es ihr erlaubte, Kayleighs Fragen aus dem Weg zu gehen.

„Als ich ihn bei O’Rearys traf, war er ziemlich arschig zu mir.“

Nach einem hastigen Schlucken fragte sie verwirrt: „Wann hast du ihn getroffen?“

„Vor drei Tagen. Habe ich dir das nicht erzählt?“

„Nein, hast du nicht.“ Erbost runzelte sie die Stirn. Vor drei Tagen hatte sie ihn auf der Wache aufgesucht und seitdem nichts von ihm zum Hausverkauf oder dem Auto gehört. Hayden sah nicht ein, ihm hinterherzulaufen, aber ewig wollte sie auch nicht auf irgendein Zeichen von ihm warten. „Was hat er gesagt?“

„Das Übliche.“ Kayleigh machte eine wegwerfende Handbewegung. „Als ich ihn auf andere Frauen ansprach, ist er meiner Frage ausgewichen. Ich glaube nicht, dass er fremdgevögelt hat, Hayden ...“

Aufgebracht holte sie tief Luft. „Du hast ihn im Pub gefragt, ob er mit anderen Frauen geschlafen hat?“

„Natürlich habe ich das.“ Sie nickte wie selbstverständlich. „Außerdem fing seine rechte Augenbraue an, wie wild zu zucken, als ich ihm vorhielt, dass du dich mit anderen Männern treffen könntest. Du weißt, was das bedeutet.“

Es bedeutete, dass sich etwas Warmes in ihrer Magengegend ausbreitete, doch gleichzeitig ermahnte sie sich, vernünftig und realistisch zu bleiben. Nur weil er Anzeichen von Eifersucht zeigte, hieß dies nichts. Vermutlich war es reine Gewohnheit gewesen oder Kayleigh hatte sich irgendetwas eingebildet, was sie sehen wollte.

„Vielleicht solltest du ihn eifersüchtig machen."

Schnaubend legte sie den Kopf schief. „Wir sind nicht mehr auf der Highschool. Dein Bruder hat sich von mir getrennt, da nützen keine Blumen, die ich an mich selber schicke, Kayleigh."

„Ach!" Stöhnend hüpfte Kayleigh zur Seite, so dass sie Hayden nun genau gegenübersaß. „Wer redet denn von Blumen! Wir suchen dir einen richtig heißen Typen, mit dem du vor Heaths Nase flirtest. Ein paar wilde Knutschereien wären auch nicht schlecht ..."

Erstens wollte sie mit keinem fremden Mann eine *wilde Knutscherei* beginnen und zweitens hatte Kayleigh wirklich kein Talent, irgendjemanden eifersüchtig zu machen, so offensichtlich wie ihr Plan klang.

„Das kannst du vergessen. Für Heath ist es vorbei und daran wird auch kein anderer Mann etwas ändern, Kayleigh. Außerdem bin ich nicht der Typ für solche Aktionen."

„Probieren geht über Studieren."

Entschlossen schüttelte sie den Kopf und senkte den Blick. „Unter keinen Umständen. Wenn ich mit jemandem Kaffee trinken gehe, dann nicht, um deinen Bruder eifersüchtig zu machen."

„Aha." Ihre Freundin gluckste begeistert. „Mit wem willst du einen Kaffee trinken gehen?"

Verlegene Röte breitete sich auf Haydens Gesicht aus. „Was? Wie kommst du darauf?“

„Weil du eine verdammt schlechte Lügnerin bist und noch nie etwas verbergen konntest. Mit wem hast du ein Date?“

„Es ist kein Date“, wehrte sie hastig ab. „Wir gehen nur einen Kaffee trinken. Da ist doch nichts dabei.“

Kayleigh schenkte ihr einen törichten Blick. „Du warst noch nie Single, Hayden. Kaffee bedeutet, dass du dich vorher rasieren und das Schlafzimmer aufräumen solltest.“

Ihre Augen weiteten sich sofort. „Hör doch auf! Ein Kaffee ist ein Kaffee. Wer hat nach einer lausigen Kaffeeverabredung schon Sex?“

„Ich zum Beispiel.“

Hayden schnalzte mit der Zunge. „Und du erzählst mir etwas von katholischer Erziehung!“

Ihre Freundin grinste frech vor sich hin. „Ich benutze sogar Kondome, vermutlich bedeutet dies, dass ich in die Hölle komme.“

„Dort wirst du bestimmt in guter Gesellschaft sein“, scherzte sie, um anschließend wieder ernster zu werden. „Es ist kein Date, Kayleigh, okay? Nach Heath ... ich kann mir nicht vorstellen, mit jemand anderem zusammen zu sein.“

„Und warum hast du dich dann verabredet?“

Hilflos hob sie eine Hand. „Shanes neuer Partner hat mich gefragt. Er ist ganz neu in der Stadt ...“

„Shanes neuer Partner? Scheiße, du legst es aber wirklich darauf an.“

Langsam begann sie tatsächlich wütend zu werden und fixierte ihre Freundin unfreundlich. „Wie bitte?“

Die grünen Augen ihrer Freundin verdrehten sich gekonnt. „Wenn du mit Shanes Partner ausgehst, weiß es Shane, der erzählt es Heath und dann geht der Ärger erst richtig los. Ich sehe es schon kommen, dass mindestens die Hälfte meiner Familie suspendiert wird und ich sie alle in der Notaufnahme zusammenflicken muss."

„Du übertreibst", entgegnete Hayden mit gerunzelter Stirn. „Es geht Shane nichts an, was ich tue. Und Heath soll erst recht die Klappe halten."

„Ich dachte, du wolltest ihn nicht eifersüchtig machen?"

„Das tue ich auch nicht. Alec und ich werden nur einen Kaffee trinken."

Kayleigh schüttelte den Kopf. „Wenn du ihn nicht eifersüchtig machen willst, was bezweckst du dann damit?"

Sie rieb die Lippen aufeinander, um anschließend leise zu erklären: „Ich versuche, einfach weiterzumachen."

6. Kapitel

Obwohl er gerade eine Stunde auf dem Laufband geschwitzt und sich völlig verausgabt hatte, war Heath noch immer nicht müde, sondern hatte eine Runde Krafttraining auf seine Sporteinheit draufgelegt, so dass er nun an der Butterflymaschine saß und seine Oberarme sowie die Schultern bearbeitete, während er keuchte und der dröhnenden Musik aus seinen Ohrstöpseln lauschte.

Wenn man bei seiner Arbeit schwere Geräte bedienen und sich auch auf seine Körperkraft verlassen musste, war ein kontinuierliches Training unentbehrlich, so dass er mehrmals in der Woche Krafttraining absolvierte und für seine Kondition laufen ging. Eigentlich bevorzugte er dafür die Natur, doch wegen der brütenden Hitze draußen hatte er heute das klimatisierte Fitnesscenter bevorzugt, in dem er seit einigen Jahren Mitglied war. Der Vorteil, für die Bostoner Feuerwehr zu arbeiten, lag darin, dass es einige Einrichtungen gab, in denen man verbilligte Tarife bezahlte, wenn man Angestellter der Stadt war. Im Grunde war am Leben eines Feuerwehrmannes nichts Glamouröses, auch wenn Filme oder Serien etwas anderes suggerieren wollten, dennoch stimmte es, dass man automatisch in einen Heldenstatus gehoben wurde, wenn man seinen Job erwähnte.

Sein Job war hart, schmutzig und teilweise auch gefährlich, außerdem wurde man bei weitem nicht so gut bezahlt, wie man annehmen sollte, trotzdem hatte Heath nicht eine Sekunde überlegen müssen, was er mit seinem Leben anfangen wollte, als er die Highschool beendet hatte. Vielleicht hatte es daran gelegen, dass sein Großvater und Vater bereits bei der Feuerwehr gearbeitet hatten und er dieser Tradition daher gefolgt war, vielleicht war es auch sein ausgeprägtes Pflichtbewusstsein gewesen, er wusste nur, dass er sich nicht vorstellen konnte, etwas anderes zu tun.

Er ließ die Griffe des Geräts los und lehnte sich zurück, bevor er sein Handtuch vom Boden aufhob und damit kurz über sein Gesicht wischte. Während er seine Blicke über die anderen Besucher des Fitnesscenters schweifen ließ, bemerkte er, dass einige seiner Bekannten ebenfalls ihre Freizeit damit verbrachten, an den Geräten zu schwitzen und sich fit zu halten. Unter ihnen befanden sich nicht nur Kollegen, sondern auch Polizeibeamte, die er in den vergangenen Jahren kennengelernt hatte.

Einer davon war der Streifenpolizist Jerry Macintosh, der ihn entdeckt hatte und sich auf den Weg zu ihm machte, während er sein Handtuch, das um seinen Nacken lag, an beiden Enden mit den Händen festhielt.

Heath zog sich die Stöpsel aus den Ohren und nickte Jerry zu, der sich gegen die Butterflymaschine lehnte und ihn neugierig musterte.

„Hey, Fitzpatrick. Wie geht's?"

„Gut." Heath beugte sich vor, nachdem er nach seiner Wasserflasche gegriffen und daraus einen großen Schluck genommen hatte. „Und selbst?"

„Ich kann mich nicht beklagen. Teresa ist wieder schwanger, und ich hoffe, dass es dieses Mal ein Junge wird. In der nächsten Woche haben wir einen Ultraschalltermin, und ich bete zum Allmächtigen, dass mir dieses Mal ein kleiner Penis präsentiert wird."

Unweigerlich grinste Heath, da er Jerrys Frau Teresa und deren drei Töchter kannte. Der seufzende Cop mit den deutlich sichtbaren Geheimratsecken war ihm vor ein paar Jahren begegnet, als er an der Bergung eines verunglückten Zuges gerufen worden war. Damals war Jerry gerade zum ersten Mal Vater geworden und hatte seither immer wieder von der erneuten Schwangerschaft seiner Frau sowie von seinem Wunsch berichtet, Vater eines Jungen zu werden. Da Heath die drei kleinen Mädchen in Aktion erlebt hatte, als sie bei der traditionellen Osterfeier der Polizei für Unruhe und Chaos gesorgt hatten, konnte er Jerrys Wunsch nach einem Jungen sehr gut nachvollziehen.

„Dann wünsche ich dir viel Glück. Grüß Teresa bitte von mir."

„Das mache ich." Seine gut gelaunte Miene verschwand, als er die Mundwinkel nach unten verzog. „Ich habe von dir und Hayden gehört. Es tut mir leid, dass es nicht geklappt hat."

Obwohl sich Heath fragte, was und vor allem von wem Jerry etwas über seine Trennung von Hayden gehört hatte, hielt er die Klappe und murmelte stattdessen. „ Danke."

„Ihr wart ein tolles Paar, aber manchmal soll es einfach nicht sein."

„Genau." Wenig geistreich nickte er und hoffte, dass Jerry endlich seine Klappe hielt.

Doch leider war der leicht trottelige Cop dafür bekannt, dickfellig wie ein Elefant zu sein. Mit anderen Worten hatte er kein Gefühl für die Stimmung seiner Mitmenschen und verdarb sich auf diese Weise so einiges. Beispielsweise hatte er es fertiggebracht, alle

Beförderungen, für die er vorgeschlagen worden war, in den Sand zu setzen, weil er meistens die falschen Dinge zu den absolut unangemessensten Zeitpunkten erwähnte. Seinen Captain im Beisein des halben Police Departments zu fragen, wann seine Frau entbinden würde, war beispielsweise kein besonders cleverer Schachzug gewesen, weil dessen Frau erstens nicht schwanger, sondern einfach nur entsetzlich fett war und zweitens, weil die Zeugungsunfähigkeit des Captains dank einiger übereifriger Heinis in der Verwaltung überall bekannt war.

„Eigentlich hatte ich ja immer gedacht, dass ihr perfekt zueinander passt, aber so kann man sich täuschen."

Einsilbig erwiderte Heath: „Mhh."

„Hayden ist ein tolles Mädchen und kochen kann sie auch verdammt gut. Kannst du dich an den Shepherd's Pie erinnern, den sie gemacht hat, als wir bei euch zum Essen eingeladen waren?" Er wartete Heaths Antwort gar nicht ab, sondern stöhnte ekstatisch. „Himmel, was habe ich dich beneidet, eine Frau zu haben, die so gut kochen kann."

Innerlich knirschte Heath mit den Zähnen und räusperte sich, doch Jerry ließ sich davon nicht abhalten.

„Ich wünschte, Teresa könnte so gut kochen. Damals hatten wir einen echt schlimmen Streit, weil ich ihr vorwarf, sich wenigstens halb so viel Mühe wie Hayden geben zu können. Wenn wir Gäste bekommen, öffnet Teresa ein paar Portionen Dosenspaghetti und serviert dazu Chips. Du kannst dir gar nicht vorstellen, wie peinlich es ist, wenn meine Mutter zu Besuch ist!"

„Es kommt ja nicht nur aufs Kochen an“, brummte Heath mühsam beherrscht.

„Du hast leicht reden, mein Freund. Manchmal kocht Teresa so schlecht, dass ich denke, sie wolle mich vergiften.“

Wenn Jerry zuhause auch so einen Quatsch erzählte wie überall sonst, könnte Heath es der aufbrausenden Teresa nicht einmal verübeln, wenn sie hoffte, ihn auf diese Weise mundtot zu machen.

„Bevor ich Teresa kennenlernte, hatte ich eine Freundin, die auch so gut kochen konnte, dass mir das Wasser im Mund zusammenlief, wenn wir uns zum Essen hinsetzten. Leider hatte sie die Angewohnheit, wegen jeder Kleinigkeit gleich zu heulen, und schaute einem zu allem Überfluss aus einem triefenden Auge an, das einem den ganzen Appetit verdarb. Dann halte ich mich doch lieber an Dosenspaghetti. Hat Hayden etwa auch ständig rumgeheult, wenn ihr etwas nicht passte?“

„Nein.“

„Ein triefendes Auge hatte sie auch nicht, oder?“

„Nein!“ Heath machte Anstalten, sich von dem Platz zu erheben, nachdem er schroff den Kopf geschüttelt hatte. Ein Gespräch über Hayden hatte ihm wirklich noch gefehlt, schließlich war es sowieso schwer genug, seinen Alltag zu meistern, ohne ständig an sie zu denken. Dass er jetzt auch noch in der Muckibude vor den Erinnerungen an sie nicht sicher war, war doch ein schlechter Scherz!

„Na dann. Echt, ich war immer der Meinung, dass du mit Hayden das ganz große Los gezogen hättest, schließlich sang sogar deine Mutter Lobeshymnen über sie. Meine Mom kann Teresa nicht leiden.“

Da er keine Ahnung hatte, was er darauf hätte sagen sollen, legte er einfach den Kopf schief und zuckte mit der Schulter. „So ist das nun manchmal."

„Das sage ich auch immer. Vielleicht ist es wirklich besser so, dass ihr euch vor der Hochzeit getrennt habt. Mein Bruder hat sich gerade von seiner Frau scheiden lassen. Die beiden waren fast fünf Jahre zusammen, ein Jahr davon verheiratet, und sind jetzt geschieden. Außer viel Herzschmerz hat er auch echt einiges an Kohle verloren, weil sie die Wohnung behält und Unterhalt von ihm bekommt. Du kannst mir glauben, dass er es bitter bereut, vor den Traualtar getreten zu sein."

„Mhh." Unbehaglich sah sich Heath um und hoffte, dass es nicht so weit kam, dass er Jerry direkt ins Gesicht sagen musste, dass er die Klappe halten sollte. Viel fehlte nicht mehr und er würde den bedeutend kleineren Mann in den Schwitzkasten nehmen und so lange würgen, bis er endlich leise war.

Gerade als Heath sich dazu entschlossen hatte, einfach aufzustehen, überraschte Jerry ihn, indem er freundlich fragte: „Wenn zwischen dir und Hayden nichts mehr läuft, würde ich ihr gerne meinen Bruder vorstellen. Der Arme muss unbedingt eine vernünftige Frau kennenlernen. Wäre das okay für dich?"

Scheiße, nein! Das war gar nicht okay für ihn. Ein Blick auf Jerry, dessen Geheimratsecken und seine Angewohnheit, bereits ohne große Anstrengung wie ein Schwein zu schwitzen, sagte ihm, dass dessen Bruder nicht gut genug für Hayden war. Allein der Gedanke ließ ihn innerlich ausrasten, doch äußerlich zuckte er mit der Schulter und stand abrupt auf.

„Klar. Das ist ihre Sache."

„Okay … ich wollte nur wissen, ob das wirklich für dich in Ordnung ist, immerhin wart ihr ewig zusammen und …“

„Jerry, ich sagte doch, dass es okay für mich ist.“

Als hätte ihm der Allmächtige nicht schon genug gestraft, musste Heath auch noch mit ansehen, wie sein Bruder die Trainingsfläche betrat und ihm einen langen Blick schenkte, bevor er sich in die andere Richtung begab, um sich dort auf ein Laufband zu stellen. Mit zusammengebissenen Zähnen schloss Heath einen kurzen Augenblick die Augen und blendete den noch immer lamentierenden Jerry aus, bevor er entschied, dass er für heute genug hatte.

Seufzend sah er den kleineren Polizisten an und verzog den Mund. „Für mich war es das heute. Grüß Teresa von mir.“

„Das mache ich. Willst du nicht bald mal vorbeikommen?“

Obwohl er sich seit gefühlten Ewigkeiten von Mikrowellenfraß ernährte und die Abende in stiller Einsamkeit verbrachte, schaffte es die Aussicht auf Dosenspaghetti und Jerrys Geschwätzigkeit, dass er sich auf seine winzige Bude und einen weiteren Abend ohne Gesprächspartner wie wahnsinnig freute. Wenigstens geriet er so nicht in Gefahr, sich den Kopf wegzuballern, weil der Gedanke, dass Hayden einen anderen Mann kennenlernen könnte, ihn verrückt machte.

„Das ist nett, aber meine Schichten lassen das in der nächsten Zeit leider nicht zu“, erwiderte er ausweichend.

„Schade. Teresa hat eine nette Freundin, die Single ist und sehr viel besser als meine Frau kochen kann. Wäre das nichts für dich?“

Beinahe hätte er trocken gelacht, schüttelte jedoch nur den Kopf. „Lass mal …“

„Sag mir einfach Bescheid, wenn du es dir anders überlegst. Die Kleine ist etwas moppelig, aber das zeigt wenigstens, dass es bei ihr schmeckt.“

Seiner Meinung nach war Jerry viel zu sehr aufs Essen fixiert und sollte sich lieber aufs Training konzentrieren, anstatt die ganze Zeit übers Kochen zu reden. Hastig verabschiedete sich Heath von ihm und war erleichtert, als er den Polizisten hinter sich lassen konnte und in den Umkleiden verschwand.

Um sich ein wenig abzureagieren und zu beruhigen, duschte er eiskalt und hoffte, dass seine Geduld für heute nicht noch mehr auf die Probe gestellt wurde. Doch leider hatte er sich zu früh gefreut, denn kaum hatte er die Dusche verlassen und stand tropfnass vor seinem Spind in der Umkleide, ragte neben ihm sein Bruder auf. Dieser klatschte etwas kommentarlos neben Heaths Uhr, die er auf die Ablage des Spinds gelegt hatte. Da ihm Wassertropfen in die Augen fielen, strich er sich das Haar zurück und blinzelte, bis er Haydens Verlobungsring erkannte, der nun auf dem Regal lag und ihm entgegenblinkte.

Auch wenn Heath keine Ahnung hatte, wie Shane an den Ring gekommen war, erklärte er mit gespielt heiterer Stimme: „Danke.“

„Nichts zu danken.“ Shanes Stimme war derart angriffslustig, wie er sie nur kannte, wenn sein um ein Jahr jüngerer Bruder kurz vor einer Prügelei stand. „Regel deinen Scheiß allein, aber lass mich da raus.“

„Habe ich dich darum gebeten?“ Heath runzelte verärgert die Stirn. „Mir wäre es auch lieber, wenn die Familie sich nicht ständig in meine Angelegenheiten einmischen würde.“

„Dann hättest du den Scheiß mit irgendeiner Tussi abziehen sollen, aber nicht mit Hayden, du Arschloch.“

Zwar war Heath im Vergleich zu Shane ein wenig benachteiligt, da er splitternackt war, sein Bruder jedoch ein verblichenes T-Shirt und Sporthosen trug, trotzdem hätte er kein Problem damit, sich in diesem Zustand mit ihm zu prügeln, wenn es Shane darauf ankommen lassen wollte. Automatisch schob er das Kinn nach vorne, während er mit bedrohlicher Stimme erklärte: „Was ich mit wem abziehe, geht dich nichts als, also halt dein Maul, bevor du Ärger mit mir bekommst.“

„Das möchte ich sehen“, schnaubte sein Bruder, ließ es jedoch dabei bleiben, drehte sich um und verschwand, während Heath aufgebracht vor seinem Spind stand und beide Hände zu Fäusten ballte. Das erste Gespräch, das er nach Wochen mit Shane geführt hatte, war nicht so gelaufen, wie er vermutet hatte. Anstatt einer handfesten Auseinandersetzung war es lediglich zu einem verbalen Schlagabtausch gekommen, der in Heath ein unbefriedigendes Gefühl zurückließ. Gleichzeitig starrte er auf den Ring und fragte sich, wieso Shane ihn mit sich herumtrug und ob Hayden ihn seinem Bruder überlassen hatte. Der Tag war absolut im Arsch, also entschied sich Heath dazu, seine Sachen zu packen und nach Hause zu fahren. Mehr hielt er heute einfach nicht aus.

Mit Kyle hatte sich Heath eigentlich immer prächtig verstanden. Sein jüngerer Bruder war im Gegensatz zu seinem eineiigen Zwilling die Ruhe selbst und hatte nicht die lästige Angewohnheit, alles besser wissen zu wollen. Daher hatte Heath die Nachricht, dass sein Bruder auf seine Einsatzstelle versetzt wurde, gelassen hingenommen. Doch angesichts des Ärgers, den er in der vergangenen Zeit mit seiner Familie gehabt hatte, blickte er dem ersten Arbeitstag seines jüngsten Bruders argwöhnisch entgegen. Die Wache war so ungefähr der letzte Ort auf Erden, wo er nicht ständig auf Hayden angesprochen wurde, da seine Kameraden so taktvoll waren, ihm nicht zu sagen, dass er sich wie ein übergeschnappter Idiot benahm. Feuerwehrmänner waren füreinander da und gingen für die eigenen Kameraden buchstäblich durchs Feuer, aber sie mischten sich nicht in die Angelegenheiten der anderen ein, sondern ließen sie deren Problem zuallererst miteinander allein ausmachen. Daher waren seine Schichten und die Wache Heaths Zuflucht der vergangenen Wochen gewesen, wo er sich sicher gewesen war, nicht ständig auf seinen Dad oder auf Hayden angesprochen zu werden. Nun hatte er echt keine Lust, dass sich dies ändern könnte, wenn sein Bruder dort als Rettungssanitäter arbeiten würde.

Die Tatsache, dass seine Mom ihn am gestrigen Abend angerufen hatte, um ihn zu bitten, auf seinen Bruder aufzupassen, hatte ihn die ganze Nacht nicht schlafen lassen, weil es ihn an die Zeit erinnert hatte, als sie ganz Ähnliches zu seinem Dad gesagt hatte, nachdem Heath auf dessen Wache versetzt worden war. Abgesehen davon, dass Kyle kein Feuerwehrmann, sondern lediglich Rettungssanitäter war, benahm sich sein jüngerer Bruder tatsächlich sehr benommen und geriet nur selten in Schwierigkeiten. Da Heath jedoch wusste, dass seine Mom vor allem nach dem Tod ihres Mannes verrückt vor Sorge war, wenn Ryan auf Streife war, Shane in einem Mordfall ermittelte und er zu einem Einsatz gerufen wurde, hatte er ihr versprochen, sein Bestes zu tun und auf seinen kleinen Bruder aufzupassen.

Dass ihm dabei entsetzlich schlecht geworden war und Schuldgefühle sein Rückgrat hoch gekrochen waren, hatte er nicht erwähnt.

Gerade eben hatte er ein unerfreuliches Gespräch mit seinem Chief geführt, der ihn zum wiederholten Male auf ein Gespräch beim Psychologen angesprochen hatte, das Heath noch immer nicht geführt hatte und auch nicht daran dachte, als Kyle die Wache betrat, um seinen Dienst anzutreten. Wie es sich für Neulinge gehörte, wurde er von dem gesamten Trupp gutmütig und etwas großspurig begrüßt, während er einige Witze auf seine Kosten ertragen musste, bevor ihn der Chief offiziell vorstellte, auch wenn das wirklich nicht nötig gewesen wäre. Schließlich kannte Kyle die komplette Besetzung des Department besser als der Chief selbst.

Heath beobachtete das Geschehen mit einer Mischung aus Belustigung und Stolz, da sein Babybruder mit ernstem Gesicht den Worten des Chiefs lauschte und dabei total erwachsen wirkte, obwohl es Heath so vorkam, als hätte er ihm erst gestern das Autofahren beigebracht. Mit seinen dreiundzwanzig Jahren war Kyle ein gutaussehender Kerl, der genau wie sein Zwilling sehr gut bei Frauen ankam und kaum etwas anbrennen ließ. Eigentlich hatte er nach seiner Ausbildung ein Medizinstudium dranhängen wollen, um wie seine Schwester Arzt zu werden, doch hatte sich anscheinend nun dazu entschieden, erst einmal etwas Geld zu verdienen, bevor er wieder die Schulbank drückte.

Heath gab es nicht offen zu, aber er hätte es gerne gesehen, wenn Kyle sofort mit einem Studium weitergemacht hätte, anstatt nun Schichten zu schieben und unterbezahlt zu werden. Auch wenn Kyles Job als Rettungssanitäter ein verdienstvoller Job und äußerst wichtig war, hätte es sein cleverer Bruder besser treffen können, denn Kyle besaß einen sehr hellen Kopf, den er ebenso gut als Arzt hätte einsetzen können.

Sobald der Chief mit seiner kleinen Rede geendet hatte, ging Heath auf Kyle zu und schlug ihm brüderlich auf die Schulter.

„Willkommen im Team, kleiner Bruder."

„Danke." Kyle grinste breit. „Mom lässt dir ausrichten, dass du auf mich aufpassen sollst."

„Das musste ich ihr gestern schon versprechen." Er verdrehte die Augen und erntete ein Lachen seines kleineren Bruder.

„Außerdem soll ich dich daran erinnern, dass Tante Maggie morgen Geburtstag hat und du sie anrufen sollst."

„Großer Gott", seufzte Heath auf und legte Kyle spielerisch einen Arm um den Hals, als würde er ihn in den Schwitzkasten nehmen. „Legt dir Mom morgens deine Klamotten raus und packt dir einen Zettel in die Brotbox, auf dem draufsteht, wann du pinkeln sollst?"

„Du bist ja nur neidisch, dass sie dir keinen Lunch mehr macht." Er klopfte auf seinen Rucksack und meinte gönnerhaft: „Wenn du willst, gebe ich dir was ab."

„Ihr Rettungssanitäter seid solche Memmen.“ Übertrieben abfällig schnaubte Heath: „Wir von der Feuerwehr müssen uns von unseren Müttern keinen Lunch machen lassen, sondern kochen selbst. Wenn du nett fragst, kriegst du sogar etwas ab.“

„Da ich weiß, wie du kochst, bleibe ich doch lieber bei Moms Roastbeefsandwich.“

Gerne hätte er gefragt, wie es seiner Mom wirklich ging, was die Familie machte und ob er etwas von Hayden gehört hatte, aber Heath hatte keine Ahnung, wie er das am besten hätte anstellen können. Glücklicherweise rettete ihn ein Notruf vor dieser Verlegenheit.

Als sein Löschtrupp und die Ambulanz, auf der Kyle ab sofort eingesetzt war, angefordert wurden, legte er seinem kleinen Bruder eine Hand auf die Schulter und meinte beruhigend: „Halte dich an Owen und zieh den Kopf ein, wenn es brenzlig wird.“

Während Heath routiniert in seine Einsatzschuhe schlüpfte und Brandjacke anzog sowie seinen Helm aufsetzte, beobachtete er kurz, wie Kyle im Rettungswagen wegfuhr, bevor er sich auf den Beifahrersitz seines Trucks setzte und die Sirenen anschaltete.

Noch bevor sie an der Unfallstelle ankamen, ahnte Heath, dass Kyles erster Einsatz kein Zuckerschlecken werden würde. Es ging um kein entflohenes Kätzchen, kein Feuer und keinen Verkehrsunfall, sondern um die Bergung von Bauarbeitern, die mehrere Meter in die Tiefe gestürzt waren, nachdem das Gerüst, auf dem sie gearbeitet hatten, auseinandergebrochen war. Solche Einsätze gehörten zu der Sorte, die einen selbst Monate später aus Alpträumen aufwachen ließ. Heath hätte seinem kleinen Bruder den Anblick von zerquetschten, leblosen Opfern an seinem ersten Tag sehr gerne erspart und konnte nur hoffen, dass Kyle damit klarkam.

Sobald Heath sich von einem bereits anwesenden Polizisten einen Überblick über die Lage verschafft hatte, organisierte er den Einsatz und die Rettung der verschütteten Opfer. Vier der fünf Bauarbeiter waren von den schweren Gerüstteilen erschlagen worden und würden nur noch tot geborgen werden können, doch der fünfte hatte den Sturz schwerverletzt überlebt. Da die Unfallstelle einem Mikadospiel ähnelte, konnten sie nicht einfach irgendwelche Trümmer beiseiteschieben, weil sonst die Gefahr bestand, den Mann vollständig unter den schweren Stahlträgern zu begraben. Außerdem musste Heath an die Sicherheit seiner Männer denken, die ebenfalls unter den schweren Trümmern begraben werden könnten, wenn sie achtlos irgendwelche Gerüstteile beiseiteschoben.

Gerade hatte er über Funk schweres Gerät geordert, um die Absturzstelle mit Hilfe eines Krans zu sichern, als Owen ihm die schlechter werdenden Vitalfunktionen des Arbeiters durchgab.

„Er hat ganz sicher innere Verletzungen und Blutungen. Wir müssen ihn sofort aus den Trümmern holen."

„Das weiß ich." Heath fuhr sich nachdenklich durch die Haare und schob seinen Helm ein Stück zurück. „Wir können ihn dort nicht ohne weiteres rausholen. Die Trümmerteile könnten sich jeden Moment bewegen und ihn und uns unter sich gegraben."

„Er braucht eine Infusion, um seinen Kreislauf zu stabilisieren." Owen nickte in Richtung Unfallstelle.

„Wenn wir nichts tun, kollabiert er und ist in den nächsten Minuten ebenfalls tot."

Kyle schaute in Heaths Gesicht und nickte zuversichtlich. „Ich könnte zu ihm hineinklettern und die Infusion legen."

Als Kommandant seines Löschtrupps lagen die Rettung Verletzter und die Sicherheit seiner Männer in seiner Verantwortung. Aber als großer Bruder würde er sicherlich nicht zulassen, dass Kyle seinen Hals riskierte. Nachdrücklich schüttelte er den Kopf.

„Das kommt gar nicht in Frage, Kyle. Das Risiko ist zu hoch."

„Aber …"

Normalerweise kehrte er niemals den Vorgesetzten heraus, aber in diesem Fall blieb ihm nichts anderes übrig. Also fixierte er seinen Bruder streng und nickte Owen zu.

„Wenn der Mann unbedingt eine Infusion braucht, werde ich sie ihm legen. Aber euch beide schicke ich dort nicht rein."

Während Owen nickte und zum Rettungswagen lief, um die Infusion zu holen, verschränkte Kyle die Arme vor der Brust und starrte ihn vorwurfsvoll an. „Das ist lächerlich, Heath. Ich bin Rettungssanitäter …"

„Das mag schon sein, aber ich bin für solche Situationen ausgebildet und kann ohne weiteres eine Infusion legen."

„Nur weil ich dein Bruder bin, lässt du mich das nicht machen."

„Falsch." Er blähte seine Nasenflügel auf und beantwortete kurz einen Funkspruch, der besagte, dass die Gerätschaften in wenigen Minuten ankommen würden, bevor er sich wieder an seinen Bruder wandte, der ihn aufmerksam betrachtete. „Ich würde auch Owen oder einen meiner Männer so etwas nicht machen lassen, weil ich hier die Verantwortung trage. Dass du mein Bruder bist, hat damit nichts zu tun.“

Glücklicherweise kam Owen zurück und drückte ihm das Infusionsbesteck in die Hand, bevor Kyle weiter darüber lamentieren konnte, dass er zwischen die Trümmerteile kriechen wollte, um dem Verletzten eine Infusion zu legen. Zwar stimmte es, dass Heath einen seiner Männer nichts Gefährliches machen ließ, was er nicht selbst bewältigen konnte, aber in diesem Fall wäre er niemals auf die Idee gekommen, seinen kleinen Bruder, den Rettungssanitäter, diese Aufgabe erledigen zu lassen und seiner Mutter Kummer zu verursachen, wenn etwas schieflaufen sollte.

Er gab ein paar Funksprüche durch und machte sich anschließend daran, in die Unglücksstelle zu kriechen. Unter Mühen schaffte er es schließlich, sich durch einige Gerüstteile zu winden und an den verletzten Mann zu gelangen, der unter einer dicken Staubschicht erschreckend grau im Gesicht war.

„Sir, mein Name ist Heath. Können Sie mir sagen, wie Sie heißen?“

„Mark.“

„Gut, Mark. Wir holen Sie hier so schnell wie möglich raus. Können Sie mir sagen, wie es Ihnen geht?“

„Beschissen“, krächzte der Verletzte mit schleppender Stimme. „Sagen Sie meiner Frau, dass ich Sie liebe.“

„Das sagen Sie ihr schön selbst“, erklärte Heath optimistisch und robbte neben den Mann, bevor er zwei Finger an die Halsschlagader des Verletzten legte, um dessen Puls zu messen. „Ich gebe Ihnen jetzt eine Infusion, bevor wir Sie hier rausholen."

„Wie … wie geht es den anderen?"

Mit professioneller Ruhe erwiderte er: „Um die anderen kümmern wir uns, wenn wir Sie erst einmal befreit haben."

„Scheiße … meine Frau und … und ich haben uns heute Morgen … gestritten. Wenn ich jetzt sterbe …"

„Reden Sie keinen Unsinn, Mark", unterbrach Heath den Mann und suchte nach einer Vene auf dessen Handoberfläche. „Im Nullkommanichts haben wir Sie hier raus und dann können Sie Ihrer Frau sagen, dass es Ihnen leidtut."

„Es ging um ihre Mutter." Der Mann stöhnte auf. „Der alte Drachen will bei uns einziehen."

Trotz allem musste Heath leise lachen, klopfte gleichzeitig auf die Haut des Mannes, zog diese glatt und stach mit der Kanüle in die Vene, die er glücklicherweise sofort traf. Es war gar nicht so leicht, sich in dieser Enge, der stickigen Luft und der Dunkelheit zu bewegen – geschweige denn einem Mann eine winzige Nadel in eine Vene zu stechen..

„Bei so einer Situation empfehle ich Blumen." Routiniert legte er die Infusion an und drückte einmal kräftig auf den Beutel, damit die Flüssigkeit durchlaufen konnte, bevor er ihn auf ein Stahlgerüst legte.

„Eigentlich müsste ich Blumen bekommen", scherzte der Verletzte mit heiserer Stimme. „Sie kennen meine Schwiegermutter nicht."

„Ich bin mir sicher, dass mit Ihrer Frau wieder alles in Ordnung kommt." Heath maß noch einmal den Puls des Mannes und zog eine Decke nach vorne, mit der er

Gesicht und Oberkörper des Mannes bedecken wollte, um ihn vor dem aggressiven Staub zu schützen, wenn sie damit beginnen würden, die Trümmerteile beiseite zu schaffen.

„Hören Sie, Mark. Ich werde jetzt wieder nach draußen kriechen, damit wir damit anfangen können, die Gerüstträger abzutragen. Wir sehen uns gleich wieder. Versprochen."

„Heath." Die Hand des Mannes legte sich fest auf seine. „Wenn irgendetwas passiert … meine Frau …"

„Ich weiß." Er drückte die Hand. „Ich weiß."

Vorsichtig kroch er wieder ins Freie, wo ihn bereits der Kranführer erwartete, mit dem er eilig die weitere Verfahrensweise besprach. Gleichzeitig ließ er das Arenal noch weiträumiger absperren und gab dem Krankenhaus über die Zentrale weitere Informationen zu dem Zustand des verletzten Mannes durch.

Sobald der Kran einsatzbereit war, ging alles sehr schnell und er bemühte sich zusammen mit seinem Trupp darum, die Bergung des Mannes voranzutreiben, dessen rechtes Bein hoffnungslos zerquetscht worden war. Glücklicherweise konnten sie ihn sehr schnell befreien und verfrachteten ihn eilig in den Rettungswagen, den Kyle fuhr, während Owen sich um den Verletzten kümmerte.

Für einen Augenblick sah Heath der Ambulanz hinterher und dankte dem Allmächtigen mit klopfendem Herzen, dass Kyle nicht dabei sein würde, wenn sie die Leichen der vier verunglückten Arbeiter bergen würden.

7. Kapitel

Als Hayden das jährliche Familienpicknick des Feuerdepartments zusammen mit Kayleigh betrat und Heath mit einer Flasche Bier hinter dem Grill entdeckte, wie er mit irgendeiner Blondine redete und lachte, wusste sie, dass es eine verdammt schlechte Idee gewesen war, heute hier aufzutauchen. Beinahe hätte sie kehrtgemacht und Kayleigh die Schüssel Pudding in die Hand gedrückt. Stattdessen straffte sie die Schultern, setzte ein falsches Lächeln auf und begrüßte die bereits anwesenden Feuerwehrmänner mit ihren Familien, die sie seit Jahren kannte.

Neben der traditionellen Weihnachtsfeier war das alljährliche Sommerpicknick ein festgeschriebenes Gesetz innerhalb des Departments, an dem jeder Feuerwehrmann mit seiner Familie teilnahm. Auch die Fitzpatricks waren bis auf Shane, der zu einem Einsatz gerufen worden war, vollzählig erschienen, wie es auch zu Josephs Lebzeiten der Fall gewesen war. Hayden konnte sich nicht daran erinnern, das Sommerpicknick in den vergangenen dreiundzwanzig Jahren verpasst zu haben. Nachdem ihr Dad bei einem Einsatz tödlich verwundet worden war, hatte ihre Mom nicht länger kommen wollen, doch Joe hatte sie davon überzeugt, dass sie auch weiterhin zur Familie des Departments gehörten und dabei sein mussten. Damals als Neunjährige hatte sich Hayden bei weitem nicht so fehl am Platz gefühlt wie heute. Zwar schien ihre Anwesenheit niemanden zu wundern, doch sie fühlte sich nicht mehr so wohl wie früher, als es eine

Selbstverständlichkeit gewesen war, dass sie zur Familie des Departments gehört hatte.

„Da drüben ist Mom.“ Kayleigh deutete auf einen der Picknicktische, an dem sich der Fitzpatrick-Clan bereits versammelt hatte und fleißig die mitgebrachten Speisen verzehrte.

Kayleigh lief fröhlich über den Rasen, klopfte auf diverse Schultern und lachte belustigt auf, wenn ihr jemand an den Hintern griff, während Hayden ihr deutlich weniger aufgekratzt folgte, schließlich musste sie sich besondere Mühe geben, Heath zu ignorieren, auch wenn sein dröhnendes Lachen über den Platz hallte.

Bevor sie tatsächlich abhauen konnte, ergriff Ellen ihre Hand, als hätte sie gemerkt, dass Hayden mit dem Gedanken spielte, doch noch zu verschwinden.

„Hey, Liebling. Setz dich zu mir.“

Schlagartig musste sie daran denken, wie schrecklich das Picknick für Ellen sein musste, die zum allerersten Mal ohne Joe gekommen war, und drückte tröstend die Hand der älteren Frau, bevor sie sich zu ihr beugte und auf die Wange küsste. Erst danach kletterte sie über die Bank und ließ sich neben Ellen nieder. Ein wenig beschämt gestand sie sich ein, dass ihre eigenen Probleme im Gegensatz zu Ellens Situation geradezu lachhaft waren, und bekam augenblicklich ein schlechtes Gewissen.

Mit einem innerlichen Seufzen rutschte sie nah an die Frau heran, die eigentlich ihre Schwiegermutter hätte werden sollen, schenkte ihr einen Eistee ein und stellte einen Pappteller vor sie hin.

„Seid ihr schon lange da?“

Ellen schüttelte den Kopf und nippte amüsiert an ihrem Getränk. „Wir sind gerade erst gekommen, weil wir noch auf Ryan warten mussten. Er hatte eine Verabredung mit einer Kollegin zum Brunch."

Brunch klang nach einer ernsten Sache, überlegte sich Hayden und musterte den blondhaarigen Ryan, der seiner Schwester mit einem großspurigen Lächeln den Maiskolben vom Teller klaute. Da Ryan mit seinen dreiundzwanzig Jahren und seiner sorglosen Art nicht wie der Typ wirkte, der etwas Festes haben wollte, musste sie sich ein wenig wundern und vermutete, dass er seiner Mutter irgendetwas vorgelogen haben musste, um sie nicht zu beunruhigen. Ellen hatte nämlich die Tendenz, vor allem das Liebesleben ihrer Kinder mit Argwohn zu beobachten. Unzählige Male hatte sie sich schon bei Hayden über Kayleighs lockere Art beschwert und bedauert, dass ihre Tochter keine ernsthafte Beziehung führte.

„Warum hat Ryan seine Freundin nicht mitgebracht?"

„Ach." Ellen strahlte über das ganze Gesicht. „Der Junge meinte, dass das Picknick nur der Familie vorbehalten wäre und er nicht irgendjemanden mitbringen möchte. Ist das nicht bezaubernd?"

„Sehr bezaubernd", brachte Hayden mit derart geheucheltem Entzücken vor, dass sie vermutlich in der Hölle landen würde. Jedenfalls war sie sich ziemlich sicher, dass Ryan seiner Mutter frech ins Gesicht gelogen hatte. Anstatt sich zu einem Brunch zu treffen, hatte er vermutlich ein mittägliches Schäferstündchen mit einer der unzähligen Frauen verbracht, die er ständig kennenlernte. Um jedoch als mustergültiger Sohn keine Schande auf sein Haupt zu laden, hatte er seiner Mom etwas von einem richtigen Date vorgeschwindelt.

Mit zusammengekniffenen Augen musterte sie sein fröhliches Profil und hätte beinahe laut geschnaubt.

Ellen überraschte sie, indem sie sich zu ihr beugte, ihren Oberschenkel tätschelte und flüsterte: „Ich bin froh, dass du gekommen bist."

Im ersten Moment musste Hayden gegen den Kloß in ihrem Hals schlucken, nickte dann mit einem traurigen Lächeln und lehnte den Kopf gegen Ellens Schulter, während sie leise gestand: „Ich bin entsetzlich traurig, dass Joe nicht dabei ist."

„Das bin ich auch, Liebling. Es ist lieb, dass du das sagst."

Aus den Augenwinkeln bekam sie mit, wie sich Ryan und Kayleigh gutmütig darum stritten, wer das besonders große Stück Kuchen bekam, und registrierte das fröhliche Treiben um sich herum. Wehmütig dachte sie daran, dass in diesem Jahr alles anders war als im letzten.

„Hey!" Kyle setzte sich ihnen gegenüber an den Picknicktisch und hatte einen voll beladenen Fressteller vor sich stehen. „Da bist du ja, Hayden. Hast du deinen Brotpudding dabei?"

„Wie angenehm, dass du mich anscheinend nur dann gerne um dich hast, wenn ich etwas zu essen dabeihabe." Sie verdrehte die Augen und freute sich tierisch, als sie Ellen kichern hörte.

„Nicht irgendetwas", tadelte Kyle ernst. „Sondern deinen Pudding. Das ist ein riesiger Unterschied."

„Keine Sorge." Sie deutete auf den Tisch hinter sich, der sich wegen der vielen Speisen, mit denen er beladen war, beinahe in der Mitte nach unten bog. „Den

Pudding würde ich niemals vergessen, schließlich will ich nicht, dass du vom Fleisch fällst."

„So abwegig ist das gar nicht", erläuterte Kyle, während er sich einen Chicken Wing nahm. „Die Schichten sind mörderisch und absolut anstrengend. Bestimmt habe ich schon zwei Kilos abgenommen."

Hayden sah Ellen ins Gesicht, die die Augen verdrehte und leise prustete.

„Sag mal, Kyle", wollte Hayden gespielt ernst wissen. „*Wie lange* arbeitest du schon hier? Drei Tage oder waren es gar vier?"

„Es waren vier!"

„Na dann", antwortete sie mit einem übertriebenen Nicken. „Dann ist es ja kein Wunder, dass du vor lauter Arbeit so mager geworden bist."

„Verarschst du mich etwa, Hayden?"

„Natürlich, du Blitzmerker", gluckste sie. „Wie ist denn das Leben als Rettungssanitäter?"

„Nicht so aufregend wie in Filmen." Pragmatisch, wie Kyle nun einmal war, zuckte er mit der Schulter. „Aber das wusste ich ja schon vorher. In den letzten drei Tagen wurden wir meistens zu dehydrierten älteren Menschen gerufen, aber an meinem ersten Tag hatten wir es sofort mit einem schweren Unfall zu tun."

„Kyle, ich weiß nicht, ob ich das schon wieder hören möchte." Neben ihr zuckte Ellen zusammen.

„Mom, du weißt doch, dass es völlig ungefährlich für mich war."

„Und ich möchte, dass es so bleibt." Sie schüttelte den Kopf. „Euer Dad hat mir nie erzählt, worum es bei seinen Einsätzen ging, und auch Heath hat nie etwas gesagt. Dass du mir jetzt brühwarm erzählst, was mein ältester Sohn bei den Einsätzen treibt, lässt mich nachts nicht mehr schlafen."

Augenblicklich fuhr Hayden innerlich zusammen und warf einen verstohlenen Blick zum Grill, an dem Heath nun alleine stand und gleichzeitig in ihre Richtung starrte. Dass er abrupt die Augen senkte, um das Fleisch intensiv zu betrachten, verriet ihr, dass er sie beobachtet hatte. Wie sie das finden sollte, wusste sie nicht.

Kyles Stimme riss sie aus den Betrachtungen ihres früheren Verlobten heraus, der in lässigen Jeans und einem formlosen T-Shirt am Grill stand und anscheinend seit Ewigkeiten keinen Frisör mehr besucht hatte, weil ihm das dunkelbraune Haar bereits tief in die Stirn fiel.

„Ihm geht es gut, Mom. Nichts ist passiert, weil er weiß, was er tut. Wenn es dir lieber ist, halte ich von nun an die Klappe und erzähle nichts mehr."

Hayden drehte den Kopf zurück zu Ellen, die mit blassen Wangen die Lippen zusammenpresste. Dass Kyle währenddessen achtlos auf einer Hühnerkeule herumkaute, nahm Hayden ihm übel, schließlich schien er keinerlei Rücksicht auf die Gefühle seiner Mom zu nehmen.

„Das wäre mir sicherlich lieber." Ellen schüttelte den Kopf und erhob sich anschließend. „Wenn ihr mich entschuldigt? Ich möchte kurz mit Kayleigh sprechen."

Sobald Ellen außer Hörweite war, spitzte Hayden tadelnd die Lippen. „Du sollst ihr solche Dinge nicht erzählen, Kyle. Deine Mom sollte sich keine Sorgen machen müssen."

Er schnaubte und warf ihr einen ironischen Blick zu. „Denkst du wirklich, dass sie aufhören würde, sich

Sorgen zu machen, nur weil ich ihr nichts mehr erzähle?“

„Sicherlich nicht, aber du musst sie nicht zusätzlich beunruhigen.“ Ihre eigene Besorgnis schluckte sie herunter und griff sich ein paar Cracker, auf denen sie herumkaute, um nach einiger Zeit zu fragen: „Und jetzt raus mit der Sprache. Was war da los?“

„Was?“ Kyle blinzelte verwirrt.

Rasch fuhr sie sich über die trockenen Lippen und verengte die Augen ärgerlich. „Du weißt genau, was ich meine … Heath – was hat er bei diesem Einsatz gemacht?“

„Nichts Besonderes …“

„Wenn es nichts Besonderes wäre, hättest du nicht diesen verehrungsvollen Gesichtsausdruck aufgesetzt, bei dem mir ganz anders wird.“

„Willst du tatsächlich mit mir über Heath reden?“ Ungläubig rümpfte er die Nase. „Ihr seid schließlich getrennt.“

„Danke für das Update“, zischte sie ihm aufgebracht zu. „Und sei um Himmels willen etwas leiser. Ich will nicht, dass das jeder mitbekommt.“

Der um fünf Jahre jüngere Rettungssanitäter legte den abgenagten Hühnerknochen auf seinen Teller. „Dabei dachte ich die ganze Zeit, dass Heath für dich ein rotes Tuch ist. Was denkst denn du, warum ich ihn dir gegenüber seit Monaten nicht erwähne?“

Sie schluckte schwer. „Kyle, auch wenn Heath und ich getrennt sind, können wir über ihn reden. Trotz allem mache ich mir Sorgen um ihn.“

„Das musst du nicht. Er passt auf sich auf, Hayden.“ Das Strahlen kehrte auf das jungenhafte Gesicht zurück. „An meinem ersten Tag ist er zwischen ein paar Trümmer geklettert, um einen Verletzten zu versorgen. Der Mann hat sogar überlebt und ihm einen riesigen Blumenstrauß auf die Wache geschickt …“

Plötzlich konnte sie Ellen verstehen, die aufgestanden war, um sich solche Geschichten zu ersparen.

Hastig unterbrach sie Kyle, der mit der typischen Begeisterungsfähigkeit eines jungen Mannes von seinem ältesten Bruder und dessen Heldentaten schwärmte. „Ein Glück, dass alles gut gegangen ist.“

Bierernst schüttelte Kyle den Kopf. „Das war kein Glück. Heath weiß, was er tut.“

Hayden bezweifelte, dass der junge Rettungssanitäter genügend Erfahrung hatte, um dies beurteilen zu können, widersprach ihm jedoch nicht, sondern lehnte sich zurück und starrte für einen Augenblick auf ihren Ringfinger, an dem ein blasser Streifen zu erkennen war, wo sie über ein Jahr lang den Verlobungsring getragen hatte.

„Kyle“, flüsterte sie, nachdem sie sich vergewissert hatte, dass niemand ihr Gespräch belauschen konnte. „Spricht er manchmal von mir?“

Vermutlich musste sie einen dermaßen erbärmlichen Anblick abgeben, dass sich der junge Mann dazu gezwungen sah, eine beinahe panische Miene aufzusetzen. „Äh … Hayden … ich … also …“

„Schon gut.“ Gerade noch konnte sie sich davon abhalten, hoheitsvoll zu schniefen oder sich ein paar Tränen wegzuzwinkern. „Ich weiß ja, dass er nichts mehr mit mir zu tun haben will.“

„Na ja“, brummte Kyle und senkte die Stimme. „Da ich seit Minuten verfolgen kann, wie er ständig in deine Richtung schaut, würde ich das nicht unterschreiben.“

Deprimiert zuckte sie mit der Schulter. „Vermutlich stört es ihn, dass ich hier bin.“

„Ich denke eher, dass es ihn stört, dass er nicht anders kann, als dich ständig anzustarren.“

Leicht gequält lächelte sie Kyle an, der für sie so etwas wie ein kleiner Bruder war, und lehnte sich zurück, während sie tief einatmete. „Würdest du mir einen Gefallen tun?“

„Solange ich den Pudding nicht mit irgendjemandem teilen muss.“

„Nein.“ Hayden nagte kurz auf ihrer Unterlippe herum. „Könntest du bitte auf ihn Acht geben? Deine Mom ist nämlich nicht die Einzige, die sich um ihn sorgt. Außerdem muss er ja nicht wissen, dass ich dich darum gebeten habe.“

Kyle sah aus, als würde er seinen Kopf mit dem größten Vergnügen auf den Holztisch vor sich sinken lassen. „Du weißt ja nicht, worum du mich da bittest.“

Bedeutungsschwer nickte sie dem Brotpudding zu, den Kayleigh gerade auf den Tisch stellte.

„Okay“, erklärte sich Kyle endlich bereit.

Dass Heath ihr aus dem Weg ging, war für niemanden zu übersehen.

Am wenigsten für Hayden, der es in der Seele weh tat, dass sich Heath ihretwegen von seiner Familie fernhielt und am Tisch einiger Kameraden saß. Zwar konnte Hayden nur Vermutungen anstellen, aber sie war sich ziemlich sicher, dass er nicht in ihrer Nähe sitzen wollte und daher lieber woanders sein Essen vertilgte.

Als Chief Brody während des Essens eine kurze Ansprache halten wollte, um an Joe zu erinnern, saß Hayden neben Ellen und hielt ihre Hand, während Ryan seiner Mom einen Arm um die Schulter gelegt hatte. Dass Heath plötzlich aufstand und zum Grill lief, um dort die Holzkohle nachzulegen, löste in ihr den Wunsch aus, ihm gehörig in den Hintern zu treten. Wie konnte er dermaßen unsensibel und gefühlskalt sein? Da wurde seinem Dad gedacht und er benahm sich wie der letzte Idiot, dem es scheißegal war, was um ihn herum passierte. Eigentlich hätte er bei seiner Mom sein müssen, um sie in dieser Situation zu trösten, doch er hielt es anscheinend für wichtiger, nach der Grillkohle zu schauen.

Kaum hatte der Chief seine rührende Ansprache gehalten, entschuldigte sie sich bei Ellen und trat an den Tisch, an dem Heath zusammen mit Sam, Jesse und Collum saß und stur auf die Bierflasche starrte, die er mit einer Hand umklammert hielt.

„Ich muss mit dir sprechen“, erklärte sie ohne Umschweife.

„Kein Interesse.“

Aufgebracht schnaubte sie. „Mir egal. Du kommst jetzt mit oder ich … ich,“ da ihr keine halbwegs vernünftige Drohung einfiel, hielt sie mitten im Satz inne.

„Oder … was?“

„Ich weiß nicht“, erwiderte sie ehrlich und begegnete seinen grünen Augen, die wenigstens ein Mindestmaß an Humor erkennen ließen, als er die

Flasche an seine Lippen hob und währenddessen zu ihr aufsah. Mit einem zuckersüßen Lächeln tippte sie sich mit dem Zeigefinger an die Unterlippe. „Ich könnte dir damit drohen, deine Plattensammlung in den Müll zu werfen, die du seit drei Monaten noch immer nicht abgeholt hast, aber da du darauf anscheinend keinen Wert mehr legst, bringt diese Drohung vermutlich nichts.“

Seine drei Kameraden kicherten hinterhältig, während Heaths Gesicht ziemlich finster wurde.

„Hayden …“

„Ich könnte auch deine Unterwäsche bei euch in der Feuerwehrauffahrt abladen, damit deine Kameraden sehen können, welche Marke du bevorzugst, wenn du jetzt nicht deinen Hintern bewegst und mit mir redest.“

Einen kurzen Moment später erhob er sich und packte nicht gerade zärtlich ihren Arm, um sie etwas abseits zu führen bzw. zu zerren. Im Schutz einiger Bäume blieb er stehen und baute sich vor ihr auf, was sie jedoch nicht im Mindesten einschüchterte.

„Was willst du, Hayden?“

„Danke, mir geht es gut“, erklärte sie mit ätzender Stimme und verschränkte die Arme vor der Brust.

„Hör auf, Spielchen zu spielen.“

„Und hör du auf, das Arschloch zu spielen“, warf sie ihm vor. „Denn das passt nicht zu dir.“

„Ach, und du weißt, was zu mir passt?“

Hayden verdrehte die Augen und schob gleichzeitig das Kinn vor. „Du vergisst, mit wem du sprichst. Nur weil du irgendwelche Blondinen vor meinen Augen anmachst, heißt das nicht, dass ich nicht weiß, wer du bist.“

„Eifersüchtig?“

„Und wenn schon“, wütend runzelte sie die Stirn. „Das war doch Zweck dieser kleinen Übung, oder?“

„Was?“

Abfällig nickte sie in Richtung der Blondine, die nun bei Marty stand und mit diesem scherzte. „Du musst mich nicht für blöd verkaufen, Heath. Um mir zu demonstrieren, dass du mich nicht mehr liebst, hast du den kleinen Flirt inszeniert. Vielen Dank, dass du dir so viel Mühe gibst, mir immer wieder zu zeigen, wie unerwünscht ich in deinem Leben bin. Aber nur dass du es weißt: Ich bin heute für Ellen gekommen, nicht für dich!“

„Hayden …“

Sie war derart in Rage, dass sie ihn nicht ausreden lassen wollte, sondern stattdessen mit dem Zeigefinger in seine stahlharte Brust stach. „Ich habe keine Ahnung, ob du der Meinung bist, irgendetwas nachholen zu müssen, weil wir seit der Grundschule zusammen waren, und du deshalb nun mit möglichst vielen Frauen schlafen willst, aber du solltest wissen, dass mir das weh tut.“

Mit geradezu heiserer Stimme entgegnete er: „Nicht alles, was ich tue, hat mit dir zu tun.“

„Ach? Seit wann stehst du denn auf billige Frauen, die dir ihre Möpse ins Gesicht halten?“

Er schob ihren Finger weg, mit dem sie ihm noch immer in die Brust stach. „Erstens hat mir Sue nicht ihre Möpse ins Gesicht gehalten und zweitens wüsste ich nicht, warum ich mich vor dir rechtfertigen soll.“

„Du könntest wenigstens etwas Rücksicht nehmen“, flüsterte sie unglücklich.

„Auf wen?“

„Auf mich“, begehrte sie auf. „Und wenn wir schon beim Thema wären, könntest du ausnahmsweise auch an deine Mom denken.“

„Mom macht es nichts aus, wenn ich mit einer anderen Frau rede“, entgegnete er abfällig.

„Aber deiner Mom macht es etwas aus, wenn du dich wie ein Vollidiot benimmst!“ Hayden blähte die Nasenflügel auf und musterte ihn finster. „Deine Mom braucht dich. Sie vermisst Joe ganz entsetzlich und sollte ihren ältesten Sohn bei sich haben, wenn der Chief deinem Dad gedenkt. Stattdessen drehst du der ganzen Szene den Rücken zu und tust so desinteressiert, als hätte der Chief euch den neuen Dienstplan mitgeteilt. Verdammt noch mal, er hat von deinem Dad gesprochen!“

„Das weiß ich selbst.“ Seine dunklen Augenbrauen berührten sich beinahe über seiner Nasenwurzel, als er die Stirn runzelte. „Ich wüsste nicht, was dich das anginge.“

„Es geht mich eine Menge an.“ Da sie sich für ihre Gefühle nicht schämte, reckte sie das Kinn in die Höhe und starrte ihm in die grünen Augen. „Du kannst mich aus deinem Leben ausschließen und mit anderen Frauen durch die Weltgeschichte vögeln, aber das ändert nichts an der Tatsache, dass ich deine Familie liebe und du mir am Herzen liegst.“

Dass er merklich zusammenzuckte, nahm sie zwar zur Kenntnis, erwähnte es jedoch nicht weiter. Sie warf einen Blick zurück und bemerkte, dass seine Kameraden, mit denen er gerade noch am Tisch gesessen hatte, interessiert in ihre Richtung schauten und augenblicklich mit etwas anderem beschäftigt waren, als sie beim Starren ertappt wurden. Hayden schnaubte abfällig und wandte sich wieder an Heath.

„Wenn du nicht für deine Mom da bist, weil ich hier bin, dann sag es mir einfach. Ich verschwinde und …“

„Mom möchte dich aber dabeihaben“, brummte er widerstrebend.

Hayden bemerkte wütend, dass ihr Kinn zitterte, und erklärte daher mit betont fester Stimme: „Deine Mom möchte dich um sich haben, Heath. Sie macht sich Sorgen um dich und ist einsam. Sicherlich würde es sie trösten, wenn du dich öfter bei ihr blicken lässt.“

Als er nicht antwortete, konnte sie nicht anders, als mit schmerzlicher Miene zu fragen: „Habe ich dir irgendetwas getan, dass du mich so behandeln musst?“

Mit einem ärgerlichen Seufzer meinte er: „Wir sind schließlich getrennt …“

„Na und?“ Oh Gott, sie wollte nicht zu weinen anfangen, aber spürte, wie ihr die Tränen kamen. „Auch wenn du mich nicht mehr liebst, ist das kein Grund, dass du mich hassen musst. Wir waren unser Leben lang befreundet, aber jetzt tust du gerade so, als hätte ich mit deinem besten Freund geschlafen und deinen Hund vergiftet!“

„Ich hasse dich nicht und einen Hund habe ich auch nicht.“

Ungeduldig hob sie beide Hände. „Dann sag mir doch, was dein Problem ist? Ich bin nicht blöd und weiß, dass du dich meinetwegen von deiner Familie fernhältst.“

Er fluchte und zog die Mundwinkel hinunter, während er die Arme vor seiner Brust verschränkte. „Ich habe mich von dir getrennt, Hayden. Hältst du es wirklich für eine gute Idee, dass wir uns dann ständig auf Familienessen oder Feiertagen über den Weg laufen?“

Das hatte sie bereits vermutet und kämpfte nun die Magensäure nieder, die ihr in die Kehle stieg. „Gut, ich werde mich von deiner Familie fernhalten …“

„Sei nicht albern“, stöhnte er. „Das wäre nicht fair.“

„Es ist auch nicht fair, dass Ellen in dieser Situation auf ihren Sohn verzichten muss, weil du es nicht erträgst, mich dabeizuhaben. Dann trete lieber ich den Rückweg an.“

„Wie märtyrerhaft“, spottete er.

„Lass das, Heath.“ Erstickt schüttelte sie den Kopf. „Dir mag die Situation nicht zusetzen, aber für mich ist sie unerträglich. Ich gehe jetzt …“

„Meinetwegen?“

„Ja, weil ich keine Lust habe, mir weiterhin anzusehen, wie deine Mom leidet und es dir völlig egal zu sein scheint.“

Stöhnend trat er einen Schritt näher. „Hältst du mich für so einen Mistkerl, Hayden? Ich will Mom nicht weh tun, aber …“

„Aber?“

„Aber auch für mich ist das alles nicht leicht.“

Sie wollte mit ihm reden, ihn fragen, wie es ihm ging, und für ihn da sein, aber das alles würde nicht passieren, weil er sie aus seinem Leben gestrichen hatte. Außerdem war sie es leid, ihm immer wieder zu erklären, dass er mehr Rücksicht auf seine Familie nehmen sollte. Früher wäre dies gar nicht nötig gewesen, da es keinen Menschen gegeben hatte, dem die Familie so wichtig gewesen war wie Heath.

„Weißt du was? Mach doch, was du willst.“ Sie schluckte. „Ich habe jemanden gefunden, der den Van kaufen will. Sobald das geregelt ist, hinterlege ich die Hälfte bei deiner Mom, damit du sie dir abholen kannst.“

Erbost schüttelte er den Kopf. „Ich will das Geld nicht!“

„Da siehst du, wie es mir geht“, antwortete sie mit schleppender Stimme. „Ich will auch so manches nichts, kann jedoch nichts dagegen tun.“

8. Kapitel

Bei der Feuerwehr zu arbeiten, war manchmal ein Knochenjob, manchmal war er gefährlich, manchmal ermüdend und manchmal machte er richtig viel Spaß.

Heath hatte sich gerade im Bereitschaftsraum auf sein Bett gelegt und gehofft, dass er wenigstens ein bisschen Ruhe hatte, bevor die Sirene einen neuerlichen Einsatz ankündigte, als auch schon die Durchsage kam, dass sein Löschtrupp angefordert wurde. Im ersten Moment erstarrte er zu Eis, denn der Einsatzort war ausgerechnet Haydens Schule. Sobald er die Information bekam, dass es sich bei dem Feueralarm anscheinend nur um einen Streich handelte und lediglich ein Abfalleimer angezündet worden war, atmete er innerlich auf und konnte sich halbwegs entspannen. Horrorvisionen von einer brennenden Grundschule und einer verletzten Hayden waren für einige Sekunden durch seinen Kopf gegeistert und hatten ihn wahnsinnig vor Sorge werden lassen.

Trotz der Tatsache, dass er nicht besonders erpicht darauf war, ihr nur wenige Tage nach ihrer Auseinandersetzung während des Picknicks zu begegnen, saß er erleichtert auf dem Beifahrersitz des Trucks und fuhr mit Blaulicht auf den Schulhof der städtischen Grundschule, auf dem ein halbverkohlter Abfalleimer noch immer vor sich her glomm und eine Klasse neugieriger Schüler mit Hayden einige Meter davon entfernt stand.

Neben ihr befand sich der Schuldirekter, der einem aufsässig wirkenden Schüler eine Hand auf die Schulter gelegt hatte und mit finsterer Miene auf den rothaarigen Jungen einredete.

Doch Heath hatte nur Augen für Hayden, deren blondes Haar zu einer Flechtfrisur nach oben gesteckt war und die in einem zartblauen Sommerkleid so frisch und bezaubernd wie ein Apfelkuchen aussah. Schon als Junge hatte er sie stundenlang anstarren können, wenn sie ihre Haare derart mädchenhaft frisiert hatte, und als junger Mann, der entdeckt hatte, welches Vergnügen es war, die weiche Haut seiner Freundin unter seinen Fingern zu erkunden, war es ihm nie gelungen, seine Augen von ihrem hübschen Gesicht abzuwenden, wenn es ihm ein Lächeln geschenkt hatte. Auch jetzt hätte er nichts lieber getan, als ihre weichen Kurven in dem bezaubernden Kleid eingehend zu studieren und ihre zarten Gesichtszüge sowie ihre himmelblauen Augen zu betrachten. Doch das war nicht mehr möglich.

Für einen Moment musste er die Zähne zusammenbeißen, um ihren Anblick so gut wie möglich zu ignorieren und sie nicht wie ein hypnotisiertes Kaninchen anzustarren. Stattdessen setzte er seinen Helm auf, schnappte sich den Feuerlöscher und stiefelte auf den misshandelten Abfalleimer zu, der bis zur Unkenntlichkeit verkohlt war, um diesen unter den ehrfurchtsvollen Augen der Grundschüler zu löschen. Sie sahen ihn an, als hätte er einen Drachen getötet oder mindestens die Hausaufgaben abgeschafft, was ihn innerlich grinsen ließ. Äußerlich gab er sich jedoch sehr ernst und fixierte den Missetäter, der noch immer mit einem bockigen Gesicht auf den Boden starrte.

Mit finsterer Miene stellte er den Feuerlöscher vor sich auf den Boden, räusperte sich laut und betrachtete die glühenden Gesichter der Kinder, die ihn und den riesigen Truck ehrfurchtsvoll musterten. „Ich bin Leutnant Fitzpatrick. Hat jemand von euch den Abfalleimer angezündet?“

„Das war Justin“, brüllte ein kleines Mädchen mit einer riesigen Zahnlücke und deutete aufgeregt auf den Jungen, dessen Gesicht immer verschlossener wurde.

„Ja, das war Justin! Ich habe es genau gesehen“, bestätigte ein etwas pummeliger Junge, der sich halb hinter Hayden versteckte und dem Missetäter die Zunge rausstreckte, als dieser ihm einen zornigen Blick schenkte.

Der Schuldirektor, den Heath seit einigen Jahren kannte, seufzte schwer und schenkte ihm einen gequälten Blick, während er den Jungen noch immer an der Schulter festhielt. „Wir haben Justins Eltern bereits informiert. Unsere Kantinenfrau wollte gerade ihren Dienst antreten, als sie den brennenden Abfalleimer und Justin mit einer Packung Streichhölzer entdeckte, bevor sie den Feueralarm auslöste.“

„Justin wollte bestimmt die Schule anzünden“, erklärte ein anderer Junge.

Kopfschüttelnd ergriff Hayden das Wort und klang ziemlich streng. „Schluss jetzt, Tommy. Justin wollte natürlich nicht die Schule anzünden. Ich bin mir sicher, dass es ihm sehr leidtut.“

Das Mädchen, das sich bereits eben zu Wort gemeldet hatte, wollte mit geradezu euphorischer Neugierde wissen: „Wird Justin jetzt von seinem Daddy verhauen?“

Angesichts des halsstarrigen Jungen, der bei diesen Worten zusammengezuckt war, musste Heath nicht einmal in Haydens Gesicht schauen, um sich davon zu überzeugen, dass der Vater des Jungen vermutlich genau dies tun würde.

„Tiffany“, seufzte Hayden genervt. „Ich möchte, dass du jetzt still bist und in Gedanken bis einhundert zählst.“

„Aber …“

„Ab jetzt, Tiffany“, unterbrach Hayden das Mädchen mit einer so autoritären Stimme, dass Heath beinahe geschmunzelt hätte. Normalerweise konnte Hayden keiner Fliege etwas zuleide tun und war die letzte Person auf Erden, die herumbrüllte oder schimpfte. Sie als Lehrerin zu erleben, die den Schülern ordentlich Paroli bot, war immer wieder ein amüsantes Erlebnis.

Um sich von ihr abzulenken, schenkte er dem Jungen seine volle Aufmerksamkeit und setzte seinen Helm ab, den er sich unter den Arm klemmte.

„Justin, hättest du Lust, dir den Feuerwehrtruck mal genauer anzusehen?“

Zögerlich und argwöhnisch hob der Junge sehr langsam den Blick und biss sich auf die Unterlippe, bevor er unsicher nickte.

Ohne die anderen Kinder zu beachten, die sich lauthals beschwerten, dass ausgerechnet Justin dafür belohnt werden sollte, den Abfalleimer angezündet zu haben, nickte er Hayden und dem Schuldirektor zu. „Wäre es in Ordnung, wenn Justin und ich uns für ein paar Minuten unterhalten?“

„Überhaupt nicht, Heath.“ Mr. Horrace nickte freundlich und entfernte seine Hand von der schmalen Schulter des Jungen, während Hayden damit beschäftigt war, etwas Ruhe in ihre Klasse zu bringen.

Dem verblüfften Justin drückte Heath seinen Helm in die Hand, bat ihn, diesen für ihn zu tragen, und nahm seinerseits den Feuerlöscher auf, um ihn zurück zum Truck zu bringen. Dort lehnte Collum mit amüsierter Miene gegen die Fahrertür und machte auf ein Zeichen von Heath Platz, damit dieser den Jungen auf den Fahrersitz hieven konnte, nachdem er Collum den Feuerlöscher überreicht hatte.

Stocksteif und schweigend zugleich saß der Junge mit den aufgeschlagenen Knien und der knöcherigen Schulter auf dem Platz, der normalerweise Collum vorbehalten war, und schien sich nicht einmal zu trauen, zu atmen oder sich einen Millimeter zu bewegen. Stattdessen betrachtete er ungläubig das Innere des Trucks und hörte aufmerksam zu, als Heath ihm erklärte, wofür all die Knöpfe waren.

„Du weißt, dass man nicht mit Feuer spielt, oder?“

Noch immer schwieg Justin, doch er wirkte mittlerweile nicht mehr starrsinnig, sondern niedergeschlagen, was Heath ein wenig auf den Magen schlug, da er einen ausgezeichneten Blick auf ein bereits gelblich schimmerndes Hämatom hatte, das am Kragen des zerfledderten T-Shirts sichtbar wurde. Tatsächlich schien Justin das Paradebeispiel für ein Kind zu sein, das zuhause misshandelt wurde und seine ohnmächtige Wut an anderen ausließ.

„Das weiß ich“, flüsterte der Junge nun und klang dabei entschuldigend. „Ich wollte nur …“

Seufzend stemmte Heath den linken Fuß auf das Trittbrett zur Fahrerkabine und erklärte verständnisvoll: „Ich weiß, wie es ist, wenn man so wütend auf irgendetwas oder irgendjemanden ist, dass man am liebsten etwas kaputt machen möchte, Justin.“

„Ehrlich?“

„Ehrlich.“ Er nickte bekräftigend. „Außerdem weiß ich, wie man sich fühlt, weil alles so ungerecht ist. Trotzdem ist es sehr gefährlich, mit Feuer zu spielen. Du kannst damit anderen Menschen, aber auch dir selbst sehr weh tun.“

Als der Junge nicht antwortete, fragte Heath beiläufig: „Hast du Geschwister, Justin?“

Endlich schaute der Junge ihm in die Augen und nickte widerstrebend. „Eine kleine Schwester. Sie heißt Josy.“

„Ich habe auch eine kleine Schwester. Sie heißt Kayleigh und arbeitet als Ärztin, aber weißt du, was sie noch ist?“

Kopfschüttelnd schluckte der Junge. „Nein.“

Heath grinste breit. „Kayleigh kann richtig nerven – wie das kleine Schwestern gewöhnlich tun, oder?“

Nach einigen Sekunden erwiderte der Junge das Grinsen, auch wenn es bei ihm nicht annähernd so breit ausfiel, sondern eher zurückhaltend wirkte.

„Wie alt ist Josy?“

„Sie ist vier und geht in den Kindergarten“, murmelte der Junge und spielte unbeteiligt mit einem Loch in seinen Jeansbermudas.

Zwar wollte Heath dem schweigsamen Jungen keine Angst einjagen, dennoch meinte er möglichst unbefangen: „Stell dir vor, dass Josy im Kindergarten ist und dort eines der Kinder einen Abfalleimer anzündet. Hier haben es deine Lehrer sehr schnell gemerkt, aber manchmal tun sie es nicht. Josy und die anderen Kinder könnten sich sehr weh tun und müssten vielleicht sogar ins Krankenhaus.“

„Das will ich nicht“, murmelte Justin und schien plötzlich den Tränen nahe.

Beruhigend legte Heath dem Jungen eine Hand auf den Rücken. „Das weiß ich. Du wolltest niemandem wehtun.“

Plötzlich schwamm die Stimme des Kleinen in Tränen. „Die Streichhölzer habe ich meinem Dad geklaut. Ganz bestimmt verhaut er mich jetzt.“

„Ich werde mit deinem Dad reden“, versprach Heath ermutigend.

„Aber er ist bestimmt böse!“

„Dein Dad wird sicherlich nicht begeistert sein“, gab Heath ehrlich zu. „Aber er wird viel zu erleichtert sein, dass dir nichts passiert ist, als dir lange böse zu sein.“

„Manchmal schimpft er ganz viel“, flüsterte Justin kleinlaut. „Dann verstecken Josy und ich uns immer.“

Heath wurde ganz anders, als er das hörte, und warf einen verstohlenen Blick zurück auf die Schülergruppe und Hayden sowie den Schuldirektor, bevor er entdeckte, dass ein untersetzter Mann wutschnaubend den Schulhof betrat und prompt auf die beiden Lehrer zumarschierte.

Da Justin zusammenzuckte und sich sofort duckte, konnte er sich denken, dass der bärenartige Mann der Vater des völlig verunsicherten Jungen war, der kurz vor einem Tränenausbruch stand.

„Weißt du was? Warum bleibst du nicht ein paar Minuten hier sitzen und lässt dir von Collum erklären, was wir bei einem Feuer tun? Ich werde mit deinem Dad sprechen und ihm sagen, dass du es nicht böse gemeint hast.“

Mit einem hoffnungsvollen Schimmer in den kindlichen Augen nickte Justin und blieb in Collums Obhut, während Heath über den Schulhof schlenderte, wo der aufgebrachte Mann bereits Gift und Galle spuckte.

Heath kniff die Augen zusammen, als er mit ansehen musste, wie der Mann sich vor Hayden und dem bedeutend schmaleren Schuldirektor aufbaute und die beiden in Anwesenheit der verschreckten Kinder dumm von der Seite anmachte. Angesichts der alarmierten Miene seiner früheren Verlobten ahnte er, dass sie mit einem schlimmen Ausraster seinerseits rechnete, was er ihr nicht einmal verübeln konnte, schließlich waren die Fitzpatricks für ihre Hitzköpfigkeit bekannt.

Im Gegensatz zu Shane, der gleich an die Decke ging und gerne schnell um sich prügelte, war Heath vielleicht besonnener, aber der Anblick des geifernden Mannes, der Hayden viel zu nahe kam, löste in ihm den Wunsch aus, seine Fäuste sprechen zu lassen.

„Was ist hier los?“ Er stellte sich demonstrativ nah zu Hayden und Mr. Horrace, während er sich zu voller Größe aufrichtete und den Mann mit den blutunterlaufenen Augen fragend anblickte.

„Mr. Miller ist ein wenig aufgeregt, dass wir ihn hergebeten haben“, erklärte der Schuldirektor diplomatisch.

„Ich bin nicht aufgeregt, sondern stinkwütend, du Pappkamerad“, schnaubte der anscheinend stark alkoholisierte Mann abfällig. „Was hat der Junge jetzt wieder ausgefressen? Grün und blau werde ich ihn schlagen!“

Bevor Heath überhaupt die Gelegenheit bekam, den anderen Mann am Schlafittchen zu packen, mischte sich Hayden ein, die er derart kämpferisch niemals zuvor gesehen hatte.

Ihre Schüler forderte sie auf: „Ohren zuhalten!" Anschließend reckte sie das Kinn in die Höhe und drohte dem tobenden Vater, der einen guten Kopf größer war: „Sollten Sie es wagen, Hand an Justin zu legen, schicke ich Ihnen meine Schwager vorbei, die bei der Polizei arbeiten und alles wie einen Unfall aussehen lassen können."

Heath wusste nicht, ob er entsetzt oder belustigt sein sollte. Ihren Vorgesetzten musste sie schockiert haben, weil er wie ein Fisch auf dem Trockenen nach Luft schnappte.

„Hayden!"

Mr. Miller jedoch war vermutlich viel zu betrunken, um dieser Drohung irgendeine Bedeutung zu beizumessen. Wenn überhaupt machte sie ihn noch wütender, da er knurrte und einen Schritt auf sie zu machen wollte.

Genau das war Heaths Stichwort, den Mann am Arm zu packen und zurückzureißen. Gutmütig forderte er ihn auf: „Halten Sie sich zurück."

„Was willst du denn von mir, Kollege?"

„Ich will, dass Sie nach Hause gehen und Ihren Rausch ausschlafen, bevor ich meine Kollegen von der Polizei anrufen muss, damit sie Sie hier abführen."

„Du kannst mich mal!"

Freundlich sah Heath den Schuldirektor an. „Ich würde vorschlagen, dass Sie Mr. Miller einen Platzverweis aussprechen, damit er in Zukunft weder den Schulhof noch das Schulgebäude betreten darf." Er nickte Hayden zu, die trotz ihrer mutigen Worte ziemlich blass geworden war. „Und dir würde ich vorschlagen, die Kinder zurück in die Klasse zu bringen. Vielleicht wird das hier noch ziemlich hässlich werden …“

„Mir sind die Gören völlig egal“, tobte der Vater weiter. „Geben Sie mir meinen Sohn, damit ich ihn nach Hause bringen kann!“

„Unter keinen Umständen gebe ich Ihnen Justin mit.“ Entschlossen schüttelte Hayden den Kopf. „Nicht in Ihrem Zustand, Mr. Miller.“

„Mein Zustand geht Sie gar nichts an!“

Ihre Stimme klang verdammt düster, als sie erwiderte: „Das wird das Jugendamt bestimmt anders sehen.“

Dem Mann traten vor Wut beinahe die Augen aus den Höhlen. „Ich wusste es! Sie haben mir das beschissene Amt auf den Hals gehetzt!“

Vor den Kindern wollte Heath den betrunkenen Vater ungern verprügeln, also blieb ihm nichts anderes übrig, als den Mann zu umklammern und ihm die Arme auf den Rücken zu drehen, als er auf Hayden losgehen wollte. Glücklicherweise besaß Collum die Geistesgegenwart, über Funk einen Streifenwagen zu rufen, während Mr. Horrace die völlig erschrockenen Kinder zurück in das Schulgebäude scheuchte. In der Zwischenzeit hatte Heath den randalierenden Vater auf den Boden gedrückt, presste ihm schwer atmend ein Knie in den Rücken und hielt seine Arme eisern umklammert. Da ihm die Haare in die Stirn fielen, blinzelte er zu Hayden hoch, die besorgt von einem Fuß auf den anderen trat. Nebenbei bemerkte er, dass sie die Sandalen trug, die er ihr vor einem Jahr während eines

Wochenendtrips in New Haven gekauft hatte. Zwar hatte sie behauptet, dass die Schuhe viel zu teuer wären, aber ihre kleinen Füße hatten so niedlich in den mit Schleifen verzierten Schuhen ausgesehen, dass er sie ihr geschenkt hatte.

„Oje“, sagte sie seufzend. „Das wollte ich nicht.“

„Das hoffe ich.“ Er konnte nicht anders und grinste breit. „Beim nächsten Mal könntest du mich vorwarnen.“

Hayden rümpfte das vorwitzige Näschen. „Ich bin keine Hellseherin, Heath! Woher zum Teufel hätte ich wissen können, dass er so ausflippt?“

Glucksend legte er den Kopf schief. Gleichzeitig brüllte der Mann unter ihm unartikulierte Flüche in den geteerten Boden.

„Hey! Brauchst du Hilfe, Fitzpatrick?“

„Alles in Ordnung“, rief er seinem Kameraden zu, der einen Blick aus der Fahrerkabine des Trucks warf. Wie es schien, hatte Collum den Jungen bereits zu seiner Klasse gebracht, damit er nicht mit ansehen musste, wie sich sein Vater benahm.

„Um Justin brauchst du dir keine großen Sorgen zu machen.“ Er ächzte kurz, als er sich zur Seite beugte, um das Gewicht auf das andere Knie zu legen. „Ich denke, dass er in Zukunft die Finger von Streichhölzern lässt.“

„Mhh.“

„Der Junge meinte es wirklich nicht böse, Hayden.“

Unsicher hob sie beide Hände. „Das weiß ich nicht … Ich dringe zu ihm nicht durch. Ständig macht er nur Unsinn. Aber das heute war gefährlich und nicht einfach nur ein Streich.“

Heath senkte die Stimme und raunte ihr zu: „Hast du den blauen Flecken auf seiner Schulter gesehen?“

Mit zusammengepressten Lippen nickte sie.

„Der Kleine wird zuhause sicherlich misshandelt. Das wird ihn so wütend werden lassen, dass er dafür ein Ventil sucht.“

„Das weiß ich.“ Eingehend musterte sie ihn. „Aber ich habe keine Ahnung, wie ich mit ihm reden soll. Mir will er sich nicht anvertrauen.“

Am liebsten hätte er sich die Zunge abgebissen, stattdessen hörte er sich selbst sagen: „Wenn irgendetwas sein sollte, kannst du mich seinetwegen anrufen.“

Überraschung zeichnete sich auf ihrem Gesicht ab, bevor sie relativ gefasst erwiderte: „Du kannst gut mit Kindern umgehen, Heath.“

Schlagartig erinnerte er sich an die Zeit vor sechs Monaten, als beide gedacht hatten, dass Hayden schwanger sein könnte. Damals war es zwar lediglich ein Fehlalarm gewesen, aber er wusste noch genau, wie enttäuscht er gewesen war, als sich der Test nicht verfärbt hatte. Gleich nach der Hochzeit hätten sie es probieren wollen – er hatte es kaum erwarten können.

Um nicht länger in solchen Erinnerungen zu schwelgen, verzog er grimmig den Mund und warf ihr vor: „Du solltest dich in Zukunft zurückhalten. Das hier hätte sehr schlimm für dich ausgehen können.“

„Das weiß ich selbst.“ Seufzend verschränkte sie die Arme vor der Brust und drückte damit ihre vollen Brüste gegen das anschmiegsame Material ihres Kleides. Beinahe wäre ihm das Wasser im Mund zusammengelaufen. „Aber was soll ich tun?“

Da die Gegenwehr des Mannes langsam erlahmte, konnte sich Heath ein wenig entspannen. „Du könntest damit anfangen, einen betrunkenen Mann nicht zu provozieren."

Eine blonde Augenbraue wanderte in die Höhe. „Dich habe ich auch provoziert, als du betrunken warst."

„Das war etwas anderes", murrte er und senkte den Blick.

„Ach? Inwiefern?"

Weil er ihr niemals ein Haar krümmen könnte. Glücklicherweise fuhr in diesem Moment ein Streifenwagen auf den Schulhof, in dem keiner seiner Angehörigen saß, wie er erleichtert feststellte.

Sobald Hayden den Streifenbeamten die Sachlage erklärt hatte und die beiden den mittlerweile heulenden Mr. Miller übernahmen, konnte Heath endlich den Rücktritt antreten.

Haydens Hand, die sich auf seinen Arm legte, und die strahlenden Augen, mit denen sie ihm dankbar ins Gesicht sah, lösten ein wohlbekanntes Kribbeln in seinen Eingeweiden aus, das er lieber nicht näher erforschen wollte.

„Danke, Heath."

„Nichts zu danken." Er schenkte ihr kein Lächeln, keinen aufmunternden Blick, sondern nickte steif und lief zurück zu seinem Einsatzfahrzeug.

Als Collum und er zurück zur Wache kamen, saßen die anderen Trupps vergnügt bei ihrem Mittagessen und feixten breit. Wie es schien, hatten sie bereits von dem Grund des Einsatzes erfahren, wobei Heath vermutete, dass Collum über Funk durchgegeben hatte, dass sie zur Rettung eines hoffnungslos verkohlten Abfalleimers gerufen worden waren.

„Wieder zurück von euren Heldentaten?“, wollte Sam glucksend wissen.

„Ich weiß gar nicht, was daran so lustig sein soll.“ Heath zuckte mit der Schulter und beugte sich über seinen Bruder, um sich ein ofenfrisches Brötchen von einer Platte zu nehmen, in das er herzhaft hineinbiss.

Sam lehnte sich gönnerhaft zurück. „Na, wir haben schon gehört, dass ihr ein paar Grundschülern eine tolle Show geboten habt. Waren Sie beeindruckt?“

Heath verdrehte die Augen und maß seinen Kollegen mit einem schiefen Blick. „Als du das letzte Mal die Brandschutzübung mit ein paar Kindern durchgeführt hast, hatten wir anschließend ein Dutzend Beschwerden wütender Eltern, weil du ihre Sprösslinge mit Geschichten verkohlter Leichen zu Tode erschrocken hast.“ Er warf Sam ein Brötchen zu und zwinkerte dabei vergnügt. „Back du mal ganz kleine Brötchen.“

„Genau, Sam.“ Collum drängte einen Kameraden beiseite, um sich ebenfalls auf die Sitzbank zu quetschen und nach einer Portion Lasagne zu langen. „Du solltest überlegen, ob du nicht lieber Drehbücher für Horrorfilme schreiben willst. Bei deinen Geschichten habe sogar ich mir vor Angst fast in die Hosen gemacht und ich bin mit fünf Schwestern aufgewachsen.“

Die Glatze des Feuerwehrmanns glänzte wie poliert, während er die Stirn runzelte und sich verteidigte. „Die Kinder sollen schließlich Angst vor Feuer haben!“

„Gut gemacht, du Genie“, schmatzte Collum mit vollem Mund. „Du hast ihnen keine Angst eingejagt, sondern den Grundstein für einige Therapiesitzungen geliefert, die ihre Eltern abbezahlen dürfen.“

Kyle, dessen erste Woche auf der Wache noch nicht beendet war, fragte interessiert in die Runde: „Macht ihr oft Brandschutzübungen für Kinder?“

„Manchmal“, erwiderte Heath, nachdem er sein halbes Brötchen verputzt hatte. „Es kann sein, dass uns eine Klasse Grundschüler besucht …“

„Ja, aber wir legen diese Besuche so, dass Sam keinen Dienst hat, damit wir nicht wegen seelischer Grausamkeit verklagt werden können“, scherzte Jesse munter. „Seit Heath das mit den Kleinen macht, verirren sich anschließend ständig dankbare Mütter her, die uns Kuchen vorbeibringen.“

„Oder Telefonnummern“, ergänzte der Rettungssanitäter Owen.

„Telefonnummern?“ Kyle klang verwirrt und blickte fragend in die Runde.

Jesse grinste schief. „Diese alleinerziehenden Moms sind ganz scharf auf die Aussicht, sich einen Feuerwehrmann zu angeln, der auch noch gut mit Kindern kann. Ein paar Mal habe ich die Frauen sogar zurückgerufen und bin mit ihnen ausgegangen …“

„Bitte keine schmutzigen Details.“ Heath strubbelte seinem Bruder durchs Haar und meinte gutmütig: „Solltest du meinen kleinen Bruder verderben, bekomme ich Ärger mit meiner Mom, Jesse.“

Wie nicht anders zu erwarten gewesen war, beschwerte sich Kyle ziemlich vehement über Heaths Behandlung und schlug seine Hand weg.

Jesse grinste breit. „Ich glaube kaum, dass ich deinen Bruder verderben könnte, selbst wenn ich es wollte, Fitzpatrick."

„Da hörst du es." Kyle nickte bestätigend, bevor er großspurig nachfragte. „Wie komme ich an diese Telefonnummern?"

Mit einem Schnauben schüttelte Jesse den Kopf. „Die muss man sich verdienen, mein Junge. Frischlinge wie du stehen ganz unten in der Nahrungskette."

„Außerdem stehen die Single-Moms nicht auf Milchbubis", warf auch Owen ein. „Aber vielleicht ist dein Bruder so gnädig und überlässt dir die eine oder andere Nummer, schließlich benutzt er sie selbst ja nie."

Heath seufzte schwer. „Nur weil du so verdammt neidisch bist, dass Rettungssanitäter lange nicht so begehrt wie Feuerwehrmänner sind, musst du hier keine Sprüche reißen."

„Aber er hat Recht", Jesse lehnte sich zurück und zeigte mit seiner Gabel auf Heath. „Ich erinnere dich nur an die heiße Rothaarige, die hier letztens antanzte und sich bei dir bedanken wollte, weil du die Katze ihrer Großmutter gerettet hast. Die Kleine wäre nur zu gern aus ihren Klamotten gehüpft, wenn du sie gefragt hättest. Das ist so eine *Sophie*, die dich nachts um den Verstand vögelt."

Die Neugier seines Bruders war geweckt. „Sophie?"

Kauend nickte Jesse. „Sophie Harrison ... oder war es Henderson?"

Owen fügte grinsend hinzu: „Du hast sie immer nur Sophie *Heinzelmännchen* genannt. Sie kam nachts, machte die ganze Arbeit und war morgens verschwunden."

„Außerdem schrieb sie so ungefähr jedem Feuerwehrmann, dessen Nummer sie hatte, Nachrichten, in denen stand: *Meine Wohnung brennt und ich liege nackt im Bett. Komm und rette mich!*"

„Mir schrieb sie mal, sie wolle meinen Schlauch ..."

„Hey." Heath schüttelte den Kopf. „Wir essen, Jungs."

Kyle krächzte verwirrt: „Und diese Sophie ..."

„Heinzelmännchen", half Jesse ihm aus.

„Okay, also diese Sophie *Heinzelmännchen* hat mit euch *allen* geschlafen?"

„Nö." Jesse schüttelte den Kopf. „Nur mit mir, einmal mit Owen und mit dem halben Department aus dem North End. Sie ist ein Feuerwehrgroupie und etwas nymphomanisch veranlagt. Heaths Nummer wollte sie auch immer haben."

„Kein Interesse", erwiderte dieser grantig und ignorierte den Blick seines kleinen Bruders, der ihn nachdenklich zu mustern schien.

„Lasst den Mann in Ruhe." Collum schüttelte tadelnd den Kopf und ergänzte kryptisch: „Wenn man immer noch Augen für seine Ex hat, fällt es einem nun einmal schwer, zu einer anderen Frau in die Kiste zu steigen."

Am liebsten hätte er seinem Kameraden eine verpasst, beließ es jedoch bei einem finsteren Grollen, das Collum hoffentlich von weiteren Kommentaren abhalten würde.

Jesse jedoch war weniger dickfellig. „Habt ihr etwa Hayden getroffen?“

„Ja, das haben wir“, antwortete Heath angespannt. „Könnten wir jetzt bitte das Thema wechseln?“

Glücklicherweise hielten seine Kameraden ausnahmsweise mal den Mund und stocherten schweigend in ihrem Essen herum. Ihm jedenfalls war der Appetit vergangen.

Um das peinliche Schweigen zu brechen, räusperte sich Sam nach einigen Momenten. „Da fällt mir ein, dass wir bald den Monatsersten haben und Kyle die Ehre haben wird, sich um Veronica zu kümmern, schließlich ist er hier der Frischling.“

Sein kleiner Bruder runzelte fragend die Stirn und sah neugierig in die Runde. „Veronica? Das klingt heiß.“

Obwohl es Heath nicht lag, seinem Bruder im Ungewissen zu lassen, zuckte er leichthin die Schulter und verschwieg, dass es sich bei Veronica um einen Transvestiten handelte, der pünktlich nach der monatlichen Gehaltsüberweisung die Puppen tanzen ließ und regelmäßig irgendwo betrunken aufgegriffen wurde. Daher wunderte es sie nicht, wenn sie pünktlich zu Monatsanfang Veronica verarzten mussten, der jedes Mal erschreckend anhänglich und liebestoll war.

Owen verschluckte sich beinahe an einem Lachen und deutete auf Sams finsteres Gesicht, das sich bei der Erwähnung Veronicas verdunkelt hatte. „Frag Sam, wenn du mehr wissen willst. Er hat ein ganz … äh … besonderes Verhältnis zu Veronica.“

Heath fiel in das dreckige Gelächter seiner Kollegen ein und klopfte seinem Bruder auf die Schulter, während er erklärte: „Als Sam und ich noch auf demselben Truck eingesetzt wurden, gab es eine lustige Geschichte über ihn und Veronica."

„Halt die Klappe, Fitzpatrick", brummte Sam wütend. „Ich will nicht darüber reden."

„Aye." Mit sich kräuselnden Lippen nickte er, bevor er zugab: „Das ginge mir nicht anders, wenn ich du wäre."

Gerade als Kyle zu einer Frage ansetzte, bemerkte Heath, dass der Chief den Gemeinschaftsraum betrat und ihm auffordernd zunickte, so dass ihm nichts anderes übrigblieb, als seinem Vorgesetzten in die Fahrzeughalle zu folgen, in dem sie beide allein waren.

„Heath, ich brauche noch immer das Attest Ihres Psychologen. Die Verwaltung hat mich schon wieder deswegen angerufen und will sich nicht länger vertrösten lassen. Und ich auch nicht, um es ganz klar zu sagen."

Er biss die Zähne zusammen und schwieg für einen kurzen Moment. In der vergangenen Woche war er seinem Chief immer wieder aus dem Weg gegangen, weil er gewusst hatte, dass dieses Thema noch nicht vom Tisch war.

„Ich brauche keinen Quacksalber."

„Das haben Sie nicht zu entscheiden", erläuterte der Chief entschieden. „Entweder geben Sie mir in den nächsten Tagen dieses Attest oder ich werde Sie suspendieren müssen."

9. Kapitel

Auch wenn sich der Verkauf des Autos zerschlagen hatte, wollte Hayden neben all dem Stress so kurz vor Zeugnisvergabe und Ferienbeginn damit anfangen, nach einem geeigneten Käufer für das Haus zu suchen. Zwar tat ihr der Gedanke in der Seele weh, dass sie dann aus ihrem Heim ausziehen musste, aber anders würde sie einfach keine Ruhe finden.

Gerade als sie aus dem Büro eines Immobilienmaklers trat und tief durchatmete, weil das Gespräch sie mehr mitgenommen hatte, als sie gedacht hatte, klingelte ihr Telefon. In der Hoffnung auf etwas Ablenkung in Person von Kayleigh nahm sie den Anruf an und hörte eine männliche Stimme, die sehr gut gelaunt klang.

„Hallo, Hayden. Hier spricht Alec. Ich wollte Sie nur an Ihr großzügiges Angebot erinnern, sich mit mir auf einen Kaffee zu treffen. Vielleicht hätten Sie ja Lust, aus dem Kaffee ein heutiges Abendessen zu machen?“

Ein wenig überrumpelt trat sie zur Seite, um einer älteren Dame Platz auf dem Bürgersteig zu machen, und verzog den Mund zu einem angestrengten Lächeln. „Hallo zurück. Wie geht es Ihnen. Alec?“

„Ganz gut, aber mir würde es bedeutend besser gehen, wenn Sie mir zusagen.“

„Abendessen?“ Nervös leckte sie sich über die Lippen und dachte an Kayleighs Worte, dass bereits eine Verabredung auf einen Kaffee der Zusage zu Sex gleichkam. Hastig schob sie diese verstörenden Gedanken weit von sich.

„Oder lassen Sie uns ganz vornehm sein und Dinner sagen. Was halten Sie von einem Abendessen? Absolut zwanglos.“

Mit einem panischen Herzklopfen sah sie auf die betriebsame Straße vor sich und konnte das Gefühl nicht abstellen, dass sie gerade irgendetwas Verbotenes tat. Tatsächlich fühlte es sich an, als betrüge sie Heath, was an Absurdität nicht zu übertreffen war. Dass sie in ihrem bisherigen Leben erst einen Mann geküsst und nackt gesehen hatte, war für viele Frauen ihres Alters womöglich undenkbar, aber Hayden war immer davon ausgegangen, dass es dabei bliebe.

Um ehrlich zu sein, konnte sie sich nicht vorstellen, einen anderen Mann als Heath zu küssen oder sich vor ihm auszuziehen. An Sex wollte sie gar nicht denken, weil sie sonst vermutlich durchgedreht hätte.

„Hayden? Sind Sie noch dran?“

„Ja.“ Sie holte bebend Luft und sprach anschließend furchtbar schnell. „Ich will ehrlich sein, Alec. So weit, mit einem anderen Mann auszugehen, bin ich noch nicht. Ganz sicher wollen Sie keine Frau neben sich sitzen haben, die neben der Spur ist und …“

„Ho.“ Er lachte in den Hörer. „Als ich ein zwangloses Abendessen erwähnte, meinte ich das auch so. Verstehen Sie mich nicht falsch, weil ich Sie nicht nur interessant, sondern auch sehr attraktiv finde, aber wir müssen es nicht unbedingt ein Date nennen, wenn Ihnen dann wohler ist, Hayden.“

„Okay“, erwiderte sie leise und fragte mit trockener Kehle: „Was ist es dann?“

„Ein zwangloses Abendessen, bei dem Sie mir ein wenig über Boston erzählen können und bei dem ich mich entspannen kann, weil ich dann nicht allabendlich allein in meiner noch nicht fertig renovierten Wohnung sitzen muss." Er klang völlig unverdrossen. „Sie dürfen auch das Lokal aussuchen, schließlich kenne ich mich hier noch gar nicht aus. Heute Abend? Acht Uhr?"

Obwohl sich Hayden selbst eine Idiotin nannte, würgte sie hervor: „Heute klappt es bei mir leider nicht. Aber übermorgen hätte ich Zeit."

Nachdem sie sich tatsächlich mit Shanes neuem Partner zu einem Abendessen verabredet hatte, steckte sie das Handy wieder in ihre Tasche und konnte selbst nicht glauben, was sie gerade getan hatte. Irgendwie machte es ihre Trennung plötzlich schrecklich real, mit einem anderen Mann verabredet zu sein.

Bevor sie sich darüber noch mehr Gedanken machen konnte, lief ihr plötzlich Jerry über den Weg, der euphorisch winkte, als er sie sah. Da es sich bei Jerry Macintosh um einen gemeinsamen Freund von Heath und ihr handelte, konnte sie sich denken, dass das kommende Gespräch ziemlich anstrengend werden würde. Liebend gerne hätte Hayden in diesem Moment alles für ein wenig Unhöflichkeit gegeben, um Jerry möglichst schnell zu vergraulen, aber so viel Skrupel hatte sie dann doch leider nicht.

„Hallöchen, Hayden! Gut siehst du aus. Das hätte ich jetzt nicht gedacht."

Mit einem wissenden Lächeln, das jedoch eher humorlos ausfiel, ließ sie sich von dem behäbigen Polizisten kurz umarmen und fragte ungewollt spitz: „Was hättest du nicht gedacht?"

Jerry, der nicht gerade dafür bekannt war, besonders clever zu sein, blinzelte sie verständnislos an. „Na, nach eurer Trennung und all den Dingen, die man hört, bin ich eigentlich davon ausgegangen, dass es dir gar nicht gut gehen kann."

„*Was* hast du denn gehört?" Ungeduldig schulterte sie ihre Tasche und schob sich die Sonnenbrille von der Nase, um ihn besser mustern zu können.

„Was man so immer hört …" Er zuckte mit der Schulter. „Ich glaube ja nicht daran, dass die Version stimmt, in der Heath dich verlassen hat, weil er etwas mit der Tochter des neuen Chiefs hat."

„Nein!" Vehement schüttelte sie den Kopf und klang leicht patzig. „So war das ganz sicher nicht!"

„Das dachte ich mir schon. Teresa meinte auch, dass Heath nicht der Typ sei, der seine Freundin betrügt, aber man kann den Menschen ja immer nur vor den Kopf schauen. Als ich ihn vor ein paar Tagen beim Training traf, wirkte er auf mich nicht besonders gut gelaunt. Habt ihr Streit wegen der Trennung?"

„Nein, wir haben keinen Streit!"

„Na ja." Der dickliche Polizist, der sich mal wieder wie ein Elefant im Porzellanladen benahm, legte nachdenklich den Kopf schief und schien für ihre Stimmung völlig unempfänglich zu sein. „Denkst du, dass ihr beide wieder zusammenkommt?"

Ungläubig sah sie Jerry an und fragte sich, wie jemand so unsensibel sein konnte. Um nicht laut zu werden und ihm die Mappe, die ihr der Makler überreicht hatte, um die Ohren zu hauen, schüttelte sie lediglich den Kopf und brachte ein schwaches: „Nein", hervor.

„Wie wäre es dann, wenn du mit meinem Bruder ausgehen würdest? Er hat auch gerade eine Trennung hinter sich und würde etwas Ablenkung brauchen.

Wenn du willst, könnte ich ihm deine Telefonnummer geben."

Um zu verhindern, dass ihr die Kinnlade hinunterfiel, presste sie die Kiefer aufeinander und blinzelte ihm entgegen. Jerry schien ihr Schweigen jedoch als Interesse zu deuten, da er mit funkelnden Augen ausführte: „Seine Exfrau war eine richtige Schlampe, die nicht einmal vernünftig kochen konnte. Er braucht eine richtig nette Frau, die nicht nur an seinen Gehaltsscheck denkt. Da bist du mir sofort in den Sinn gekommen, schließlich kannst du nicht nur gut kochen, sondern verdienst dein eigenes Geld."

Anscheinend hielt er seine Bemerkungen für Komplimente, da er sie mit dem treudoofen Blick eines leicht unterbelichteten Rottweilers ansah, der erwartete, dass man ihm einen Hundekuchen gab, weil er einen Haufen in den Vorgarten gelegt hatte. Hayden spielte mit dem Gedanken, Jerrys Frau Teresa anzurufen und diese zu bitten, ihren übereifrigen Mann an die Leine zu legen, damit er nicht durch die Weltgeschichte lief und die Menschen vor die Köpfe stieß. Ihr erster Vorschlag wäre gewesen, Jerry kastrieren zu lassen, aber dies wäre vermutlich zu radikal erschienen, und Hayden ging auch nicht davon aus, dass Teresa dieser Idee zugestimmt hätte.

„Hör mal, Jerry, es ist sehr … schmeichelhaft, dass du sofort an mich denkst." Sie räusperte sich kurz. „Aber du verstehst sicher, dass ich mich in nächster Zeit mit niemandem verabreden will."

„Seid ihr nicht schon seit über drei Monaten getrennt?!"

„Heath und ich sind seit der Highschool ein Paar gewesen", erwiderte sie schnippisch, obwohl sie nicht wusste, weshalb sie sich überhaupt die Mühe machte, sich vor Jerry zu rechtfertigen. „Deshalb brauche ich etwas Zeit, um darüber hinwegzukommen."

„Falls du dir Gedanken wegen Heath machst, kannst du unbesorgt sein. Mit ihm habe ich schon gesprochen, und er meinte, dass es für ihn okay wäre, wenn du mit meinem Bruder ausgehen willst."

Aufgebracht runzelte sie die Stirn und verschränkte die Arme vor der Brust. „Bitte, *was*?"

Wie nicht anders zu erwarten gewesen war, lächelte Jerry freundlich und erklärte großspurig: „Heath hat sein Okay für eine Verabredung zwischen dir und meinem Bruder gegeben, als ich ihn vor einigen Tagen fragte."

„Du hast Heath um Erlaubnis gefragt, ob dein Bruder mit mir ausgehen darf?" Vor lauter Wut sah sie rot und überlegte, ob die Absätze ihrer Schuhe als Mordinstrument nützlich sein könnten.

„Natürlich", empörte sich Jerry und schaute sie an, als zweifle er an ihrem gesunden Menschenverstand. „So etwas konnte ich doch schlecht über Heaths Kopf hinweg entscheiden."

Hayden hatte das Gefühl, in einem Paralleluniversum gefangen zu sein, und öffnete den Mund, um ihn gleich darauf wieder zu schließen. Das konnte doch alles nicht wahr sein! „Und Heath hat dir gesagt, dass er damit kein Problem hat?"

„Genau." Ein Hauch von Ungeduld schwang in seinem Tonfall mit. „Was ist jetzt, Hayden? Kann ich meinem Bruder deine Nummer geben? Oder willst du ihn anrufen?"

Die Worte, die ihr schon so lange auf der Zunge lagen und mit denen sie Heath sehr gerne bedacht hätte, sprudelten plötzlich aus ihr heraus. „Jerry, fick dich doch!“

Überrascht erkannte Hayden ihren Freund, der sein Auto an der Straße vor dem Schulgelände geparkt hatte und nun am Zaun der Grundschule stand, um ihr lächelnd zuzuwinken. Während sie zurückwinkte, kuschelte sie sich tiefer in ihre Winterjacke und war für die Mütze dankbar, die sie sich gerade noch auf den Kopf gesetzt hatte, weil die Temperaturen über Nacht gefallen waren und eine Eiseskälte über die Stadt zog. Für die nächsten Tage war Schnee angekündigt worden, was sie selbst weniger schön fand, weil sie dem Matsch und der Kälte nichts abgewinnen konnte. Heath dagegen liebte den Winter und versuchte sie seit Jahren dazu zu überreden, in den Winterurlaub zu fahren. Er hatte auch leicht reden, dachte sie leicht grummelig, als sie seine beinahe sommerliche Kleidung betrachtete, schließlich fror er so gut wie nie. Auch jetzt trug er seine Jacke offen und enthüllte darunter ein Sweatshirt seiner Einheit. Unter Garantie hätte sie in diesem Outfit gefroren, aber Heath erweckte den Eindruck, als hätte er sich nicht wohler fühlen können.

„Was tust du denn hier?“ Sie verrückte die schwere Schultasche auf ihrer Schulter und machte einen großen Schritt über eine Pfütze. „Ich dachte, du müsstest bis heute Abend arbeiten?“

„Ich wollte dich überraschen.“ Mit einem breiten Lächeln, das ihr noch immer Herzrasen bescherte, beugte er sich hinab und umfasste ihr Gesicht mit

beiden Händen, bevor er ihr einen zärtlichen Kuss auf den Mund gab. „Hi, Liebling."

„Hi", nuschelte sie zurück und schloss für einen winzigen Moment die Augen.

„Gib das mal her", verlangte er leise und nahm ihr sofort die schwere Tasche ab, was sie vor Erleichterung seufzen ließ.

„Danke."

„Nichts zu danken." Er ergriff ihre Hand, schulterte die Tasche auf der anderen Seite und führte sie zu seinem Auto. „Im Auto müsste es noch warm sein, da ich die Heizung voll aufgedreht habe."

„Das ist süß." Hayden drückte seine Hand und musterte sein gut geschnittenes Profil. „Wie komme ich denn zu der Ehre, dass du mich abholst? Schwänzt du etwa deine Schicht?"

Er stieß ein amüsiertes Schnauben aus, öffnete ihr die Autotür und ließ anscheinend widerstrebend ihre Hand los. „Ich wollte dir etwas zeigen, deshalb hat mir Dad für zwei Stündchen freigegeben."

„Du willst mir etwas zeigen?" Neugierig schaute sie ihm in die dicht bewimperten grünen Augen. „Was denn?"

„Abwarten, Baby." Er warf die Tür zu, packte ihre Tasche in den Kofferraum und lief anschließend um das Auto herum, bevor er auf dem Fahrersitz seines Dodge Platz nahm.

Als er den Wagen startete, betrachtete sie ihn lächelnd und legte den Kopf ein wenig zurück, während ein tiefer Seufzer aus ihrem Mund kam. Zwar konzentrierte er sich weiter auf den Verkehr, warf ihr jedoch von der Seite einen belustigten Blick zu. „Was?"

„Ach." Glucksend ließ sie eine Hand unter sein Sweatshirt gleiten und spürte seine warme Haut sowie die kräftigen Bauchmuskeln unter ihren Fingern. „Ich musste nur gerade daran denken, wie sexy du bist, wenn du deine Dienstkleidung trägst."

Gespielt interessiert hakte er nach: „Sexy?"

„Oh ja. Unglaublich sexy", entgegnete sie inbrünstig und ließ ihre Hand ein wenig tiefer gleiten. „Kann ich dich dazu überreden, beim nächsten Sex deinen Helm aufzusetzen?"

Sein Schnauben klang nach einem abgehackten Stöhnen. Seine Hand, die sich über den Stoff des Shirts über ihre legte, sollte sie wohl davon abhalten, tiefer zu wandern. Gleichzeitig kletterte eine seiner Augenbrauen strafend in die Höhe.

„Darf ich dich an die Straßenverkehrsregeln erinnern, Baby? Den Fahrer zu befummeln, ist ganz sicher unzulässig."

„Wie schade." Sie zog ihre Hand zurück, beugte sich jedoch vor, um ihm einen Kuss auf die Wange zu drücken. „Deine Schicht dauert schließlich noch ein paar Stunden. Stell dir nur vor, was wir in dieser Zeit alles hätten tun können! Ich komplett nackt und du nur mit deinem Helm bekleidet."

„Hayden." Seine Stimme bebte vor Lachen. „Hier tun sich gerade Abgründe auf, mein Schatz. Habt ihr verbotenerweise Alkohol während des Unterrichts getrunken?"

„Nein, Herr Sittenpolizist." Seufzend lehnte sie sich zurück und streckte die Beine von sich. Anhand der Straßen, durch die Heath kurvte, wusste sie, dass sie sich in der beschaulichen Nachbarschaft von Charlestown befanden, für die sie schon immer

geschwärmt hatte. Nicht weit von ihrem Arbeitsplatz und Heaths Eltern entfernt bestand die Nachbarschaft aus vornehmlich ruhigen Straßen mit süßen alten Häusern, altem Baumbestand und gepflegten Vorgärten.

Sie hatte zwar keine Ahnung, was er hier wollte oder warum er sie von der Schule abgeholt hatte, aber nach den anstrengenden Schichten, die er in den vergangenen Wochen geschoben hatte, waren einige ruhige Momente mit ihm ein purer Luxus, den sie auszukosten wusste.

Lächelnd presste sie sich an seine Seite. „Wie wäre es, wenn wir uns heute Abend etwas vom Chinesen kommen lassen würden, Schatz? Ich könnte uns einen Film ausleihen und den schauen wir dann im Bett."

„Das klingt fantastisch." Heath drückte ihr einen Kuss auf den Kopf, bei dem sie glückselig die Augen schloss. „Genau das Richtige nach der letzten Schicht."

„Du hast in letzter Zeit viel zu viel gearbeitet", schalt sie ihn sacht und besorgt zugleich. „Selbst deine Mom hat mich darauf bereits angesprochen."

„Alles gut." Grinsend fuhr er rechts in die Einfahrt eines Hauses und legte den Leerlauf ein, bevor er die Handbremse zog und den Motor abstellte.

Verwundert sah sie ihm ins Gesicht, doch Heath schwieg und stieg stattdessen aus. Irritiert langte sie nach dem Türgriff, stieg ebenfalls aus und folgte seinem Blick, mit dem er zuerst das Haus musterte und den er anschließend zu dem vernachlässigten Vorgarten wandern ließ, der vermutlich vor Ewigkeiten zum letzten Mal eine Heckenschere oder einen Rasenmäher gesehen hatte.

Auf Heaths erwartungsvollen Blick konnte sie sich wirklich keinen Reim machen, vergrub stattdessen die Hände in den Taschen ihrer Jacke und meinte verwundert: „Anscheinend erwartest du eine Reaktion von mir, aber ich habe wirklich keine Ahnung, was wir hier wollen, Heath."

Seine grünen Augen verdrehten sich, während er einen Arm um ihre Schulter schlang und sie in Richtung Verandastufen führte, die witterungsbedingt ziemlich in Mitleidenschaft gezogen waren. Generell wirkten das Haus und der Vorgarten, als hätten sie eine Renovierung nötig. Nichtsdestotrotz fand Hayden, dass das zweistöckige Haus mit der breiten Veranda und den großen Fenstern besonders entzückend war. Sie liebte diese alte rustikale Architektur und wusste, dass ein Haus mit einem relativ großen Vorgarten und einer eigenen Einfahrt samt Garage gerade für Charlestown Seltenheitswert darstellte.

„Ich habe mir extra frei genommen, um dir dieses Haus zu zeigen, Hayden. Es hat ein großes Wohnzimmer mit Kamin, ein Esszimmer sowie eine Küche, von der man eine kleine Veranda betritt, die in den Garten führt, und – jetzt kommt das Highlight – vier Schlafzimmer."

Verwirrt zwinkerte sie, als Heath einen Schlüssel aus seiner Jackentasche zauberte, mit dem er kurz darauf die Haustür öffnen wollte. Sie holte tief Luft und legte ihre Hand auf seine.

„Heath." Ihre Stimme zitterte plötzlich unaufhörlich, während Schmetterlinge in ihrem Bauch aufstiegen. „Dieses Haus ..."

„... ist unseres. Wenn du willst."

„Ob ich will? Natürlich will ich!" Vor lauter euphorischer Freude wäre sie beinahe auf und ab gehüpft, beschränkte sich nun jedoch darauf, ihn anzutreiben, endlich die Tür aufzuschließen.

Sein leises Lachen ignorierte sie, schnappte sich seine Hand und zog ihn hinter sich ins Haus hinein, als er die Haustür endlich geöffnet hatte. Entzückt drehte sie sich einmal um die eigene Achse und begutachtete den Eingangsbereich sowie die breite Treppe, die in die erste Etage führte, bevor sie staunend den Raum links davon betrat und den Kamin in Augenschein nahm.

Warum sie plötzlich in Tränen ausbrach, konnte sie selbst nicht sagen.

„Scheiße ... Hayden. Gefällt es dir nicht?" Heaths Stimme klang nach Panik und Enttäuschung. „Das Haus gehörte der Schwester von Dads früherem Bowlingkumpel. Sie ist vor kurzem in ein Pflegeheim gekommen und ... und ich dachte, dass es dir gefallen würde. Der Preis ist wirklich in Ordnung. Die Anzahlung habe ich sogar schon zusammen, weil die Extraschichten gutes Geld gebracht haben, und wenn wir unser Erspartes nehmen sowie einen kleinen Kredit aufnehmen, können wir es nicht nur sofort abbezahlen, sondern auch renovieren. Dad würde für uns bei der Bank bürgen. Aber wenn es dir nicht gefällt ..."

Sie schüttelte den Kopf und schlang ihm die Arme um den Hals. „Ich liebe es."

„Aber weshalb weinst du dann?"

„Weil ich so glücklich bin, weil das Haus perfekt ist und weil ... weil du einfach wunderbar bist."

„Ach so." Lachend zog er sie an sich und küsste sie auf die Nasenspitze. „Dann ist ja gut."

„Das hast du alles vor mir verheimlicht?“ Fassungslos wischte sie sich die Tränen weg und konnte es kaum erwarten, die anderen Räume in Augenschein zu nehmen. Doch für den Augenblick war sie vollauf zufrieden, die Wärme des Mannes an sich zu spüren, den sie mehr liebte, als sie es in Worte fassen konnte, und ihm ins lächelnde sowie stolze Gesicht zu sehen.

„Es war gar nicht so einfach“, stimmte er ihr zu. „Es sollte schließlich eine Überraschung sein.“

„Die schönste Überraschung, die mir jemals gemacht wurde. Das versichere ich dir.“ Der Gedanke, dass sie bald aus ihrer winzigen Wohnung ausziehen und ein richtiges Haus – ein Eigenheim – beziehen konnten, ließ sie weiche Knie bekommen.

„Ich weiß, dass es noch etwas wüst wirkt.“ Heath senkte murmelnd den Kopf. „Natürlich werden wir viel zu renovieren haben, aber ich verspreche dir, dass es perfekt wird.“

„Es ist *perfekt“, widersprach sie sanft. „Oh Gott, wir werden ein Haus haben!“*

„Ein Haus für eine Familie“, ergänzte er bedeutungsschwer.

Hayden nickte strahlend und umschloss sein Gesicht mit ihren Händen. „Vier Schlafzimmer hattest du gesagt?“

„Mhh.“ Seine Augen glitten über ihren Mund. „Genau. Vier Schlafzimmer bedeuten ...“

„Drei Babys“, schloss sie aufgeregt und presste sich näher an ihn.

„Mindestens“, verbesserte Heath sie heiser und zog sie mit sich auf den Boden, um das neue Haus auf seine Art einzuweihen.

10. Kapitel

„Du hättest nicht extra herkommen müssen, um den Rasen zu mähen, Heath. Das hätten auch Kyle und Ryan machen können, schließlich wohnen sie hier.“

„Ich weiß, Mom.“ Heath gab seiner Mutter einen Kuss auf die Schläfe, schaute neugierig über ihre Schulter, um zu sehen, was sie gerade zubereitete, und freute sich außerordentlich, selbstgemachte Kartoffelklöße zu entdecken, für die er im Moment morden würde. Er war sich natürlich der Tatsache bewusst, dass seine Mom die Klöße nur für ihn kochte, weil sie wusste, wie verrückt er danach war, aber gegen dieses heimische Gefühl wollte er sich gar nicht wehren, sondern freute sich über den tröstlichen Effekt.

Ein wenig Trost konnte er nach den letzten Monaten wirklich gebrauchen, auch wenn er dies nicht offen zugegeben hätte. Er wollte sein altes Leben zurück, wollte seinen Bruder anrufen und mit ihm reden können und er wollte Hayden wiederhaben. Doch das alles war nicht möglich.

Wenn er wenigstens mit Shane im Reinen wäre, ginge es ihm jetzt nicht derart beschissen, schließlich war sein Bruder, der nur ein gutes Jahr jünger als er war, sein ganzes Leben lang sein bester Freund gewesen. Shane und er waren immer auf einer Wellenlänge gewesen und hatten sich in allem unterstützt, doch seit dem Tod ihres Vaters herrschte zwischen ihnen Funkstille. Von dem Moment an, als Shane im Krankenhaus aufgetaucht war und gefragt hatte, wie es kam, dass ihr Dad bei dem Einsatz sein

Leben verloren hatte, während Heath fast nichts abbekommen hatte, sprachen sie kaum noch ein Wort miteinander. Der unterschwellige Vorwurf seines Bruders war an Heath nicht abgeprallt, schließlich gab er sich selbst die Schuld am Tod seines Dads.

Rein rational betrachtet war es Unsinn, denn er war nicht schuld an dem Leck einer Gasleitung gewesen, das ein komplettes Gebäude in Brand gesetzt hatte und spontan auf das Nachbargebäude übergesprungen war, auf dessen Dach sein Dad und er sich einen Überblick über die Lage hatten verschaffen wollen. Niemand hatte ahnen können, dass ein Bewohner des Nachbargebäudes sich illegal Gas von der Leitung abgezwackt hatte, was unglücklicherweise dazu geführt hatte, dass ihnen die komplette Konstruktion um die Ohren geflogen war.

Nein, schuld war er lediglich daran, dass es seine Idee gewesen war, auf das verdammte Dach zu klettern, von dem sein Dad in den Tod gestürzt war, als die Außenmauern mit einer gewaltigen Wucht zusammengefallen waren. Seinen Dad hatte die Explosionswelle voll getroffen, während er lediglich gegen einen Schornstein geschleudert worden war. Ihn hatten seine Kameraden bewusstlos vom halb eingestürzten Dach des dreistöckigen Hauses retten können, doch für seinen Dad war jede Hilfe zu spät gekommen.

Seither dachte Heath ständig darüber nach, ob er nicht zu leichtsinnig gehandelt hatte, als er seinem Dad vorgeschlagen hatte, vom Nachbardach aus nach einer Belüftungsmöglichkeit für den Brand zu suchen. Als Chief des Departments hätte sein Dad den Einsatz vom Boden aus leiten können, doch Heath als sein Sohn hatte ihn im Spaß gefragt, ob er in seinem Alter überhaupt noch in der Lage sei, die Feuerleiter hochklettern zu können. Wenn er die Klappe gehalten hätte, wäre er allein aufs Dach gestiegen, anstatt seinen Einsatzleiter – seinen Dad –dazu verleitet zu haben, ihm nach oben zu folgen. Noch jetzt klang Heath das abfällige Schnauben seines Vaters in den Ohren, mit dem er seinen ältesten Sohn einen blutjungen Dachs genannt hatte, der noch nicht trocken hinter den Ohren war.

Heaths Kehle verengte sich, als er sich plötzlich daran erinnerte, wie sein Dad ihn erst wenige Tage vor diesem Unglück vor dem ganzen Department verteidigt hatte, als Greg im freundschaftlichen Feixen hatte wissen wollen, wann Heath endlich seinen Mann stehen und Hayden schwängern würde.

Sein Dad hatte Greg gutmütig in die Schranken gewiesen, einen kleinen Scherz auf Kosten des älteren Feuerwehrmannes gerissen und gemeint, dass sein Sohn als waschechter Fitzpatrick seinen Mann nicht zu stehen bräuchte und ihn vor Ablauf der nächsten zwei Jahre ganz sicher zum Großvater machen würde. Abends hatte er Hayden von diesem Vorfall im Bett berichtet, weil die Reaktion seines Vaters ihn unglaublich froh gemacht hatte. Und ja, er hatte seinen Dad zum Großvater machen wollen, ihm einen gesunden Enkel oder eine gesunde Enkelin schenken wollen und ganz nach irischer Tradition seinem Kind auch den Namen seines Vaters geben wollen – eine weitere Generation Fitzpatricks. Daher hatte er Hayden ungeniert davon berichtet und völlig vernachlässigt, dass ihr Vater nicht mehr lebte und seine Enkelkinder nicht aufwachsen sehen würde. Dass Haydens Mom mittlerweile in einem anderen Staat lebte, war natürlich auch nicht gerade leicht für sie. Als er sie hatte trösten wollen, weil ihm ihre gedrückte Stimmung aufgefallen war, hatte sie ihm zugeflüstert, dass sie ihren Vater zwar vermisste, aber Joe sehr gerne zum Großvater machen würde. Sogar einen Namen für ihr erstes Baby hatten sie schon gefunden ...

Damals hatte alles so perfekt ausgesehen.

Er war ein glücklicher Mann gewesen, der mit seiner Verlobten in einem gemeinsamen Haus wohnte, Nachwuchs plante, eine unkomplizierte Beziehung zu seinen Geschwistern sowie zu seinen Eltern hatte und seinen Traumberuf ausübte.

Mittlerweile war dies alles vor die Hunde gegangen.

Er war unglücklich, hatte sich von seiner Verlobten getrennt, würde keine Kinder mit ihr bekommen, war aus seinem Haus ausgezogen, das Hayden verkaufen wollte, lag im Streit mit seinen Geschwistern, hatte seinen Vater zu Grabe getragen und stand kurz vor einer Suspendierung.

In letzter Zeit fragte er sich immer wieder, ob es nicht ein Fehler gewesen war, sich von Hayden zu trennen. Gott, er vermisste sie schrecklich und dachte öfter an sie, als es ihm guttat. Er wollte ihr nicht weh tun und litt, wenn er daran dachte, dass sein Verhalten ihr Schmerzen zufügte. Seit der ersten Klasse hatte er es nicht ertragen können, sie weinen zu sehen oder zu wissen, dass es ihr nicht gut ging.

Jedoch half ihm ein Blick auf seine gramgebeugte Mutter dabei, seine Entscheidung nicht zu revidieren. Wollte er etwa, dass Hayden das Gleiche wie seine Mom durchmachen musste? Er konnte den Gedanken nicht ertragen, dass sie auf seiner Beerdigung sitzen könnte, um eine Flagge in Empfang zu nehmen und bereits den dritten Feuerwehrmann in ihrem Leben zu verlieren. Es war nicht so, dass er tagtäglich sein Leben riskierte, aber leider passierten manchmal unvorhersehbare Unfälle, bei denen ein Feuerwehrmann ums Leben kam.

Hayden hatte ihren Vater bei einem Einsatz verloren, als sie neun Jahre alt gewesen war, und hatte lange gebraucht, um sich von diesem Schicksalsschlag zu erholen. Die einzige Familie, die sie noch besaß, war seine Familie gewesen. Sein Vater war fast zwanzig Jahre lang ihr Ersatzvater gewesen, der ebenfalls bei einem Einsatz ums Leben gekommen war. Sie hatte schrecklich getrauert und sollte dies nicht ein weiteres Mal durchmachen müssen, wenn ihm etwas passierte.

Er liebte sie zu sehr, um sie ein drittes Mal durch diese Hölle zu schicken.

„Wie läuft es in der Wache?"

„Gut", murmelte er, nachdem er sich einen kurzen Augenblick gesammelt hatte. „Kyle macht sich sehr gut. Du kannst stolz auf ihn sein."

„Das bin ich auch." Über ihre Schulter blinzelte sie ihm zu. Augenblicklich verschwanden die tiefen Falten um ihren Mund, die dort seit einigen Wochen zu sehen waren, und milderten ihren verhärmten Ausdruck. „Ich bin auf alle meine Kinder stolz."

Heath konnte sich ein belustigtes Prusten nicht verkneifen. „Davon hast du ja auch genug."

Sie lächelte sacht. „Schuld daran war nur dein Vater. Nach Kayleigh wollte er unbedingt noch ein Mädchen haben. Sozusagen als ausgleichende Gerechtigkeit."

„Stattdessen habt ihr Kyle und Ryan bekommen."

„Genau."

Da ihr Tonfall absolut sehnsüchtig klang, räusperte er sich und erwiderte gespielt beiläufig: „Keine Sorge, Mom. Kayleigh ist auch ohne schwesterliche Unterstützung ganz gut klargekommen."

„Oh ja." Seine Mom trocknete sich die Hände an einem Küchenhandtuch ab und drehte sich zu ihm. „Um Kayleigh mache ich mir die geringsten Sorgen. Ganz im Gegensatz zu dir."

„Mom." Seine Mundwinkel senkten sich hinab. „Um mich musst du dir keine Gedanken machen."

Als plötzlich Kayleighs Stimme durch das Haus hallte, war Heath furchtbar erleichtert, nicht schon wieder über die Sorge seiner Mom reden zu müssen. Da er nicht die Absicht hatte, zu einem Quacksalber von Psychologen zu gehen, dem er sein Herz ausschütten sollte, stand ihm sowieso eine Suspendierung bevor, die höchstwahrscheinlich in Rekordschnelle auch zu seiner Mutter dringen würde.

„Hallöchen, Mom! Hast du etwas zu essen da?"

Sobald Kayleigh die Küche betrat und ihren Bruder bemerkte, runzelte sie die Stirn. Nach ihrer Begegnung im Pub vor nicht einmal zwei Wochen hatten sie kein Wort miteinander gewechselt. Für Heath war das nichts Neues, schließlich war Kayleigh nicht die Einzige seiner Geschwister, die nicht gut auf ihn zu sprechen war. Allein mit Kyle verstand er sich momentan, aber sie blendeten auch alle privaten Themen aus und hielten sich an Gespräche über ihre Jobs.

„Du scheinst heute nicht die Einzige zu sein, die wegen meiner Kochkünste nach Hause kommt, mein Schatz."

Gutmütig empörte sich Heath: „Ich bin völlig uneigennützig hergekommen, um den Rasen zu mähen, Mom. Dass du mein Lieblingsessen kochst, wusste ich nicht. Hey, Kayleigh."

„Hey", antwortete seine Schwester ein wenig patzig, was ihn breit grinsen ließ.

Ellen Fitzpatrick küsste ihre Tochter auf die Wange und tadelte gleich darauf: „Was hast du denn mit deinem Haar gemacht? Es sieht aus wie ein Vogelnest."

„Ich habe eine lange Schicht hinter mir." Gewohnt polternd warf seine Schwester ihre Tasche auf den Boden, zupfte wenig damenhaft an ihrem Haar und öffnete den Kühlschrank. „Heute war so viel los, dass ich nicht zum Essen kam."

„Dann kannst du ja froh sein, dass ich genug hier habe."

„Mom macht Kartoffelklöße", informierte Heath seine Schwester und freute sich perverserweise über das vorgeschobene Kinn, mit dem sie ihm signalisieren wollte, dass sie ihm immer noch grollte.

„Ryan müsste auch jeden Moment nach Hause kommen." Seine Mom lächelte zaghaft und nahm das Haar ihrer Tochter in Augenschein. „Dann können wir vier zusammen essen. Schade, dass Kyle und Shane nicht hier sind, sonst wäre es ein richtiges Familienessen geworden."

„Hayden nicht zu vergessen." Kayleigh verschränkte die Arme vor der Brust. „Aber wenn Heath nichts dagegen hat, könnte ich sie ja anrufen und herbitten."

Seine annähernd gute Laune verschwand augenblicklich, während er sich ein Blickduell mit seiner aufsässigen Schwester lieferte.

„Kayleigh, kümmere dich um deine eigenen Angelegenheiten“, brummte er und vergrub die Hände in seinen Hosentaschen. Manchmal bedauerte er es, nicht zu der Sorte älterer Brüder zu gehören, die kleinen Schwestern Spinnen ins Bett gelegt oder sie an den Haaren gezogen hatten. Vielleicht hätte das geholfen, Kayleighs große Klappe im Keim zu ersticken.

„Kinder, ich möchte keinen Streit miterleben.“ Ihre Mom schnalzte mit der Zunge und machte sich daran, die Hände zu heben, um das Haar ihrer Tochter zu richten.

„Mom! Autsch ...“

„Sei still. Nicht auszudenken, dass du so auf der Arbeit erschienen bist. Was sollen deine Patienten bloß denken?“

Wie eine brave Grundschülerin, die gerade die Trotzphase durchmachte, blieb seine kleine Schwester stehen und ließ zu, dass ihre Mutter ihr unbändiges Haar entwirrte. „Meine Patienten sind meistens betrunkene Obdachlose, Mom. Mein Haar sollte ihnen piepegal sein.“

„Du wirst auch nicht jünger“, erklärte Ellen missmutig. „Stell dir vor, dir begegnet ein netter Arzt, der noch ledig ist. Was würde er wohl zu deinem Haar sagen?“

„Keine Sorge. Angesichts der Ärzte in unserem Krankenhaus kann ich nur hoffen, dass mein Haar so abschreckend bleibt.“

Der tiefe Seufzer seiner Mom hätte einen Oscar oder zumindest den Golden Globe verdient. „Wer weiß, wer auf dich aufmerksam werden könnte, wenn du nicht wie eine Vogelscheuche durch die Gegend laufen würdest?“

Kayleigh schnitt eine Grimasse. „Mom, nach deiner Logik sollte ich vermutlich tief dekolletiert, wie ein Zirkuspferd geschminkt und auf hohen Hacken meine Patienten untersuchen – für den Fall, dass ein hinreißender Millionär mit dem Krankenwagen eingeliefert wird und sich sofort in mich verliebt ..."

Heath prustete vergnügt vor sich hin. „In einem Krankenwagen? Was ist mit dem guten alten Traumprinzen passiert, der auf einem edlen Ross angeritten kommt?"

Mit einem übertriebenen Schielen ächzte seine Schwester. „Wegen seiner Hämorriden kann mein Traumprinz nicht mehr reiten, und ins Krankenhaus wird er vermutlich eingeliefert, weil er sich bei einem Strichjungen Syphilis eingehandelt hat. *So* sieht es heutzutage nämlich aus, Mom. Soll ich mir für solch eine apokalyptische Horrorvision etwa morgens die Haare glätten?"

„Macht ihr euch nur über mich lustig", entgegnete ihre Mutter. „Aber ich gebe dir gerne die Weisheit mit auf den Weg, die ich von meiner Mutter habe. Mit Honig fängt man Fliegen und nicht mit Essig, mein Kind."

„Da ich Großmutters Haar geerbt habe, sollte sie sich lieber etwas bedeckt halten."

„Kayleigh!"

Anscheinend wurde es ihrer Schwester etwas zu bunt, weil sie sich aus dem Griff ihrer Mom befreite. „Außerdem kann ich mit Fliegen nichts anfangen, schließlich landen sie auf der Scheiße von Kühen."

Amüsiert fragte Heath nach: „Wann ist das Essen noch einmal fertig, Mom?"

„Warum deckt ihr nicht schon den Tisch und lasst mich in Ruhe kochen? Auf Gespräche über Hämorriden, Syphilis und Kuhmist habe ich nämlich gerade wenig Lust."

Schweigend machte sich Heath also auf den Weg ins Esszimmer, während seine Schwester ihm folgte, auch wenn sie nicht allzu glücklich darüber zu sein schien.

„Mich wundert es, dass du die Zeit gefunden hast, Mom einen Besuch abzustatten. Wartet nicht irgendwo eine Schlampe, mit der du dich vergnügen kannst?" Kayleighs Stimme troff geradezu vor Verachtung.

„Manchmal frage ich mich, wieso ich dich als Kind nicht öfter mal verprügelt habe", erwiderte Heath mühsam beherrscht.

„Du hast mich nie verprügelt", widersprach sie ihm.

„Glaub mir, das ist ein Fehler, den ich zutiefst bereue." Heath lief zum Sideboard und nahm einen Satz Teller heraus. „Kannst du dir nicht vorstellen, warum ich euch seit Wochen meide? Diese verdammten Vorwürfe fallen mir dermaßen auf den Sack, dass ich mich kaum noch her wage."

Hinter seinem Rücken vernahm er ihre abfällige Stimme. „Wenn du dir diese Vorwürfe nicht anhören willst, hättest du Hayden nicht so scheiße behandeln sollen."

Er knirschte mit den Zähnen und umklammerte die Teller so fest, dass er fürchtete, das Lieblingsporzellan seiner Mutter zu zerbrechen. „Kayleigh, du hast keine Ahnung, also halt die Klappe."

„Wovon soll ich keine Ahnung haben? Du hast einfach mit ihr Schluss gemacht!"

„Seit wann braucht Hayden eigentlich jemanden, der sie verteidigt? Kümmere dich um deinen eigenen Kram!“

„Hayden ist meine beste Freundin, Heath. Das gibt mir das Recht, dir den Kopf zu waschen.“

Sein kompletter Körper versteifte sich. „Du bist meine Schwester, Kayleigh. Hast du schon einmal daran gedacht, dich für meine Seite zu interessieren?“

„Deine Seite?“ Sie klang ungläubig. „Du schläfst einfach mit anderen Frauen ...“

„Das tue ich nicht“, erwiderte er leise und warf ihr einen kurzen Blick über die Schulter zu. „Du müsstest mich eigentlich besser kennen.“

Verwirrt rundeten sich ihre Augen. „Warum erzählst du ihr das dann? Du musst doch wissen, wie unglücklich sie das gemacht hat! Willst du, dass Hayden dich hasst?“

Heath antwortete nicht, weil seine Schwester die richtigen Schlüsse gezogen hatte und es nichts gab, was er dem hätte hinzufügen können. Doch Kayleigh schien immer noch nicht begriffen zu haben, was hinter seinem Verhalten steckte.

„Hast du überhaupt eine Ahnung, wie mies es ihr gegangen ist, weil sie dachte, dass du mit anderen Frauen schläfst? Verdammte Scheiße, Heath, wie konntest du das nur tun?“

„Kayleigh ...“

„Was denkst du, was Dad dazu sagen würde?“

Dass sie nun auch noch ihren Vater erwähnte, machte alles viel schlimmer. Heath stellte die Teller beiseite, umklammerte den Rand des Sideboards mit beiden Händen und senkte den Kopf. „Dad hätte mich nicht derart runtergeputzt, wie es meine restliche

Familie ständig tut. Könnt ihr euch da nicht endlich raushalten? Mein Leben geht euch nämlich nichts an."

„Dad wäre furchtbar enttäuscht, dass du Hayden im Stich lässt."

„Ich lasse sie nicht im Stich!" Unbeherrscht drehte er sich zu ihr um und schlug mit einer Faust so hart gegen das Sideboard, dass eines der Kristallgläser seiner Mutter umfiel. „Verdammt noch mal! Denkst du, dass ich mich von meiner eigenen Familie fernhalte, das Haus aufgebe, den Kredit weiter bezahle und ihr das Auto überlassen will, weil ich sie im Stich lasse?"

Ratlos hob seine Schwester beide Hände. „Warum tust du es dann?"

„Mom! Ich habe tierischen Hunger!" Ryan betrat das Haus und unterbrach mit seiner dröhnenden Stimme ihre hitzige Auseinandersetzung. Als er ins Esszimmer schaute und seinen ältesten Bruder entdeckte, verfinsterte sich sein Gesicht. „Was treibt dich denn her? Hast du kein heißes Date?"

Obwohl Kayleigh ihm vor nicht einmal fünf Minuten genau den gleichen Vorwurf gemacht hatte, zuckte sie nun zusammen und schalt ihren jüngeren Bruder hastig aus. „Sei still, Ryan. Du kannst doch nicht ..."

Heath unterbrach sie mit einem Kopfschütteln. „Schon gut. Nichts geht über eine liebende und verständnisvolle Familie."

„Was ist hier los?" Ihre Mom blickte forschend von einem zum anderen. „Was soll dieses Geschrei? Ich konnte euch bis in den Garten hören!"

„Gib Ryan meine Klöße." Heath schob sich an seiner Schwester vorbei. „Mir ist der Appetit vergangen."

Als sein Telefon zum fünften Mal innerhalb weniger Minuten klingelte und schon wieder Kyles Name auf dem Display erschien, ahnte Heath, dass mittlerweile das ganze Department wissen musste, dass er suspendiert war.

Verdammt, angesichts der Tatsache, dass er ohne Job war, blieb er relativ gelassen. Nun, das war schon etwas untertrieben, denn es kratzte ihn nicht einmal, dass sein Chief sein Abzeichen eingezogen hatte. Sollten sie doch alle machen, was sie wollten. Er würde zu keinem Psychologen gehen und dort seine Probleme besprechen, schließlich hatte er irisches Blut in den Adern und hielt nichts davon, einer fremden Person sein Herz auszuschütten, wenn er dabei nüchtern war.

Apropos nüchtern ... vielleicht sollte er zu O'Rearys gehen und sich volllaufen lassen, um seinen Kummer zu ertränken. Nach ein paar Gläsern Guinness und einer halben Flasche irischen Whiskeys würde die Welt sicherlich ganz anders aussehen.

Wem machte er etwas vor?

Er war am Arsch.

Heath schaltete den Fernseher aus, warf die Fernbedienung beiseite und legte sich zurück auf sein Klappsofa, um an die rissige Decke über sich zu schauen, während der penetrante Geruch von Chicken Tikka Masala zu ihm in die Wohnung wehte. Normalerweise liebte er indisches Essen, aber nach beinahe drei Monaten, in denen der Geruch nach Curry und Kurkuma sein ständiger Begleiter geworden war, hätte er lieber rohe Innereien in sich hineingestopft, als noch einmal Tandoori-Hähnchen zu essen.

Da er sowieso keinen großen Hunger verspürte, ließ er die Gedanken ums Essen sein.

Schon wieder klingelte sein Handy, doch dieses Mal erschien Gregs Name im Display. Den alten Haudegen, der bereits mit seinem Dad vor zwanzig Jahren auf Einsätze gefahren war, konnte er schlecht wegdrücken, also nahm er das Telefonat an und stellte sich auf das Schlimmste ein.

„Hey, Greg."

„Heath." Seine Stimme klang tadelnd und besorgt zugleich. „Du bist suspendiert? Was ist passiert?"

„Hör mal ..."

„Keine Ausflüchte", grollte der Feuerwehrmann los. „Du magst manchmal ein überhebliches Arschloch sein, aber du bist auch der beste Truppführer, den wir haben und nicht verlieren wollen. Was ist passiert?"

Da Greg das gleiche Alter wie sein Vater hatte und von jeher eine Autoritätsperson für ihn gewesen war, konnte Heath ihn einfach nicht anlügen. Außerdem hatte er das Bedürfnis, sich jemandem endlich anzuvertrauen. Mit heiserer Kehle erklärte er zurückhaltend: „Der Chief wollte mich zum Psychologen schicken. Ich bin nicht gegangen, also hat die Verwaltung meine Suspendierung beantragt."

„Scheiße", fluchte der Mann am anderen Ende der Leitung.

„Ja."

„Wie können wir das in Ordnung bringen, Heath? Die Truppe braucht dich."

„Unsinn", antwortete er heftiger als beabsichtigt. „Jeder Mensch ist ersetzbar."

„Wenn du das wirklich glaubst, bist du nicht ganz bei Trost."

Heath legte seinen linken Oberarm über seine Augen, schluckte hart und vertraute seinem Kollegen an: „Ich kann zu keinem Psychologen gehen, Greg. Das halte ich nicht durch."

Für einen Moment herrschte Stille, bevor der ältere Feuerwehrmann fragte: „Wieso nicht?"

Er krächzte und befürchtete, einen Augenblick später in Tränen auszubrechen. „Weil er sofort erkennen würde, dass ich ... dass ich kaputt bin. Seit Dad tot ist, komme ich nicht mehr klar. Und die Sache mit Hayden ..."

„Ja. Hayden." Greg seufzte tief. „Wieso gehst du nicht erst einmal zu Hayden, Heath? Das Mädchen liebt dich."

Scheiße ... seine Augen wurden tatsächlich feucht. „Hayden verdient etwas Besseres als mich, Greg."

„Was bist du denn?"

Trocken lachte er auf. „Ein kaputter Feuerwehrmann."

Die Stimme des anderen Mannes wurde ernster. „Es gibt zwei Sorten von Feuerwehrmännern, mein Junge. Diejenigen, die zugeben können, wenn sie sich vor Schiss beinahe in die Hose machen, und trotzdem ins Feuer gehen. Und diejenigen, die kneifen, weil sie ihre Ängste mit niemandem teilen wollen."

„Seit wann klingst du so pathetisch?"

„Seit ich dir den Kopf waschen muss. Joe hätte dir längst in den Arsch getreten."

Seine Hand ballte sich zur Faust. „Dad ist aber nicht hier."

„Und das ist nicht deine Schuld. Herrgott noch mal, Heath. Willst du im Selbstmitleid ertrinken, anstatt den Hintern hochzubekommen? Verluste gehören zum Leben dazu. Wenn du denkst, dich davor schützen zu können, indem du den Kopf in den Sand steckst, bist du dümmer, als ich gedacht habe."

„Vielen Dank", ächzte er bitter. „Sehr rücksichtsvoll von dir."

„Scheiß auf Rücksichtnahme. Davon hattest du genug in der letzten Zeit. Jetzt sollte dir jemand mal die Meinung geigen. Sprich mit Hayden, besuch den Psychologen und tritt wieder zum Dienst an, schließlich musst du dafür sorgen, dass dein kleiner Bruder hier auf der Wache keinen Unsinn anstellt."

Es klickte und Greg hatte aufgelegt.

11. Kapitel

Hayden war froh, als endlich der letzte Gang abgeräumt wurde.

Alec Anderson mochte ein netter Typ sein, aber das Abendessen mit ihm war eine absolute Katastrophe. Natürlich hatte es nicht an ihm gelegen, denn er war charmant, plauderte unverfänglich und machte einige Scherze, über die sie im Normalfall sogar gelacht hätte, wenn sie nicht so furchtbar verkrampft gewesen wäre.

Sie saßen bei einem kleinen Italiener, nur wenige Straßen von ihrem Haus entfernt, und Hayden konnte an nichts anderes denken als daran, dass irgendjemand sie bestimmt sehen und anschließend die Neuigkeit, dass sie mit einem Mann ausgegangen war, herumplaudern würde. Zwangsläufig würden es alle erfahren. Heath würde es erfahren, wobei sie am meisten Angst davor hatte, dass es ihm egal sein könnte.

Anfangs hatte sie noch überlegt, ob es nicht das Beste wäre, diese Verabredung als einen Neuanfang zu betrachten. Sie ging mit einem Mann aus, würde sich amüsieren und langsam darüber hinwegkommen, dass sich Heath von ihr getrennt hatte. Aber sie war einfach noch nicht so weit. Bevor sie sich auf eine Beziehung mit einem neuen Mann einlassen konnte, musste sie ihre Trennung verarbeiten, was ganz sicher noch nicht geschehen war, schließlich geisterte Heath durch ihre Gehirnwindungen, seit sie das Restaurant betreten und Alec begrüßt hatte.

Es war verdammt anstrengend, zu dritt an einem Tisch zu sitzen, wenn die dritte Person gar nicht anwesend war und dennoch ständig hineinpfuschte.

„Sie haben mir noch gar nicht viel über Ihre Familie berichtet. Lebt sie auch in Boston?“

Das Wasserglas, an dem sie gerade genippt hatte, stellte sie zurück auf den Tisch und strich gedankenverloren einen Krümel beiseite. „Nein, meine Mom ist nach Illinois gezogen, als ich aufs College ging.“

„Und Ihr Vater?“

Mit einem angestrengten Lächeln legte sie den Kopf schief und erklärte so leichtfertig wie möglich: „Mein Dad ist gestorben, als ich neun Jahre alt war.“

„Oh, das tut mir leid.“ Auch wenn seine Miene Mitgefühl ausdrückte, hielt ihn das nicht davon ab, die nächste Frage zu stellen. „Woran ist er denn gestorben, wenn ich fragen darf?“

Ihre Finger spielten mit der rot-weiß karierten Tischdecke, während sie sich kurz über die trockenen Lippen fuhr. „Mein Dad war Feuerwehrmann und ist während eines Einsatzes gestorben.“

„Kennen Sie daher die Fitzpatricks?“

„Mhh ... Joe Fitzpatrick und mein Dad waren Kollegen.“

Der blondhaarige Mann trommelte mit den Fingern seiner rechten Hand kurz auf die Tischplatte, bevor er sich wieder aufrechter hinsetzte und ihr ein ehrliches Lächeln schenkte.

„Wie lange waren Sie mit Shanes Bruder verlobt?“ Angesichts ihrer erstaunten Miene hob er entschuldigend die Hände. „Bin ich Ihnen zu neugierig?“

„Ein wenig“, gestand sie und überkreuzte die Knöchel. Weshalb sie sich ausgerechnet für das Kleid entschieden hatte, das ihr ihre Mom vor einem Jahr geschickt hatte, wusste sie selbst nicht. Es war schrecklich bieder, unbequem und kratzte am Hals wie die Hölle. Außerdem war es viel zu hochgeschlossen für den Sommer. Vermutlich war genau das der Grund. Sie hatte sich nicht herausputzen wollen und sich für den dunkelblauen Stofffetzen entschieden, den sie nicht leiden konnte und in den hintersten Winkel ihres Kleiderschrankes verbannt hatte.

Obwohl Hayden seine Fragen unangenehm fand, fühlte sie sich dennoch gezwungen, ihm zu antworten. „Wir sind nicht lange verlobt, jedenfalls nicht offiziell. Aber ein Paar sind wir schon seit der Grundschule. Mit Anfang zwanzig haben wir uns zusammen eine Wohnung gemietet und uns vor zwei Jahren das Haus gekauft. Wir ...“ Erschrocken hielt sie inne. „Ich meine, wir *waren* ein Paar. Entschuldigen Sie bitte.“

Dass ihre Stimme plötzlich zitterte, fand sie grauenvoll und senkte den Blick.

Glücklicherweise ging Alec darauf nicht ein, sondern erklärte stattdessen: „Wissen Sie eigentlich, dass ich Shane nicht erzählt habe, dass wir beide uns heute treffen?“

Erst Heath und nun Shane. Anscheinend sollte sie den Abend damit verbringen, über die Fitzpatricks zu reden. „Nein, das wusste ich nicht. Denken Sie, dass er Ärger gemacht hätte?“

„Obwohl Shane noch nicht sehr lange mein Partner ist, möchte ich ihn nicht reizen. Wie es schien, gefiel ihm die Vorstellung, dass Sie mit einem anderen Mann verabredet sein könnten, nicht sehr gut.“

„Das ist sein Pech." Sie schüttelte vehement den Kopf. „Ich bin ihm keine Rechenschaft schuldig."

„Sie vielleicht nicht", scherzte Alec trocken. „Aber bei mir sieht es etwas anders aus, immerhin ist er mein Partner. Wenn sein Bruder ..."

„Sein Bruder", unterbrach sie ihn leise, jedoch nachdrücklich, „hat sich von mir getrennt. Heath hat kein Recht, mir etwas vorzuschreiben. Und Shane schon einmal gar nicht."

„Nun ja." Alec rieb sich verlegen an seinem Kinn. „Ein wutentbrannter Fitzpatrick kann ganz schön furchterregend sein."

Hayden schnaubte in gerechter Empörung. „Die Fitzpatricks sollen von ihren hohen Rössern herunterkommen und sich selbst an die Nase fassen."

Glucksend trank Alec einen Schluck Bier und wollte anschließend wissen: „Heißt das, dass Sie auf die Familie nicht gut zu sprechen sind?"

Abrupt schüttelte sie den Kopf. „Die Fitzpatricks sind wie meine Familie. Kayleigh ist meine beste Freundin und Shane, Ryan und Kyle sind wie Brüder für mich, aber ..."

„Aber?"

Naserümpfend gab sie zu: „Manchmal ist es nicht besonders leicht, weil sie einfach überall sind. Zurzeit kann ich nichts tun, ohne dass sie es gleich alle wissen und mir augenblicklich mitteilen, was sie davon halten. Das kann ein wenig anstrengend sein."

„Das glaube ich gerne." Er räusperte sich. „Haben Sie nie daran gedacht, mit Ihrer Mom wegzuziehen?"

„Nein. Meine Mom wollte bereits kurze Zeit nach dem Tod meines Vaters aus Boston wegziehen. Sie stammt ursprünglich aus Illinois, aber blieb aus

Rücksicht auf mich hier. Als ich erwachsen wurde, entschied ich mich hierzubleiben, schließlich gab es Heath." Wieder schnitt sie eine unverfängliche Grimasse, auch wenn dies nicht besonders leicht war, bevor sie sich selbst überraschte und dem beinahe fremden Mann verriet: „Oft denke ich mittlerweile, dass ich wegziehen sollte. Die Fitzpatricks sind toll und eigentlich möchte ich sie nicht verlieren, aber ... aber es ist Heaths Familie und nicht meine."

„Das wäre tatsächlich ein großer Schritt", gab ihre Verabredung zu bedenken.

„Ja, das wäre es", murmelte sie. Sie hatte zu Ellen ein besseres Verhältnis als zu ihrer eigenen Mutter, liebte die Jungs und konnte sich nicht vorstellen, Kayleigh nicht mehr tagtäglich zu sehen, aber als Teil der Fitzpatricks käme sie niemals über Heath hinweg. Bis auf einige Arbeitskollegen gab es in Boston niemanden, mit dem sie befreundet war, der nichts mit Heath oder seiner Familie zu tun hatte. Sie stolperte sozusagen durchs Leben und wurde ständig an ihn erinnert.

Ein Umzug wäre die einzig sinnvolle, wenn auch schwierigste Entscheidung, die sie treffen könnte.

„Aus meiner eigenen Erfahrung kann ich Ihnen nur sagen, dass mir etwas Besseres als mein Umzug nicht hätte passieren können." Er lächelte breit. „Dennoch sähe ich es natürlich lieber, wenn Sie hierblieben."

„Und ich dachte schon, dass Sie mich loswerden wollten."

„Wo denken Sie hin!" Ein wenig ernsthafter fügte er hinzu: „Ich war kurz davor, meiner Freundin einen Antrag zu machen, als ich herausfand, dass sie während unserer Beziehung mit einigen meiner Kollegen ins

Bett gegangen ist. Glauben Sie mir, Hayden, ich weiß, wie es sich anfühlt, zutiefst verletzt zu werden."

Froh darüber, dass nicht ihre missglückte Verlobung das Gesprächsthema war, fragte sie leichthin: „Hätten Sie ihr das verzeihen können?"

Nach einigen Sekunden schüttelte er den Kopf. „Nein, ich glaube nicht. Wie hätte ich ihr wieder vertrauen können?"

„Oh."

Entschuldigend fuhr er sich durch das blonde Haar. „Wie Sie sehen, bin ich ziemlich rigoros. Wer einmal betrügt, der tut es wieder – das ist meine Devise. Soll meine Ex abziehen, was sie will, aber nicht mehr mit mir."

Nachdenklich zuckte Hayden mit der Schulter und lächelte traurig. „Ich denke, dass man so einiges verzeihen kann. Jeder macht Fehler. Es kommt nur darauf an, ob man diesen auch bereut."

Hayden schlenderte die Straße entlang und ließ ihre Tasche von ihrem Handgelenk baumeln, als sie mitten im Schritt innehielt. Verwundert schaute sie auf die Stufen ihrer Veranda, auf denen Heath saß und ihr mit düsterem Gesicht entgegensah.

Automatisch straffte sie die Schultern und lief gemäßigten Schrittes über den Weg durch ihren Vorgarten.

Nach der heutigen Verabredung, die sich ewig hingezogen und sie ziemlich deprimiert hatte, war ein abendlicher Besuch von Heath so ungefähr das Letzte, womit sie gerechnet hatte.

„Hallo", murmelte sie, sobald sie die unterste Stufe erreicht hatte.

„Hi." Heath legte den Kopf ein Stück zurück und schien sie unergründlich zu mustern. „Wo warst du?"

„Ich war verabredet", erwiderte sie angespannt. „Wieso bist du nicht ins Haus gegangen? Willst du deine Sachen abholen?" Angelegentlich öffnete sie die Handtasche und kramte nach ihrem Hausschlüssel.

„Mit wem warst du verabredet?" Er stand auf, so dass sie auf seine Brust starrte, als sie den Blick hob.

Die feinen Härchen in ihrem Nacken stellten sich angesichts seines barschen Tonfalles auf. Mit zornig funkelnden Augen begegnete sie seinem Blick und erwiderte salopp: „Mit Shanes neuem Kollegen – Alec. Er bat mich um ein Date, also sind wir etwas essen gegangen."

Himmel, warum verspürte sie ein irrationales Gefühl von Befriedigung, als sein Gesicht dunkelrot anlief?

„Du bist mit Shanes neuem Partner ausgegangen?"

„Ja." Wenig damenhaft schob sie sich an ihm vorbei, lief die Treppen zur Veranda hinauf und schloss mit zitternden Fingern die Haustür auf. Dass er ihr mit polternden Schritten folgte, hörte sie nur nebenbei, da ihr der eigene Herzschlag in den Ohren dröhnte.

Ohne ihn großartig zu beachten, legte sie ihre Tasche auf die alte Kommode, die sie zusammen mit ihm im letzten Sommer auf einem Flohmarkt ergattert und anschließend neu lackiert hatte, schlüpfte aus ihren Schuhen und deutete lässig auf einige Umzugskartons, die sie für ihn gepackt hatte. Verwaist standen sie neben der Treppe und warteten seit Ewigkeiten, dass er sie endlich abholte.

Bisher hatte er diesbezüglich keine Anstalten gemacht.

„Hast du dein Auto dabei? Zwei sind relativ schwer und ...“ Sie keuchte auf, als er mit seiner großen Hand ihren Unterarm ergriff und sie zu sich drehte.

„Heath!“

„Du bist mit einem anderen Mann ausgegangen?!“

Empört über sein selbstherrliches Verhalten hätte sie sich am liebsten von ihm losgerissen, aber sein Griff war stahlhart. Wütend reckte sie das Kinn in die Höhe und schaute ihm ins Gesicht, das von seinen grünen Augen dominiert wurde, die erbost funkelten, während die dunklen Augenbrauen über ihnen gerunzelt waren.

„Lass mich augenblicklich los, du Grobian!“

„Hat er etwas bei dir versucht? Ich prügle ihm die ...“

„Halt die Klappe“, zischte sie außer sich. „Du hast kein Recht, dich darüber aufzuregen, dass ich ein Date hatte!“

„Aber ...!“

„*Du* hast dich von *mir* getrennt, Heath!“ Hayden atmete schwer, ignorierte das warme Gefühl, ihn so nah bei sich zu wissen, und wollte nicht wahrhaben, dass sich eine Gänsehaut bei seiner Berührung über ihren ganzen Körper zog. „Wir sind seit drei Monaten getrennt, also spiel dich jetzt nicht so auf, als hättest du irgendein Recht dazu, mir solche Fragen zu stellen!“

„Verdammt, Hayden“, knurrte er und schob sein Gesicht nah an ihres heran. „Du kannst doch nicht mit einem Cop ausgehen. Du kannst mit keinem anderen Mann ausgehen!“

Wenn sie noch ihre Schuhe getragen hätte, würde sie ihm genau in diesem Moment vors Schienbein treten, schwor sie sich.

„Entschuldige, aber du hast mit anderen Frauen geschlafen!“

Als er seine Lippen aufeinanderpresste und wüst den Kopf schüttelte, zuckte sie für einen kurzen Moment zurück.

„Ich habe mit keiner anderen Frau geschlafen, verdammt noch mal!“

Hayden war wie vor den Kopf gestoßen und hörte damit auf, herumzuzappeln. Reglos blieb sie stehen und öffnete verdutzt den Mund. Augenblicklich wurde sein Griff sanfter.

„Was? Was meinst du damit?“

Da er immer noch nicht antwortete, forderte sie ihn bissig auf: „Heath! Jetzt rede endlich mit mir!“

Seine Hand ließ ihren Arm los und er trat einen Schritt zurück. „Ich sollte gehen.“

„Nichts da!“ Hayden warf die Haustür zu und stellte sich demonstrativ davor. Ihr Herz klopfte zum Zerspringen und ein Blick in sein gespielt unnahbares Gesicht verursachte ein nervöses Zucken in ihrem linken Augenlid.

„Hayden“, verlangte er düster. „Geh aus dem Weg.“

„Du machst mich wahnsinnig!“ Hin- und hergerissen zwischen dem Bedürfnis, ihn zu verprügeln und in Tränen auszubrechen, ballte sie die Hände zu Fäusten. „Was willst du von mir, Heath? Du gehst mir aus dem Weg, erzählst mir, dass du mit anderen Frauen schläfst, und kommst jetzt her, um den Eifersüchtigen zu spielen?“

„Natürlich bin ich eifersüchtig“, brauste er auf. „Was hast du denn gedacht? Aber wenn du lieber einen Cop willst, dann stehe ich dir nicht im Weg!“

Hayden fasste sich an die Stirn und rang nach Atem. „Du bist ausgezogen, Heath. Ich dachte, es wäre vorbei ...“

„Ist das etwa ein Grund, wahllos herumzuhuren?“

Fassungslos riss sie ihre Augen auf, schoss auf ihn zu und versetzte ihm eine heftige Ohrfeige. „Du ... du Arschloch!“

Bevor sie ihm eine zweite Ohrfeige verpassen konnte, hatte er sie gepackt, hochgehoben und seinen Mund auf ihren gepresst.

Sie wehrte sich einen langen Moment und hätte ihm mit Vergnügen die Augen ausgekratzt, doch sobald seine Lippen weicher wurden und zärtlich an ihren saugten, war es um sie geschehen. Ihre Hände fuhren seinen kräftigen Hals hinauf, schlangen sich um seinen Nacken und streichelten durch das widerspenstige dunkle Haar, das er länger trug als vor drei Monaten.

Vor Erleichterung hätte sie beinahe geweint, doch sein tiefer Kuss lenkte sie von allen Gedanken ab. Hayden spürte lediglich, wie seine Hände unter ihr Kleid fuhren, ihren Po umfassten und sie wie eine Feder hochhoben. Automatisch schlang sie ihre Beine um seine Hüften und rieb ihren Oberkörper an seiner starken Brust, die selbst durch sein T-Shirt eine enorme Hitze verströmte.

Stöhnend wand sie sich auf ihm, verschlang seinen Mund, legte den Kopf schief, um noch besser an seine Lippen zu kommen, und sog seinen Geschmack in sich hinein. Als seine Hände sich in ihr Fleisch gruben, Heath ebenfalls stöhnte und er sie wie entfesselt küsste, dachte Hayden nur daran, ihn endlich nackt zu spüren. Keuchend löste sie ihren Mund von seinem, beugte den Kopf zu seinem Hals, um ihren feuchten Mund auf die Stelle zwischen Schlüsselbein und Kehle zu pressen, die so unglaublich empfindlich war. Sofort ging ein Ruck durch seinen Körper und er presste sie hart gegen die steinharte Erektion, die sich durch seine Jeans an ihrem Höschen rieb.

Keine drei Sekunden später trug er sie ins Wohnzimmer und sank mit ihr auf das gemütliche Sofa, wobei sie auf ihm zu sitzen kam und hektisch den Saum seines T-Shirts ergriff, um diesen nach oben zu zerren. Bei dem Anblick seines muskelbepackten Oberkörpers und des hektischen Pulses an seinem Hals wurde sie innerlich schwach, umfasste sein Gesicht mit beiden Händen und küsste ihn verzweifelt. Am Rande nahm sie wahr, dass seine Finger den Reißverschluss am Rücken ihres Kleides fanden und diesen nach unten zogen. Sie wollte den Kuss nicht unterbrechen, weil sie Angst hatte, dass er wieder zur Besinnung kommen, einfach aufstehen und gehen könnte. Daher löste sie ihren Mund nur für den Bruchteil eines Augenblickes, um sich das Kleid über den Kopf ziehen zu lassen, bevor sie sich wieder auf seinen Mund stürzte.

Anscheinend war ihre Sorge unbegründet, da er sich mit großer Ausdauer ihrem Körper widmete und seine warmen Hände über ihren bloßen Rücken gleiten ließ. Bevor sie es bemerkt hatte, kam ihr auch der BH abhanden, so dass sie nur noch mit ihrem Höschen bekleidet auf seinem Schoß saß.

Seine Hand in ihrem Nacken zog sie eng an seinen Körper. Zitternd rieb sie ihre nackten Brüste an seinem ebenfalls nackten Oberkörper und genoss seinen leidenschaftlichen Kuss, der von Sekunde zu Sekunde zärtlicher wurde. Ein bittersüßes Gefühl stieg in ihr auf, das sich prompt in ihrer Herzgegend breit machte.

Hayden protestierte nicht, als er sie behutsam auf den Rücken drehte und sich über sie beugte. Mit schweren Lidern sah sie zu ihm auf, schmiegte sich in die Couch und beobachtete, wie er erst ihr das Höschen abstreifte und sich anschließend Jeans samt seiner Boxershorts nach unten schob. Als er seinen dunklen Schopf zu ihr hinunterbeugte und sie küsste, hob Hayden sich ihm entgegen und legte ihre Hände auf die stahlharten Muskeln seiner Oberarme, mit denen er sich über ihr abstützte.

Federleicht strich sie die Muskeln unter seiner warmen glatten Haut nach und schloss die Augen, als sein Mund über ihre Wange wanderte und sich gegen ihren Hals presste.

Automatisch stieß sie einen erstickten Schrei aus und presste den Kopf auf die Couch, da seine Lippen tiefer glitten und sich um ihre harten Brustwarzen schlossen. Für Hayden war dies das Zeichen, ein schlankes Bein um seine Hüfte zu schlingen und ihre Finger in seinen Schulterpartien zu vergraben.

Kurzatmig und erregt verlangte sie von ihm mit heiserer Stimme, sich auf sie zu legen, und führte eine Hand über seinen verschwitzten Oberkörper abwärts, um dort die pochende Erektion zu umschließen, die sich unnachgiebig gegen die zarte Haut ihres Oberschenkels presste. Genau wie der Rest seines Körpers war auch seine Erektion unglaublich hart, glühte unter ihren Fingern und übte eine magische Anziehung auf sie aus. Gemächlich massierte sie ihn, presste die Spitze vorsichtig zusammen und fuhr bis zur Wurzel hinab.

Die gequälten Töne, die er ausstieß, während Heath sie bat, weiterzumachen, bevor er flehte, aufzuhören, gaben ihr ein Gefühl der Macht, das sich steigerte, als er über ihr zitterte und ihren Namen flüsterte.

Beinahe hätte sie gekichert, doch das Lachen blieb ihr im Halse stecken, als er ihre Hand beiseiteschob und sich endlich auf sie legte. Während sein Gewicht sie in die Couch presste, eroberte er ihren Mund mit einem tiefen Kuss und schob seine rechte Hand zwischen ihre Beine. Fast hätte sie ihm in die Unterlippe gebissen, als sein Daumen ihre Klitoris fand und sie mit trägen Bewegungen erregte. Hayden zuckte unter seinem Körper und sie glitt mit den Händen über seinen breiten Rücken auf und ab.

„Bitte, Heath ..."

„Noch nicht", murmelte er heiser gegen ihre Lippen und fuhr mit seiner linken Hand zärtlich durch ihr Haar.

Aber Hayden hatte zu lange gewartet, erhob sich ein kleines Stück und flüsterte ihm ins Ohr: „Jetzt, Heath."

„Aber ..."

Er wurde von ihr unterbrochen, weil sie ihre Zunge über seinen Unterkiefer abwärts fahren ließ und ein weiteres Mal seinen Penis ergriff, als sie an seiner Kehle saugte.

Heath stöhnte laut auf, spreizte ihre Beine und setzte seinen Penis an, um sich mit einem tiefen Stoß in ihr zu vergraben.

Hayden stöhnte auf und hatte das Gefühl, sich bereits bei seinem ersten Stoß in tausend Einzelteile aufzulösen. Atemlos klammerte sie sich an ihn und bekam eine Gänsehaut, als sein heißer Atem an ihr Ohr drang und seine Hände ihre Hüften umschlossen. Sie suchte seinen Mund und drehte den Kopf zur Seite, um seine Lippen gefangen zu nehmen. Heißes Glück strömte durch ihre Adern, als er ihr einen leidenschaftlichen Kuss gab und mit seinen Händen über ihren Körper glitt, um anschließend ihre Hände mit seinen zu umfassen.

Der süße Kuss, die Wärme seines Körpers und der seelenergreifende Sex, den sie miteinander teilten, gaben Hayden die Hoffnung zurück, dass alles wieder gut werden würde. Als sie kurz darauf zum Höhepunkt kam, flüsterte sie seinen Namen und lächelte glücklich, da er beinahe gleichzeitig kam, erschöpft auf ihr zusammensackte und unsinnige Worte in ihr Ohr stammelte.

12. Kapitel

Heath saß auf dem Sofa und hielt den Kopf gesenkt, während er auf den Holzfußboden starrte und hörte, wie Hayden wieder den Raum betrat. Sehr langsam hob er den Blick und starrte sie an, wie sie an die Couch herantrat und ihm lächelnd ein Glas Wasser reichte. Im Gegensatz zu ihm, der in seine Jeans geschlüpft war, hatte sie die dünne Sommerdecke, die während des Sex auf den Boden gefallen war, um sich geschlungen.

Ihr blondes Haar war zerzaust, ihr Gesicht rosig angehaucht, und ihre Lippen erschienen geschwollen, während ihre blauen Augen glänzten. Sie sah ganz nach einer Frau aus, die ausdauernd geliebt worden war und sehr glücklich darüber zu sein schien. Die hellgraue Decke, die sich an ihren zierlichen Körper schmiegte, und ihre bloßen Schultern sowie die schlanken Arme verliehen ihr zusätzlich etwas Verletzliches.

Innerlich schüttelte Heath mit dem Kopf, nahm schweigend das Wasserglas entgegen und ignorierte ihren weichen Blick.

Was hatte er sich bloß dabei gedacht? Er war nicht hergekommen, um mit ihr zu schlafen oder sich mit ihr zu versöhnen. Alles, was er hatte tun wollen, war, mit ihr zu reden. Weil er wusste, dass Hayden für ihn da sein würde, selbst wenn sie getrennt waren, hatte er ihr von der Suspendierung erzählen wollen. Heath war ein egoistisches und selbstsüchtiges Arschloch, weil er ausgerechnet Hayden mit seinen Problemen belasten wollte – aber mit niemandem sonst hätte er reden können.

Dass sie mit einem anderen Mann verabredet gewesen war, hatte ihm derart zugesetzt, dass er nicht mehr klar hatte denken können. Ihm waren die Lichter durchgebrannt, wie man so schön sagte. Bevor er einen vernünftigen Gedanken hatte fassen können, war er dabei gewesen, sie zu küssen, und Hayden hatte nicht protestiert, sondern ihn ebenso verzweifelt berührt wie er sie.

Der Kuss war ausgeufert, hatte sich verselbständigt und sie beide überrollt. Bevor er gewusst hatte, wie ihm geschah, hatten sie sich gegenseitig ausgezogen und waren übereinander hergefallen. Eigentlich hatte er die unselige Nacht vor der Beerdigung seines Dads wieder gutmachen wollen, als er sie ohne Rücksicht genommen hatte, aber das hatte nicht geklappt. Er war dermaßen erregt gewesen, dass er sich am liebsten sofort auf sie gestürzt hätte, und auch Hayden hatte auf ein langes Vorspiel verzichten wollen. Das Ergebnis war, dass er nun bedauernd auf seiner früheren Couch saß, Haydens hoffnungsvollen Blick ertragen musste und bei dem Gedanken zitterte, ihr wieder weh zu tun.

Ja, er liebte sie und wollte bei ihr bleiben. Er wollte sie heiraten und Kinder mit ihr bekommen, denen er die Windeln wechseln und das Fahrradfahren beibringen wollte. Und er wollte mit ihr in fünfzig Jahren auf der Veranda sitzen und ihre Hand halten, während seine Enkel zu Besuch kamen.

Aber wäre er in fünfzig Jahren überhaupt noch hier?

Welches Leben konnte er ihr bieten, wenn er bedenken musste, dass er jederzeit von seiner Schicht nicht mehr nach Hause kommen könnte? Er wollte nicht, dass sie nach ihrem Dad und seinem Dad zum dritten Mal jemanden verlieren musste.

Nach einem tiefen Seufzer murmelte er: „Hayden, wir müssen reden."

„Das denke ich auch", erwiderte sie weich und setzte sich auf die Couchlehne. Ihre Hand legte sich auf seinen nackten Rücken und streichelte ihn zärtlich, was in ihm den Wunsch auslöste, so schnell wie möglich das Weite zu suchen. „Liebling, das Date hatte keine Bedeutung. Du weißt doch, dass ich nur dich ..."

Er unterbrach sie, indem er sich steif aufrichtete und sich erhob, um der Berührung ihrer Hand zu entgehen. „Bevor du weitersprichst, solltest du wissen, dass ich nicht vorhabe, zurückzukommen."

An ihrer verwirrten Miene konnte er erkennen, dass seine Worte noch nicht zu ihr durchgedrungen waren.

„Hayden ..."

„Moment mal", wisperte sie heiser und strich sich das zerzauste Haar zurück. „Ich ... ich verstehe nicht. Du bist hier bei mir, Heath. Wir haben miteinander geschlafen."

„Himmel, Hayden", er schnaubte abfällig. „Wir hatten Sex. Na und? Keine große Sache."

„Natürlich ist es das!" Ihre aufgebrachte Stimme klang nach Tränen und Verzweiflung.

Stur schüttelte er den Kopf und knöpfte sich die Jeans zu, da er nicht die Absicht hatte, bedeutend länger zu bleiben. Obwohl sein Herz so hart schlug, dass er meinte, es müsste jeden Moment zerspringen, erwiderte er betont lässig: „Es war nicht mehr als ein bisschen Sex im Eifer des Gefechts. Nach drei Monaten musste ich einfach mal wieder vögeln."

Der erstickte Schrei, den sie ausstieß, fraß sich durch seine Eingeweide, doch änderte nichts an seiner abweisenden Haltung.

„Wie kannst du so etwas sagen?"

Heath zuckte mit der Schulter, griff nach seinem T-Shirt und schlüpfte hinein. „Es ist die Wahrheit."

„Warst du deshalb hier?", krächzte sie und fügte mit abfälliger Stimme hinzu: „Weil du einfach mal wieder vögeln wolltest?"

Mit zusammengepressten Lippen überlegte er, was er sagen sollte, als sein Blick auf die Musikanlage fiel, die zwar abgebaut war, jedoch noch immer an Ort und Stelle stand. Er zuckte mit der Schulter. „Ich wollte meine Musikanlage abholen."

Ihr sarkastischer Ton fuhr ihm durch Mark und Bein. „Und der Sex war sozusagen das Bonbon obendrauf?"

Kurz schaute er ihr ins Gesicht und ignorierte ihre blauen Augen, die in Tränen schwammen. „Kann man so sehen."

„Gut." Sie erhob sich wankend. „Nimm deine beschissene Anlage mit, aber vergiss auch nicht die Kartons, die im Flur stehen, sonst schmeiße ich sie morgen ins Hafenbecken."

Als sie an ihm vorbei in den Flur lief, versteifte sich sein ganzer Körper in dem Drang, sie einfach an sich zu ziehen, doch er blieb, wo er war, und konzentrierte sich darauf, die weiß gestrichene Wand zu fokussieren, an denen Bilder hingen, die Hayden gemalt hatte.

„Ach, Heath."

Er drehte sich um und sah sie auf der untersten Treppenstufe stehen. Anscheinend war sie gerade im Begriff, nach oben in die erste Etage zu gehen.

„Ja?"

„Sprich mich nie wieder an", erklärte sie mit eiskalter Entschlossenheit. „Nie wieder."

Er war betrunken.

Sturzbetrunken und nicht mehr Herr seiner Sinne, wie Heath feststellte, als er das halbvolle Bierglas vor sich fixierte und sich fragte, ob er halbvoll oder halbleer sagen sollte. Dieser Debatte hatte er noch nie etwas abgewinnen können. Er wusste nur, dass er nicht halbvoll, sondern absolut voll war. Sein Alkoholmarathon hatte gestern begonnen, als er nach seiner Begegnung mit Hayden nach Hause gekommen war. Obwohl er heute mit einem grauenvollen Kater aufgewacht war, hatte er die restlichen Alkoholbestände ebenfalls in sich hineingeschüttet und dann im benebelten Zustand entschieden, dass er nicht das Leben anderer Verkehrsteilnehmer in Gefahr bringen wollte, um mit dem Auto in irgendeinem Supermarkt Nachschub zu holen. Also war er zu O'Rearys gewankt, hatte sich zwischendurch in einer Gasse übergeben und sich hier an die Theke gesetzt. Wie viele Gläser Guinness er schon getrunken hatte, wusste er nicht. Er wusste nur, dass sie nicht annähernd reichten.

Die Blicke, mit denen er von Mike, dem Besitzer des Pubs, gemustert wurde, ignorierte er geflissentlich und schaute absichtlich nicht zur linken Wand, an der

Fotos seines Departments hingen, zu dem auch Mikes Bruder vor ewigen Zeiten gehört hatte. Mit einem sarkastischen Lächeln hob er sein Glas, prostete der Wand zu und goss sich den Rest des Bieres hinter die Binde.

„Mike, noch eins."

„Meinst du nicht, dass du genug hattest, Fitzpatrick?"

„Ich meine, dass ich noch ein Bier will", grollte er und war stolz, dass er nicht lallte. Fitzpatricks lallten nie. Sie mochten vielleicht so viel trinken, dass sie ohnmächtig wurden, aber dabei lallten sie nicht. Niemals.

Als Mike ihm das Bier auf die Theke knallte, brummte er: „Das ist das letzte Bier. Zum Glück kommt dein Bruder gerade rein und kann sich um dich kümmern."

Heath stöhnte und legte den Kopf für einen Moment auf der Theke auf, die nach schalem Bier und alten Erdnüssen roch. „Welcher?"

„Das Großmaul."

„Bitte etwas genauer, Mike. Wir sind alle Großmäuler", ergänzte Heath.

„Das Großmaul, das meine Nichte entjungfert und ihr das Herz gebrochen hat."

Shane. Der Tag hätte wirklich nicht beschissener laufen können, entschied Heath.

Mit finsterer Miene deutete Mike in Richtung Tür. „Außerdem hat er seinen neuen Partner dabei, dem meine siebzehnjährige Tochter ständig schöne Augen macht."

Augenblicklich war Heath hellwach, setzte sich aufrecht hin und schwang seinen Kopf herum, um durch seinen alkoholgeschwängerten Blick den Mann zu fixieren, der Shane gerade freundschaftlich auf die Schulter schlug und dröhnend lachte, während sein Bruder – dieses Arschloch eines Verräters – in das Lachen mit einfiel. Bevor Heath wusste, was er tat, glitt er von dem Barhocker und trat den beiden in den Weg, die sich anscheinend an einen Tisch im Gästeraum hatten setzen wollen.

Shane verging sofort das Lachen und er runzelte die Stirn. „Was machst du denn ...?"

„Bist du Shanes Partner?" Heath nickte dem etwa gleichgroßen blonden Typen zu, der gestern mit Hayden ausgegangen war.

Dieser gab sich ganz lässig und hob eine blonde Augenbraue an. „Ja, ich ..."

Weiter kam er nicht, weil Heath seine Fäuste sprechen ließ.

Mit der ganzen Wut, die er in sich hatte, donnerte er dem anderen Mann seine Faust ins Gesicht und spürte, wie unter seinen Knöcheln das Nasenbein des Partners seines Bruders brach. Mit geradezu perverser Befriedigung fühlte er wenige Augenblicke später, wie der Detective ihm ein sicherlich hübsches Veilchen verpasste. Gleichzeitig brüllte er ihn an. Da Heath betrunken war, bemerkte er kaum seine Schmerzen, sondern hörte lediglich, wie Stühle umgekippt und Stimmen laut wurden, während er zum nächsten Schlag ausholte und den Kiefer seines Gegners traf, obwohl er eigentlich dessen Mund anvisiert hatte. Ein harter Schwinger traf seinen Magen, und er befürchtete, die alkoholische Flüssignahrung wieder von sich geben zu müssen, aber da er vor Eifersucht rasend war, ignorierte er den übelkeitserregenden Schlag und traf endlich den Mund des anderen Mannes.

„Lass los, verdammt noch mal!“ Shanes wütende Stimme drang zu ihm durch, als sein Bruder ihn unter Aufbietung aller Kräfte von seinem Partner wegzog, der keuchte und sich die blutende Nase hielt.

„Hey, du Arschloch! Was ist dein Problem?“

Heath versuchte, Shane abzuschütteln, und stieß seinen Ellenbogen in den Magen seines Bruders, während er am ganzen Körper bebte. „Lass die Finger von meiner Frau, sonst bist du ein toter Mann!“

Die anderen Gäste redeten aufgeregt aufeinander ein, manche hatten sich in Sicherheit gebracht und ihre Tische verlassen, als die drei Männer wie Wildgewordene im Schankraum gewütet hatten, und Mike verlangte mit bellender Stimme nach Ruhe und Ordnung. Anscheinend waren auch einige Gläser zu Bruch gegangen, da der Boden mit Scherben übersät war.

Der Blonde verengte misstrauisch seine Augen und griff nach einer Serviette, um damit die Blutung seiner Nase zu stoppen. „Deine Frau? Meinst du Hayden?“

„Ja!“

„Hast du nicht mit ihr Schluss gemacht?“ Verächtlich legte der Blutende seinen Kopf in den Nacken. „Sie kann machen, was sie will, Kollege.“

Beinahe hätte sich Heath aus dem Klammergriff seines Bruders befreien können, doch dieser hielt ihn unerbittlich fest und herrschte ihn wütend an: „Scheiße, Heath! Bist du komplett übergeschnappt?“

Er ignorierte ihn, keuchte und drohte seinem Gegner: „Ich schwöre dir beim Grab meines Vaters: Fasst du sie an, bringe ich dich um.“

„Halt die Klappe, Heath“, stöhnte sein Bruder hinter ihm.

Mike warf sein Handtuch auf die Theke und brüllte los: „Shane, schaff ihn hier raus, bevor ich die Cops rufe!“

„Wir sind Cops“, erwiderte Shane gereizt.

„Toll“, schnaufte der übergewichtige Kneipenbesitzer. „Und ich habe hinter der Theke einen Baseballschläger, mit dem ich deinem Bruder den Schädel spalte, wenn er noch einmal meinen Pub auseinanderlegen will.“

„Ja, ja! Wir haben’s ja kapiert!“

Auch wenn sich Heath wehrte, konnte er nichts dagegen tun, als sein Bruder ihn unerbittlich hinter sich herzog.

Wie in einem roten Nebel fixierte er noch immer den Mann, der es gewagt hatte, mit Hayden auszugehen, und fletschte die Zähne. „Ich meine es ernst! Lass sie in Ruhe!“

„Klappe“, schnauzte sein Bruder ihn an. „Alec, entschuldige, aber mein Bruder hat den Arsch offen.“

„Das habe ich auch schon gemerkt“, schnaubte sein Partner.

„Raus mit euch!“ Mike kam um die Theke herum und trat einen umgekippten Stuhl beiseite. „Die Fitzpatricks machen nur Scherereien!“

„Gern geschehen.“ Shane öffnete die Eingangstür und schob Heath vor sich her, bevor er betont freundlich in den Raum hineinrief: „Ach, Mike! Schöne Grüße an deine Nichte!“

Mit mörderischen Kopfschmerzen wurde Heath wach und sah sich verwirrt um, bis er das Wohnzimmer seines Bruders erkannte. Dort lag er auf der Couch und hatte das quietschbunte Sofakissen einer schwedischen Möbelkette vollgesabbert, das Kayleigh ihrem Bruder mitgebracht hatte, als sie von einem Einkaufsbummel aus Stoughton gekommen war.

Warum er ausgerechnet jetzt daran dachte, dass seine Schwester Shane mit dem grauenvollen Kissenbezug hatte verarschen wollen, wusste er nicht. Mühsam setzte er sich auf und fragte sich eine Sekunde lang, wie er bloß hergekommen war und warum er sich fühlte, als sei er in einen Mähdrescher geraten. Seine Hand war beinahe taub, sein Magen schien sich jeden Moment umstülpen zu wollen, und sein linkes Auge war derart zugeschwollen, dass er kaum etwas erkennen konnte. Abgesehen davon fühlte es sich an, als hätte er Reißnägel gegurgelt.

Stöhnend rieb er sich über das Gesicht und zuckte gleich darauf zusammen, weil Schmerzen durch seinen Kopf zuckten.

Das Quietschen der Wohnungstür drang in sein Ohr, weshalb er langsam den Kopf nach rechts drehte und seinen Bruder sah, der in Joggingklamotten mit zwei Pappbechern Kaffee in den Händen die Wohnung betrat.

„Du bist ja wach." Mit seinem Fuß schlug Shane die Wohnungstür hinter sich zu. Der laute Knall dröhnte in Heaths Ohren und ließ ihn zusammenzucken.

„Danke, Bruderherz."

„Nichts zu danken", ächzte Shane und hielt ihm den Pappbecher entgegen, während er ironisch erklärte:

„Als ich zum Joggen ging, habe ich nicht gewagt, nach dir zu sehen, weil ich befürchtet habe, dass du tot sein könntest.“

„Wie rücksichtsvoll“, murmelte Heath und nippte in der Hoffnung an dem Kaffee, dass sich sein Magen beruhigen würde.

„Das hat mit Rücksichtnahme nichts zu tun. Ich hatte einfach keinen Bock, deinen leblosen Körper die zwei Etagen nach unten zu bringen, da ich dich gestern Abend kaum nach oben bekommen habe.“

„Zu gütig.“

„Du hast einen solchen Krach gemacht, dass bald sicherlich meine Wohnungskündigung ins Haus flattert.“

„Mhh ... was ist denn überhaupt passiert?“, murmelte Heath und musste es sich gefallen lassen, dass sein um ein Jahr jüngerer Bruder abfällig mit der Zunge schnalzte.

„Das weißt du nicht mehr?“

„Shane ...“

„Scheiße, Heath. Bevor du dir tatsächlich dein Hirn wegsäufst und dich auf die Lebertransplantationsliste setzen lassen musst, solltest du langsam mal wieder klarkommen.“

Heath nahm einen weiteren Schluck Kaffee und streckte sich ein wenig, was keine gute Idee gewesen war, weil sein Körper gehörig protestierte. Schmerzen strahlten in fast jede Nervenzelle seines Körpers.

„Bin ich von einem Bus überfahren worden?“

„Fast.“ Shane zog sich einen Stuhl heran, der unangenehm über den Boden schabte.

Heath kniff die Augen zu und stöhnte einen Moment später auf, weil sein geschwollenes Auge wie Feuer brannte. „Scheiße!“

„Das war Alec.“ Shane deutete auf Heaths Auge. „Alles andere warst du selbst, als du dich vor O’Rearys langgelegt hast.“

„Alec?“ In seinem Gehirn forschte er nach diesem Namen und hatte keinen Schimmer, wen Shane meinte. „Welcher Alec?“

Sein Bruder lehnte sich gemütlich zurück und streckte die Beine lässig von sich. „Der Alec, den du nach eigenen Aussagen umbringen wirst, wenn er deine Frau anfasst. Das hast du sogar auf Dads Grab geschworen. Ach ja, Mike hat dir Hausverbot erteilt – und mir auch. Noch einmal danke. Gestern hast du nicht nur meinen neuen Partner verprügelt, sondern es auch geschafft, dass ich mein Stammlokal in nächster Zeit nicht mehr von innen sehe.“

„Du verarschst mich, oder?“

„Schön wär’s.“ Shane rümpfte die Nase. „Außerdem hast du in mein Auto gekotzt. Den Gestank kriege ich nie wieder raus.“

Heath war sich ziemlich sicher, dass Shane lügen musste, da er von Alkohol noch nie hatte kotzen müssen. Das hieß, er konnte sich schwach daran erinnern, sich gestern in irgendeiner Gasse übergeben zu haben. Angesichts seines Zustands und des widerlichen Geschmacks in seinem Mund war eine Kotzattacke im Chevy seines Bruders gar nicht so abwegig.

„Tut mir leid. Ich bezahle die Rechnung.“

Shane winkte ab. „Lass mal. Nach deinem Gemurmel in der letzten Nacht zu schließen, bist du momentan echt nicht zu beneiden."

Unsicher blickte Heath auf und merkte, wie er sich anspannte. „Was habe ich denn erzählt?"

Sein Bruder fixierte ihn nachdenklich, sagte erst einmal nichts, sondern stellte den Kaffee auf dem Couchtisch ab. „Weißt du eigentlich, warum ich nach Dads Tod kein Wort mit dir gewechselt habe?"

Für ein solches Gespräch war er nicht bereit. In seiner momentanen Verfassung schaffte er es nicht, sich mit seinem Bruder über den Tod seines Vaters auseinanderzusetzen.

„Heath?"

„Ist das nicht offensichtlich?" Er sah auf. „Du denkst, dass ich Schuld an Dads Tod trage."

„Unsinn!" Shane runzelte die Stirn, als wäre dieser Gedanke völlig abwegig. „Natürlich trägst du keine Schuld."

„Und warum hast du mir das nicht gesagt?" Mit einem Anflug von Zorn knirschte er mit den Zähnen.

„Weil es dir jeder gesagt hat! Du bist ein sturer Vollidiot, der es nicht nötig hat, von Mom, von Hayden, von Kayleigh und jedem gottverdammten Feuerwehrmann deines Departments getätschelt zu werden, Heath. Du siehst doch, was daraus geworden ist! Alle sind wie auf Eierschalen um dich herumgeschlichen und haben es nur schlimmer gemacht ..."

Shanes merkwürdige Psychologie leuchtete ihm nicht wirklich ein, deshalb schnaubte er laut auf: „Als mein Bruder hättest du mir sagen können, dass ich nicht schuld war! Du hast mich durch die Hölle geschickt ..."

„Du hast dich selbst durch die Hölle geschickt“, widersprach Shane sofort und fuhr sich durch das verschwitzte Haar. „Außerdem weißt du selbst, dass Dads Tod nichts mit dir zu tun hat.“

Heath schluckte gegen den Kloß in seiner Kehle an. „Musstest du drei Monate warten, um mir das zu sagen?“

Sein Bruder verdrehte die Augen. „Du bist ein Fitzpatrick und kein heulendes Muttersöhnchen. Wenn dir etwas nicht passt oder du dich ungerecht behandelt fühlst, sagst du das und verziehst dich nicht schmollend, wie du es seit längerer Zeit tust.“

„Aber ...“

„Seit drei Monaten warte ich darauf, dass du endlich zur Besinnung kommst und mich windelweich prügelst, weil du die Schnauze voll hast, dich von mir so behandeln zu lassen. Gott, bist du stur!“

Heath hätte dies erst einmal sacken lassen, doch endlich wieder mit seinem Bruder reden zu können, gewann schnell die Oberhand. „Ich bin seit drei Tagen suspendiert.“

„Ich weiß“, entgegnete Shane leichthin. „Kyle hat mich angerufen, damit ich mit dir rede.“

„Was du nicht getan hast.“

Er nickte. „Richtig. Aber das tue ich ja jetzt.“

„Was soll ich tun?“

„Gegenfrage.“ Pragmatisch, wie Shane nun einmal war, zuckte er mit der Schulter und wollte wissen: „Bist du gerne Feuerwehrmann?“

„Das weißt du doch.“ Heath atmete tief durch. „Natürlich bin ich das.“

„Willst du etwas anderes machen?“

„Nein.“

Shane legte den Kopf schief, hob eine Augenbraue an und lächelte trocken. „Was bleibt dir dann anderes übrig, als deinen Hintern zu diesem Psychologen zu schleppen, ihm zu sagen, dass mit dir alles okay ist, wenn man davon absieht, dass dein um ein Jahr jüngerer Bruder ein größeres Ding in der Hose hat, und dann zurück zu deinem Trupp zu gehen, um wieder den Helden zu spielen?"

„Redest du immer ohne Punkt und ohne Komma?", wollte Heath brummig wissen.

„Wenn du dich wie ein Arsch benimmst, kann ich auch so reden, wie ich will." Shane wackelte auf den hinteren Stuhlbeinen herum. „Anschließend solltest du dich bei Hayden entschuldigen und vor Dank auf die Knie fallen, wenn sie dich gnädigerweise wieder zurückgenommen hat."

Für einen Moment schloss er die Augen. „Dazu wird es nicht kommen."

„Blödsinn!" Shane schnaubte trocken. „Ich kenne niemanden, der so verständnisvoll ist wie Hayden. Seit Monaten sage ich ihr, dass du ein blöder Wichser bist, aber sie hat dich die ganze Zeit verteidigt. Natürlich nimmt sie dich zurück."

„Nein ..."

„Hör mal." Shane beugte sich vor und rümpfte die Nase. „Zwischen ihr und Alec läuft nichts. Es war lediglich ein lumpiges Abendessen, das von ihm ausging."

Augenblicklich funkelten Heaths Augen vor Zorn, und er vergaß völlig, dass sich seine Hand anfühlte, als wäre diese zwischen einen Schnitzelklopfer geraten, als er seinem Bruder vor die Brust boxte.

„Aua!"

„Was denkst du dir eigentlich dabei, sie mit einem Cop zu verkuppeln? Mit einem Cop?!“

„Hey“, beschwerte sich Shane und rieb sich mit einem vorwurfsvollen Blick über die Brust. „Ich habe sie nicht verkuppelt! Tatsächlich habe ich Alec gesagt, dass er die Finger von Hayden lassen soll, weil sie deine Frau ist.“

„Ein Cop!“ Heath konnte noch immer nicht glauben, dass Hayden ausgerechnet mit einem Cop ausgegangen war. „Verdammt noch mal, Shane! Ich will sie beschützen und trenne mich von ihr, doch dann schleppst du einen Cop an! Bist du nicht ganz dicht?“

„Ich denke eher, dass *du* nicht ganz dicht bist“, erklärte sein Bruder düster. „Und jetzt von vorne. Du hast dich von ihr getrennt, um sie zu beschützen?“

„Ja!“ Heath brach der Schweiß aus, während er die Arme anspannte. „Natürlich habe ich das!“

In typischer Polizeimanier nickte Shane verständnisvoll, bevor er neugierig wissen wollte: „Welche Drogen verteilen sie bei euch im Department eigentlich?“

„Denkst du, das ist komisch?“

Ernst schüttelte er den Kopf. „Nein, du Komiker.“

„Gott.“ Heath raufte sich das Haar. „Du bist Cop, Shane! Du ermittelst in Mordfällen ... Wie schnell könnte dir irgendein Durchgeknallter eine Kugel zwischen die Augen ballern?“

„Danke, dass du so besorgt um mich bist.“

Er antwortete nicht auf den vor Ironie triefenden Satz seines Bruders, sondern erhob sich und humpelte durch die Wohnung. „Du könntest morgens aus dem Haus gehen und nicht mehr zurückkommen. Und dann?“

„Wenn du mir sagen willst, dass ich meinen Beruf wechseln soll, bist du etwas spät dran."

Heath lief auf und ab, unterdrückte das Bedürfnis, in den Farn seines Bruders zu kotzen, und gestikulierte wild mit den Händen. „Cops leben nicht ungefährlicher als Feuerwehrmänner! Euch kann auch jederzeit etwas passieren. So wie Dad!"

„Jetzt mal doch nicht den Teufel an die Wand!"

„Hayden hasst Waffen", murmelte Heath, als hätte er seinen Bruder gar nicht gehört. „Eigentlich wäre ich auch gerne zur Polizei gegangen ..."

„Was?" Shane blinzelte ihm zu. „Was erzählst du denn da? Du wolltest doch immer zur Feuerwehr!"

Er nickte ruppig. „Grandpa hat mich kurz vor dem Highschoolabschluss auf den Schießstand mitgenommen. Damals dachte ich ein paar Tage darüber nach, doch nicht zur Feuerwehr zu gehen, sondern zur Akademie. Aber ... Hayden hasst Waffen. Ich hätte ihr das nicht zumuten können, nachdem ihr Dad erschossen worden war."

Ein wenig fassungslos verschränkte Shane die Arme vor der Brust. „Ich bin verwirrt. Du hast dich von Hayden getrennt, um sie zu beschützen. Ein Polizist bist du nicht geworden, weil sie Waffen hasst. Und du willst nicht, dass sie mit einem Cop ausgeht. Habe ich das in etwa richtig ausgedrückt?"

„Ja!"

„Weißt du, wie irre das klingt? Ist irgendein korrupter Bulle oder Drogenhändler hinter dir her, dass du meinst, Hayden vor dir beschützen zu müssen, oder was?"

„Ich will sie doch nicht vor mir beschützen", knurrte er genervt. „Haydens Vater war

Feuerwehrmann und starb im Einsatz. Dad war wie ihr Ersatzvater und starb ebenfalls im Einsatz. Soll ich etwa das Risiko eingehen, dass sie Witwe werden könnte, wenn auch mir etwas im Einsatz passiert? Ich kann nicht tatenlos zusehen, dass sie das alles zum dritten Mal durchmachen muss, Shane!“

Da sein Bruder ihn lediglich nachdenklich musterte und nichts sagte, spuckte er wütend aus: „Und jetzt geht sie mit einem Cop! Mit einem Cop! Willst du mich verarschen?“

„Ich glaube, dass du dich gerade selbst verarschst, Heath, und zwar ganz gewaltig.“ Sein Bruder klang unglaublich ruhig, erhob sich ebenfalls und klopfte ihm auf den Rücken. „Als dein Bruder darf ich ehrlich sein, oder?“

„Lieber nicht“, brummte Heath und wand sich unter Shanes Hand. „Als Psychologe machst du dich nicht besonders.“

Sehr bedacht nickte Shane. „Deswegen würde ich vorschlagen, dass du der Anweisung deines Chiefs folgen und einen Termin beim Psychologen machen solltest. Mit Hayden.“

„Shane ...“

„Du bist gerade dabei, dein ganzes Leben gegen die Wand zu fahren. Und auch wenn du mir entsetzlich auf den Sack fallen kannst, bist du mein Bruder.“

Heath brummte etwas Unverständliches.

„Komm. Ich lade dich zum Frühstück ein, und du erzählst mir in Ruhe, was du wegen Hayden zu tun gedenkst.“

„Aber ich will nicht ...“

„Doch, du willst“, unterbrach Shane ihn hitzig. „Außerdem lasse ich mir nicht die beste Schwägerin entgehen, die ich haben kann und die auch noch fantastisch kochen kann."

13. Kapitel

Hayden war gerade dabei, das Haus auf Hochglanz zu putzen, weil sich der Immobilienmakler plötzlich gemeldet und nach einer spontanen Hausbesichtigung gefragt hatte, als es an der Tür klingelte. Sie war völlig in Gedanken versunken und unterdrückte das furchtbare Gefühl, dass irgendjemand Fremdes ihr Haus besichtigen und eventuell sogar kaufen würde. Zum Teufel, sie wollte das Haus nicht weggeben und ausziehen. Sie hing an diesem Haus! Aber nach ihrer Begegnung mit Heath vor zwei Tagen wusste sie, dass sich etwas ändern musste.

Zwar wollte sie das Haus nicht abgeben, aber sie musste es.

Sie wollte auch nicht wegziehen und in einer anderen Stadt neu beginnen, aber wie es schien, blieb ihr nichts anderes übrig.

Niedergeschlagen warf sie den Putzlappen in den Eimer und griff nach der Sprühflasche Glasreiniger, um damit den Spiegel im Flur zu säubern, als es wieder an der Tür klingelte. Verärgert über das penetrante Klingeln, warf sie einen Blick auf die Uhr und runzelte die Stirn, da sich der Makler erst in drei Stunden angesagt hatte.

Da es ein weiteres Mal klingelte, riss sie die Tür auf und wurde beinahe augenblicklich nach hinten gestoßen.

Vor ihr stand Justin Millers Vater, roch nach Alkohol und schien kurz vor einem Mord zu stehen, jedenfalls glänzte sein Gesicht vor Schweiß und war furchtbar rot angelaufen. Hayden fand sich zwischen dem schwitzenden stinkenden Mann und der Wand wieder und hustete erschrocken auf, als der Gestank von Zigaretten und Gin in ihr Gesicht wehte.

„Mr. ... Mr. Miller ...“

„Sie haben meiner Frau und mir die Kinder weggenommen!“ Neben ihrem Kopf rammte er seine Faust gegen die Wand, so dass der kleine Spiegel, den sie gerade noch hatte putzen wollen, auf den Boden fiel und in tausend Scherben zerbrach. Angst schnürte Hayden die Kehle zu und sie bekam kaum Luft.

„I-ich ... mir t-tut es leid“, stotterte sie und versuchte, sich an der Wand zur Seite zu schieben. „Wirklich ...“

„Schnauze!“ Er vereitelte ihren Versuch, von ihm wegzukommen, indem er grob ihren Arm packte und sie so kräftig schüttelte, dass ihre Zähne aufeinander klapperten. „Sie haben uns das Jugendamt auf den Hals gehetzt!“

„Mr. M-Miller. Lassen Sie mich b-bitte los.“

„Schlampe!“ Wieder schüttelte er sie. Dieses Mal taumelte sie von der Wucht sogar mit dem Hinterkopf gegen die Wand und sah einen Moment Sterne. „Das werden Sie bereuen! Ich lasse mir meine Kinder nicht wegnehmen!“

Oh Gott ... Hayden japste nach Luft, während ihr die Tränen in die Augen schossen. Panisch überlegte sie, wie sie sich verteidigen konnte, und knallte gleichzeitig schmerzhaft mit der Hüfte gegen die Kommode. Sie war wie erstarrt und hatte nicht einmal den Glasreiniger losgelassen ...

Ohne großartig nachzudenken, hob sie die Hand und sprühte dem brüllenden Mann einen halben Liter Glasreiniger in die blutunterlaufenen Augen. Sein

Schmerzensschrei fuhr ihr durch alle Glieder, aber Hayden hielt sich nicht lange damit auf, den gekrümmten Mann zu beobachten, der reflexartig ihren Arm losgelassen hatte.

Stattdessen trat sie ihm mit aller Kraft in die Weichteile und wurde mit einem lauten Heulen belohnt, während er zusammenklappte und auf ihren Läufer fiel. Zwar sagte ihr der Instinkt, wegzulaufen und die Polizei zu rufen, aber plötzlich stieg eine irrationale Wut in ihr auf, als sie sah, dass er im Fallen ihren Putzeimer umgestoßen hatte. Ein Schwall dreckigen Wassers ergoss sich über ihren wunderschönen Holzfußboden und spritzte zu allem Überfluss an die elfenbeinweiße Wand. Einen Moment konnte sie sich nicht vom Fleck rühren, bevor sie ihm mit der halbleeren Sprühflasche Glasreiniger auf den Schädel schlug und bedauerte, dass das Gefäß nur aus Plastik bestand.

„Arschloch! Sie haben meinen Boden dreckig gemacht! Ich bekomme gleich Besuch!“

„Hilfe“, wimmerte der Mann und hielt sich die Hoden. „Polizei!“

Hayden stieg königlich über ihn hinweg und bereute, dass sie ihm nicht ein weiteres Mal in die Eier getreten hatte. „Oh ja, ich rufe die Polizei, Sie feiger Mistkerl!“

„Danke“, krächzte er, was an und für sich zu komisch war.

Doch Hayden verging der Spaß. Wie betäubt nahm sie ihr Handy, lief damit auf die Veranda und rief schluchzend die Polizei an, nachdem sie die Haustür von außen abgeschlossen hatte, damit Mr. Miller nicht abhauen konnte – wenn er es überhaupt schaffte, sich nach diesem Tritt fortzubewegen.

Als wenige Minuten später gleich zwei Streifenwagen, ein Zivilfahrzeug und ein Rettungswagen mit Blaulicht vor ihrem Haus hielten, saß sie bekümmert auf der Schaukel ihrer Veranda und hatte die Arme um ihre Beine geschlungen.

Ryan kam mit bleichem Gesicht angerannt. „Über Funk kam die Meldung rein ... Was ist passiert? Wie geht's dir? Bist du verletzt?"

Heulend schüttelte sie den Kopf und deutete auf das Haus. „Der F-Fußboden ist bestimmt ru-ruiniert. Und der T-Teppich erst!"

„Erblindung durch Glasreiniger?"

„Das ist gar nicht komisch", murmelte Hayden und ließ zu, dass Kayleigh ihr in die Augen leuchtete.

„Ist das Hausfrauenselbstverteidigung?" Ryan klopfte Hayden zaghaft auf den Rücken und stand wie ein Bodyguard neben ihr. Tatsächlich musste Hayden zugeben, dass es ein beruhigendes Gefühl war, den hochgewachsenen Polizisten in seiner Uniform neben sich stehen zu haben, während sie auf der Veranda saß und von Kayleigh untersucht wurde, die aus dem Nichts aufgetaucht war, als auch Ryan mit seinem Partner im Streifenwagen sowie ein weiterer Streifenwagen – Shane in seinem Wagen – und Kyle als Rettungssanitäter mit der Ambulanz angerückt waren.

Obwohl Shane lediglich in Zivil da war und eigentlich als Detective der Mordkommission arbeitete, hatte er darauf bestanden, dabei zu sein, als ihr Angreifer verhört wurde. Daher befand er sich noch im

Haus und man konnte laut und deutlich seine wütende Stimme hören, mit der er Mr. Miller traktierte, der von Kyle – wenn auch widerwillig –untersucht wurde.

„Ich hätte zu gerne gesehen, wie du dem Widerling in die Eier getreten hast. Hat es geknackt? Wie laut hat er geschrien?“

„Kayleigh, bitte keine näheren Ausführungen“, bat ihr kleiner Bruder, der bei der Erwähnung von geknackten Eiern zusammengezuckt war.

Hayden schob Kayleighs Hand fort. „Mir geht’s gut.“

„Wir müssen das protokollieren“, erklärte Ryan mit der autoritären Stimme eines Polizisten, der seinen Job sehr ernst nahm. „Bei der Anklage brauchen wir Beweise und ...“

„Was denn für Beweise?“ Sie schüttelte Kayleigh ab, die ihren Puls fühlen wollte. „Ich habe nichts. Er hat mich nur geschüttelt. Bevor er mich hätte schlagen können, habe ich mich gewehrt. Punkt.“

„Ja.“ Kayleigh kicherte dreckig. „Mit dem Glasreiniger. Aber was soll man tun, wenn man kein Pfefferspray zur Hand hat?“

Ryan legte interessiert den Kopf schief. „Kann er davon eigentlich erblinden?“

Erschrocken blickte Hayden zu ihrer Freundin. Sie hätte nichts dagegen, wenn der Mistkerl schlimme, schlimme Schmerzen hätte oder im Gefängnis landen würde, trotzdem wollte nicht sie daran schuld sein, dass er sein Augenlicht verlor.

„Leider nein“, brummte Kayleigh und ließ endlich von Hayden ab. „Gegönnt hätte ich es ihm.“

„Kayleigh!“

„Ist doch wahr“, beschwerte sie sich bei Hayden. „Dieser Penner dringt in dein Haus ein und bedroht dich. Ryan hätte ihn erschießen sollen!“

Ihr kleiner Bruder verdrehte gekonnt die Augen. „Als ich das Haus betrat, lag der Typ in einer Lache Putzwasser, hielt sich die Eier und flehte mit roten verquollenen Augen um Gnade. Zuerst dachte ich, er hätte sich in die Hose gepisst! So jemanden kann ich nicht einfach erschießen.“

„Du hättest ihn wenigstens anschießen können“, protestierte seine Schwester. „Zum Beispiel in den Fuß.“

„Ach ja?“ Ryan verschränkte die Arme vor der Brust und wollte sarkastisch wissen: „Was hätte ich denn sagen sollen, weshalb ich ihm in den Fuß geschossen habe? Dass er mich mit seinen Käsefüßen bedroht hat?“

Kayleigh rümpfte die Nase. „Du hättest dir schon irgendetwas einfallen lassen. Denk nur an die korrupten Cops im Fernsehen.“

„Im Fernsehen? Gute Idee“, ächzte er. „Und ich lasse mich dann bei Gelegenheit von einem Schauspieler operieren, Frau Doktor.“

„Kinder“, seufzte Hayden und fuhr sich müde über das Gesicht. „Hört bitte auf. Mein Haus ist ein Schweinestall, der beinahe erblindete Vater meines Schülers hat vermutlich auf meinen Teppich gepinkelt und ...“

„Dein guter Teppich“, seufzte Kayleigh schwer. „Den würde ich verbrennen.“

In diesem Moment schoben Kyle und sein Kollege Owen Mr. Miller auf einer Bahre hinaus. Dass beide Hände mit Handschellen am Rahmen der Liege befestigt waren, war für Hayden nur ein schwacher Trost. Innerlich zitterte sie noch immer vor Schreck und würde heute Nacht sicherlich bei Kayleigh übernachten, da sie es sich nicht zutraute, allein in ihrem Haus zu bleiben.

Zwar fragte sie sich angesichts des bemitleidenswerten Zustandes ihres Eindringlings, wovor zum Teufel sie eigentlich Angst hatte, dennoch war es ihr nicht geheuer, heute allein zu bleiben. Sobald der Mann sie durch winzige Schlitze in den rot angeschwollenen Augen ansah, stöhnte er und flehte: „Hilfe! Die Frau will mich umbringen."

Vor Empörung wurde Hayden rot und stemmte die Hände in die Hüften. „*Sie* sind in *mein* Haus eingedrungen!"

Mr. Miller krümmte sich zusammen und jammerte laut auf. An seiner Stirn war eine riesige Beule zu erkennen, die vermutlich von der Sprühflasche stammte. Hayden zuckte innerlich zusammen, als sie daran dachte, wie er aussehen würde, wenn die Flasche aus Glas bestanden hätte. Kaum zu glauben, dass eine simple Plastikflasche so etwas bewirkte. Am schlimmsten jedoch sah sein Gesicht aus.

Zwischen einem Lachen und purem Entsetzen hin- und hergerissen musste Hayden daran denken, dass seine Augen große Ähnlichkeit mit roten Pavianhintern hatten, die ihre Grundschulklasse vor wenigen Monaten im Zoo voller Staunen betrachtet hatte. Geschwollenes, rotes Fleisch umrahmte einen winzigen Schlitz, unter dem ein paar blonde Wimpern zu erkennen waren. Nicht einmal der kleine Billy aus der Nachbarklasse, der eine heftige Allergie gegen Erdnüsse hatte und nach dem Verzehr eines Müsliriegels wie ein Ballon angeschwollen war, hatte derartige Augen aufweisen können.

„Sie ist wie eine Furie auf mich losgegangen und wollte mir etwas antun!“

„Hey“, keuchte Hayden und öffnete den Mund vor Entsetzen.

Als Mr. Miller um sich sah, flehte er Shane an: „Officer, bitte ...“

„Mich brauchen Sie gar nicht um Hilfe zu bitten“, erwiderte Shane abfällig. „Sie ist meine Schwägerin. Außerdem heißt das Detective.“

„Bei mir stoßen Sie auch auf taube Ohren.“ Bedrohlich stemmte Ryan seine Hände in die Hüften und trat einen Schritt auf die Bahre zu. „Denn sie ist auch meine Schwägerin!“

Unter dem mitgenommenen Gesicht erbleichte Mr. Miller und bat Owen und Kyle krächzend: „Können Sie mich bitte ins Krankenhaus bringen?“

Gut gelaunt nickte Kyle. „Ich werde die Kollegen in der Notaufnahme bitten, bei Ihnen einige urologische Untersuchungen vornehmen zu lassen, damit wir einen Penisbruch ausschließen können. Außerdem lege ich Ihnen gleich im Krankenwagen einen Zugang. Das könnte lange dauern und schmerzen, wenn ich die Vene wegen des Schaukelns nicht finden kann.“

„Aber ...“

„Ach.“ Gönnerhaft klopfte er dem gefesselten Mann auf die Schulter. „Nur zur Info: Sie ist auch meine Schwägerin.“

Hayden ließ den Kopf nach vorne fallen, während Mr. Miller Zeter und Mordio schrie und von Kyle seelenruhig in den Krankenwagen verfrachtet wurde.

„Miss O'Malley? Ich bräuchte noch Ihre detaillierte Zeugenaussage", bat sie der einzige Polizist, der hier tatsächlich im Einsatz war und breit grinste. „Apropos, bis spätestens heute Abend wissen sicherlich alle Kollegen von der Glasreinigerattacke."

Darauf antwortete sie nicht, sondern fragte mit müder Stimme: „Muss das wirklich heute sein?"

„Ich übernehme das, Officer", entgegnete Shane und genoss anscheinend so viel Autorität, dass der ältere Kollege sofort nickte und ihm das Feld überließ.

Hayden bedankte sich bei dem Streifenpolizisten, der kurz darauf mit seinem Kollegen, der im Auto gewartet hatte, von dannen fuhr, und wurde von Ryan abschließend getätschelt, bevor dieser ebenfalls mit seinem Partner wieder weiterzog.

Allein Kayleigh und Shane blieben und sahen sich besorgt an, was Hayden sofort bemerkte.

„Mit mir ist alles okay." Sie stieß Shane freundlich an. „Können wir das bitte schnell hinter uns bringen? Ich muss dem Immobilienmakler noch absagen, der eigentlich eine Besichtigung geplant hatte."

„Was für eine Besichtigung?"

Sie ignorierte seinen feindseligen Ton, zuckte locker mit der Schulter und schob sich an ihm und Kayleigh vorbei ins Haus, wo sie das Chaos erwartete.

„Hayden, was für eine Besichtigung?"

„Des Hauses, wenn du es genau wissen willst", seufzte sie und bückte sich, um den umgefallenen Eimer aufzuheben. „Das Haus soll verkauft werden."

„Gott, Hayden ..." Auch Kayleigh seufzte enttäuscht. „Ernsthaft?"

„Ja, ernsthaft." Erbost drehte sie sich zu beiden um. „Davon rede ich doch seit Wochen. Heath will das

Haus nicht und ich auch nicht. Also wird es verkauft, der Gewinn geteilt und das war es dann."

„Heath wurde suspendiert", erklärte Shane unvermittelt. „Aber ich glaube, er fängt sich bald wieder. Bitte, rede mit ihm."

„Shane, lass mich damit in Ruhe", zischte sie ihm zu. Sie hatte keine Ahnung gehabt, dass Heath suspendiert worden war, und ließ die aufkeimende Besorgnis nicht an sich heran. Was er tat oder nicht tat, ging sie nichts mehr an.

Auch Kayleigh mischte sich nun ein. „Hayden, überleg doch mal, was für ein Schritt das ist, wenn du ..."

„Euer Bruder und ich sind geschiedene Leute", entgegnete Hayden mit fester Stimme. „Das war seine Entscheidung und jetzt müssen wir alle mit den Konsequenzen leben."

Zwar bemerkte sie den Blick, den sich die Geschwister zuwarfen, aber sie ging darauf nicht ein, sondern überlegte angestrengt, was sie zuerst tun sollte, um das Chaos in ihrem Haus zu beseitigen.

Gerade als sie sich wieder ein wenig beruhigt hatte, erklang plötzlich Heaths aufgeregte Stimme hinter ihr. Fassungslos drehte sie sich um und sah, wie er schnellen Schrittes über den Rasen lief und die Veranda hochjagte. In der offenen Eingangstür blieb er stehen, musterte sie mit vor Schreck geweiteten Augen und atmete heftig.

„Ich habe es gerade erfahren! Geht es dir gut?"

Dass er ausgerechnet jetzt hier auftauchte und sie mit einem besorgten Blick anstarrte, war der Tropfen, der das Fass zum Überlaufen brachte. Kurz vor einer Explosion spannte sie den gesamten Körper an und ging einen Schritt auf die Tür zu, um sie ihm vor der Nase zuzuknallen.

Während Kayleigh und Shane schockiert keuchten, brüllte sie durch die geschlossene Tür: „Verschwinde!“

„Hayden! Bitte ... ich mache mir Sorgen.“

Mit einem verzerrten Gesicht drehte sie den Kopf zu Heaths Geschwistern. „Habt ihr ihn etwa angerufen?“

Beide beeilten sich, hektisch den Kopf zu schütteln.

„Nein ...“

„Natürlich nicht!“

„Ich war auf der Wache“, rief Heath durch die geschlossene Tür. „Sam hat mir gesagt, dass Owen und Kyle angefordert wurden. Was ist passiert?“

„Nichts! Halt dich aus meinem Leben raus!“

„Bitte ... können wir reden?“

Ihr war es egal, dass sein Ton mitleiderregend klang oder dass seine Geschwister zuhörten, als sie im scharfen Ton brüllte: „Wenn du jemanden zum Vögeln suchst, bist du hier falsch! Hau ab und sprich mich nicht mehr an!“

Die hammerharte Kayleigh brach beinahe in Tränen aus. „Bitte, Hayden. Sprich doch mit ihm.“

„Sprich du mit ihm“, keuchte sie aufgebracht und merkte, dass sie schon wieder zitterte. „Von mir hat er nicht mehr zu erwarten als einen Scheck, mit dem er die Hälfte des Auto- und Hausverkaufs bekommt.“

„Ich will das Geld nicht“, rief Heath durch die Tür. „Ich will dich!“

Einen Moment lang befürchtete sie, dass ihre Beine einknickten, aber glücklicherweise passierte dies nicht. Stattdessen holte sie tief Luft und erklärte laut genug, dass er es verstehen konnte: „Aber ich will *dich* nicht mehr.“

14. Kapitel

„Mom sitzt im Garten und wartet schon auf dich", begrüßte Kayleigh ihn trostlos, als er sein Elternhaus betrat und seine Schwester in der Küche vorfand. Sie sah so glücklich aus, wie er sich fühlte: Nämlich absolut niedergeschlagen.

Ganze vier Tage war es her, dass Hayden ihm die Nase vor der Tür zugeknallt und ihn endgültig aus ihrem Leben verbannt hatte. Vielleicht war dies wirklich besser so, dachte er in den Bemühungen, sich einzureden, dass Hayden ohne ihn ein schöneres und sicherlich weniger beängstigendes Leben führen konnte. Er hatte sie zutiefst verletzt und bekam nun die Quittung dafür. Das war okay ...

„Wie war dein Termin?"

Verlegen fuhr er sich durch sein Haar. „Ganz gut."

„Und?" Kayleigh sah ihn gespannt an. „Hast du das Attest?"

Heath nickte mit einem schwachen Lächeln und zog einen Briefumschlag aus seiner hinteren Jeanstasche heraus. „Hier."

„Heißt das, dass du wieder arbeiten kannst?"

„Ja." Er räusperte sich kurz und ohne große Begeisterung, obwohl der Psychologe ihm bescheinigt hatte, dass er ohne Einschränkungen für den Dienst geeignet war. Nichtsdestotrotz hatte er vorgeschlagen, ihn in der kommenden Zeit einige weitere Male aufzusuchen. Da Heaths Leben total aus den Fugen geraten war, dachte er tatsächlich daran, das Angebot anzunehmen. „Mit dem Chief habe ich schon gesprochen. Ich kann sofort wieder zur Arbeit kommen, wenn ich will.“

Seine Schwester schwieg einen Augenblick, bevor sie leise erwiderte: „Du klingst jedoch nicht so, als würdest du es wollen.“

„Soll ich ehrlich sein?“ Er seufzte niedergeschlagen. „Zurzeit will ich gar nichts.“

„Heath.“

Mit gesenkten Schultern öffnete er den Kühlschrank und nahm sich eine Dose Limonade heraus. Sobald er die Kühlschranktür wieder geschlossen hatte, spürte er, wie seine Schwester die Arme um ihn schlang und sich an seinen Rücken schmiegte. Das war verdammt tröstlich, wie er bekennen musste, auch wenn er es nicht verdiente. Sein Leben war ein Scherbenhaufen, weil er die einzige Frau vergrault hatte, die er jemals geliebt hatte. Er sollte sich vielleicht darüber freuen, dass Hayden ohne ihn weitermachte und nicht mehr Gefahr lief, eines Tages wie ihre und seine Mutter ihren Ehemann begraben zu müssen, weil dieser während eines Einsatzes umgekommen war, dennoch war er so egoistisch, dass er sie nicht verlieren wollte.

Trotzdem war es längst zu spät, weil sie nur noch Verachtung für ihn übrighatte. Drei Monate lang hatte er ihr das unsensible Arschloch vorgespielt, von dem sie nun glaubte, dass es wirklich existierte.

„Danke.“ Heath holte tief Luft und tätschelte die Hand seiner Schwester. „Ich gehe mal raus und schaue, was Mom so tut.“

Seine Mutter saß in der Sonne und hatte die Augen geschlossen, während ein Buch aufgeschlagen auf ihrem Schoß lag. Dass sie lächelte und den Tag zu genießen schien, freute Heath. Er drückte ihr einen kurzen Kuss auf die Stirn und setzte sich neben sie auf einen Stuhl, bevor er an dem Getränk nippte.

„Hi, Mom."

„Hallo", murmelte sie leise und öffnete vorsichtig die Augen, wobei sie gegen das Sonnenlicht blinzelte. „Schatz, wie war dein Termin?"

„Ganz okay." Er seufzte schwer.

Nachdem er Shane reinen Wein eingeschenkt hatte, war es ganz natürlich gewesen, auch seiner Mom von der Suspendierung und der Auflage, dass er einen Psychologen aufsuchen musste, zu erzählen. Dabei hatte er ihr auch von seinen anfänglichen Schuldgefühlen wegen des Todes seines Dads berichtet und erklärt, weshalb er sich bislang geweigert hatte, mit einem Psychologen darüber zu reden. Wie nicht anders zu erwarten gewesen war, hatte sie verständnisvoll reagiert, ihn getröstet und versichert, dass er keine Schuld am Tod seines Dads trug. Shane, dieser Idiot, hatte natürlich Recht gehabt. Das Verständnis hatte ihm zwar gutgetan, aber hätte ihn im Normalfall nicht davon abgehalten, sich weiterhin den Kopf zu zerbrechen.

„Hat der Psychologe denn gesagt, ob du wieder zur Arbeit gehen kannst?"

„Da ist alles geklärt." Heath umklammerte die Dose in seiner Hand. „Sobald ich will, kann ich wieder Schichten übernehmen."

„Wie schön", entgegnete sie mit ehrlicher Erleichterung. „Du hast mir einige Sorgen bereitet. Dass du wieder arbeiten kannst, hört sich großartig an."

„Du klingst erleichtert, dass ich wieder arbeiten kann."

Sie lächelte schwach. „Das bin ich auch."

„Mom?“ Nervös rutschte er auf dem Stuhl hin und her und nagte unschlüssig auf seiner Unterlippe herum.

„Ja?“

„Darf ich dich etwas fragen?“

„Natürlich.“ Sie sah ihn erstaunt an. „Das weißt du doch, Heath.“

Zwar hatte er keine Ahnung, wie er das Thema am sensibelsten ansprechen sollte, wollte dies jedoch einfach wissen. Daher fragte er relativ unverfänglich: „Stört es dich nicht, dass ich Feuerwehrmann bin? Wie Dad.“

„Stören? Nein, es stört mich nicht. Dein Dad war schrecklich stolz, als du in seine Fußstapfen getreten bist. Und mir ging es nicht anders.“

„Aber ...“ Er beugte sich vor und legte eine Hand auf ihre, nachdem er das Getränk auf den Tisch gestellt hatte. Gleichzeitig flüsterte er angespannt: „Aber Dad ist bei einem Einsatz ums Leben gekommen.“

„Ja“, antwortete seine Mutter mit rauer Stimme. „Und dein Großvater und dein Onkel sind nach jeder Schicht ohne einen einzigen Kratzer nach Hause gekommen. Möchtest du wissen, ob ich Angst um dich habe?“

„So ungefähr“, murmelte er.

Sie setzte sich mit einem kleinen Stöhnen auf. „Sicherlich ist dein Job oder auch Shanes Arbeit gefährlicher als ein normaler Bürojob, aber man sollte nie daran denken, was alles passieren kann, weil man dann verrückt werden würde. Ein wenig gesunde Furcht ist in Ordnung, aber sie sollte nie dein Leben bestimmen dürfen.“

Er wusste nicht, was er darauf hätte antworten sollen.

„Deinen Vater zu verlieren, war ein schreckliches Erlebnis, und ich gebe zu, dass ich dich und deine Geschwister anschließend am liebsten in einen Bunker eingesperrt hätte, damit euch niemals etwas Schlimmes passieren kann, aber das ist leider nicht möglich. Man kann Unglücken nicht aus dem Weg gehen, sondern muss lernen, mit ihnen zu leben."

„Das klingt in der Theorie so einfach."

Sie schüttelte den Kopf. „Einfach ist es nicht. Aber was willst du stattdessen tun, mein Schatz? Dich irgendwo einkerkern? Du kannst schlimme Dinge nicht verhindern, Heath."

Ihre Worte gaben ihm zu denken, schließlich hatte er sich eingeredet, Hayden zu schützen, indem er sich von ihr trennte. Außer viel Kummer und viel Schmerz hatte dies nichts gebracht. Im Gegenteil, denn sie war in ihrem gemeinsamen Haus von einem widerlichen Arschloch angegriffen worden, was vielleicht nie passiert wäre, wenn er bei ihr gewesen wäre.

„Mom, hättest ... hättest du Dad geheiratet, auch wenn du gewusst hättest, dass er eines Tages ... nicht mehr nach Hause kommen würde?"

„Natürlich hätte ich das."

„Obwohl du gewusst hättest, wie schmerzvoll es sein würde, ihn zu verlieren?"

Traurig verzog sie den Mund. „Ich habe deinen Vater geliebt und in der Liebe spielt Zeit keine Rolle. Selbst wenn wir nur ein Jahr verheiratet gewesen wären, wäre dies ein wundervolles Jahr gewesen, das mir niemand hätte nehmen können."

Bei jedem Wort wurde ihm schwerer ums Herz.

Seine Mom lächelte schwach. „Vielleicht denkst du noch einmal darüber nach, ob es so klug war, dass du dich von Hayden getrennt hast. Glücklich scheinst du nämlich nicht darüber zu sein."

Dass seine Mom eine kluge Frau war, hatte er zwar gewusst, aber dass er so leicht zu durchschauen war, hatte Heath nicht geahnt. „Ich wollte nur, dass sie nicht ein drittes Mal so etwas durchmachen muss", verteidigte er sich heiser. „Ich möchte sie nicht unglücklich sehen."

„Sehr ehrenhaft von dir, aber dabei vergisst du eine ganz entscheidende Sache."

„Die da wäre?"

Amüsiert beugte sie sich vor und tätschelte seine Hand. „Besonders glücklich scheint auch Hayden nicht zu sein, seit ihr getrennt seid. Du solltest mit ihr reden, Heath."

Unschlüssig hob er die Hände. „Sie will nicht mit mir reden. Was soll ich denn tun?"

„Es immer und immer wieder versuchen."

Er schluckte. „Vielleicht braucht sie etwas Zeit."

„Das denke ich nicht." Ihre Tonlage nahm einen ernsten Klang an. „Zufällig weiß ich, dass Hayden mit dem Gedanken spielt, zu ihrer Mom nach Illinois zu ziehen."

„Was?!" Urplötzlich ballte sich sein Magen zusammen und er saß stocksteif auf seinem Stuhl. „Woher willst du das wissen?"

„Weil ich mit ihrer Mom telefoniert habe. Heutc ist der letzte Schultag, und Hayden plant für die Ferien, nach Illinois zu fahren und sich dort umzusehen ..."

Ohne nachzudenken, sprang er von seinem Stuhl auf. Tausend Gedanken wirbelten durch seinen Kopf, während er angespannt nach Luft schnappte. In dem Gefühl, gleich ohnmächtig zu werden oder in Panik auszubrechen, ließ er seine Mom einfach stehen und rannte zurück ins Haus, wo er beinahe mit Kayleigh zusammengestoßen wäre, die sich lautstark über ihn beschwerte.

„Was hast du denn?“

„Hast du dein Auto hier?“ Nur am Rande merkte er, dass er beinahe schrie und dass seine Schwester ihn ansah, als sei er von allen Geistern verlassen.

„Nein, aber ...“

„Scheiße!“ Heath ließ sie einfach stehen und rannte durch den Flur zur Haustür, als ihm einfiel, dass er das Auto seiner Mom nehmen konnte.

Gerade als er sich umdrehen wollte, um sich ihren Schlüssel von der Anrichte zu schnappen, spazierte Ryan in seiner Uniform herein und erklärte gähnend: „Hey, Heath. Kyle hat mir erzählt, dass er heute Abend zum Bowlen gehen will. Kommst du mit?“

Bevor er wusste, was er tat, hatte er seinen kleinen Bruder am Kragen gepackt und schleifte ihn nach draußen. Dieser protestierte aufgebracht und versuchte sich zu befreien, doch Heath ließ dies nicht zu.

„Bist du bescheuert? Was zum Teufel ...“

„Du musst mich fahren!“

Ryan schnaubte. „Ich muss gar nichts!“

„Doch.“ Sie waren an Ryans Streifenwagen angekommen, der in der Einfahrt ihrer Mom stand. „Schließ auf!“

„Wovon träumst du nachts? Ich kutschiere dich nicht in meinem Dienstwagen durch die Gegend!“

„Ich muss zu Hayden – jetzt schließ die Karre auf und fahre mich, bevor ... bevor ...“

„Bevor *was*?“ Sein kleiner Bruder schob seine Hände beiseite, glättete das Hemd seiner Uniform und lächelte hämisch.

Nervös und aufgebracht warf Heath die Hände in die Luft. „Ich erzähle Mom von den Pornoheften in deinem Schrank!“

Ryan verschluckte sich an einem Lachen. „Bin ich sechzehn, oder was? Erzähl ihr ruhig von den Heften, mir macht das nichts aus.“

„Dann erzähle ich ihr, dass du auf der Highschool Pott geraucht hast!“

„Onkel Stuart war in Woodstock, was Mom gerne stolz erzählt. Ein bisschen Pott wird sie sicherlich nicht schocken“, erwiderte er frech.

Verzweifelt überlegte Heath und stieß hervor: „Was denkst du, was sie sagen wird, wenn ich ihr erzähle, dass du mit Mindy O’Connor Sex in ihrem und Dads Bett hattest, als sie auf dieser Kreuzfahrt waren?“

„Gott, Heath! Damals solltest du hier im Haus für Ordnung sorgen, also würde sie *dich* mit dem Kochlöffel schlagen und nicht *mich*!“

„Und was ist mit Moms Tischdecke?“

Ein Ruck ging durch Ryan, als er misstrauisch wissen wollte: „Welche Tischdecke?“

„Grannys Tischdecke aus Damast, die Mom gehegt und gepflegt hat und die plötzlich voller Brandlöcher war“, erwiderte Heath seelenruhig und verschränkte die Arme vor der Brust. „Mom will nach zehn Jahren immer noch wissen, wer das antike Stück angezündet hat ...“

Sein kleiner Bruder warf ihm einen finsteren Blick zu. „Steig schon ein!“

Das ließ er sich nicht zweimal sagen und warf sich auf den Beifahrersitz des Streifenwagens. „Hayden ist noch in der Schule ..."

„Du Mistkerl!" Wütend setzte sich Ryan hinter das Steuer, schnallte sich an und startete den Motor. „Dieser Wagen ist nicht für deine Vergnügungen da und wird von Steuergeldern bezahlt."

„Quatsch nicht lange, sondern fahr los!"

Für seinen Geschmack fuhr sein Bruder viel zu gemächlich aus der Auffahrt heraus und tuckerte auch anschließend wie ein Rentner durch die Straße. „Gib Gas! Heute ist der letzte Schultag, und ich weiß nicht, ob sie früher Schluss machen!"

Ryan schüttelte den Kopf. „Bist du irre? Eigentlich dürfte ich gar nicht ..."

„Mom liebte diese Tischdecke über alles – was denkst du, was sie mit demjenigen macht, der sie angezündet hat?"

Das Profil seines Bruders verriet, dass er die Kiefer aufeinanderpresste. Gleichzeitig wanderte die Tachonadel nach oben und der Wagen nahm endlich etwas Geschwindigkeit auf.

„Schneller, Ryan! Ich will sie nicht verpassen."

„Hayden ist verrückt, wenn sie dich zurücknimmt. Seinen eigenen Bruder so schamlos zu erpressen ..."

Heath antwortete nicht, sondern starrte mit klopfendem Herzen aus der Frontscheibe, während seine Handflächen zu schwitzen begannen. Die Nachricht, dass Hayden nach Illinois ziehen konnte, hatte ihn in Panik ausbrechen lassen. Der Gedanke, dass sie aus seinem Leben verschwinden könnte, war wie ein Schlag in die Weichteile.

„Wenn das hier herauskommt, könnte ich Ärger bekommen. Das weißt du, oder?"

„Red keinen Scheiß." Heath griff seinem Bruder ins Lenkrad und hupte laut, als irgendein Spinner vor ihnen in eine Parklücke fahren wollte und dabei den ganzen Verkehr aufhielt.

Ryan schob empört seine Hand beiseite, die lautstark die Hupe betätigt hatte. „Hey! Das ist das Auto von Mr. Gordon, meinem alten Mathelehrer!"

„Er war auch schon Dads Mathelehrer und sollte in dem Alter kein Auto mehr fahren!" Wieder wollte er hupen, doch Ryan verteidigte unerbittlich das Lenkrad.

Plötzlich wünschte sich Heath, in seinem Einsatzwagen zu sitzen, der mit einer Sirene ausgestattet war. Sie waren nur noch drei Straßen von Haydens Schule entfernt, aber Ryan zeigte so viel Engagement wie ein kastrierter Kater, um ihn möglichst schnell dorthin zu schaffen. Da ihm sein kleiner Bruder keine andere Wahl ließ, schaltete er das Blaulicht des Wagens an und sah befriedigt, wie ihnen sofort Platz gemacht wurde.

„Hast du eine Macke!" Ryan wurde erst blass und dann rot vor Wut. „Das kann mich meine Marke kosten!"

„Ich kenne den Polizeichef. Das geht schon in Ordnung." Auffordernd zeigte er auf die Straße und atmete erleichtert auf, als Ryan wieder anfuhr, auch wenn er dabei ununterbrochen schimpfte.

„Das ist Entführung eines Polizeibeamten! Du machst dich strafbar."

„Du bist sowieso außer Dienst", erwiderte er desinteressiert und rutschte nervös auf seinem Sitz herum, als die Schule endlich in Sicht kam. Die vielen wartenden Eltern vor dem Gelände zeigten ihm, dass die Schule noch nicht beendet war. Pure Erleichterung schoss durch seine Adern.

„Dann ist es eben Entführung eines Polizeiwagens!"

Heath beachtete ihn nicht, sondern entgegnete lautstark: „Fahr auf den Schulhof."

„Wie der Herr wünschen", ächzte Ryan angepisst. „Zum Glück gibt es ja nur an die vierzig Zeugen, die gerade mitkriegen, dass ich mich strafbar mache!"

Es waren nur ungefähr zwanzig Eltern, die sich irritiert umdrehten, als Ryan mit Blaulicht auf den Schulhof fuhr und dort nach Heaths Anweisung seine Runden drehte.

Als Heath sah, dass sich plötzlich unzählige Kinder die Gesichter an den Fenstern plattdrückten, um zu sehen, was auf ihrem Schulhof los war, schnappte er sich den Lautsprecher des Polizeiautos.

„Hayden! Hayden! Ich muss mit dir reden!"

Neben ihm zuckte Ryan zusammen. „Du bist völlig übergeschnappt, weißt du das?"

Er ignorierte ihn. Stattdessen sprach er weiter in das Mikrofon, das seine Worte über die Lautsprecherboxen auf dem Dach des Polizeiwagens wiedergab. „Hayden, komm bitte raus, damit wir reden können! Ich will nicht, dass du nach Illinois ziehst."

„Fang nicht an zu heulen", wisperte Ryan angewidert. „Dann kommt sie sowieso nicht zurück."

Heath verrenkte sich beinahe den Hals, um sie an den Fenstern auszumachen, doch konnte sie nicht sehen. Stattdessen bemerkte er, dass die Eltern der Kinder ihn schrecklich amüsant finden mussten.

Wieder nahm er das Mikrofon zur Hand. „Es tut mir leid. Ich war ein Arschloch ..."

„Gott, Heath", entfuhr es seinem Bruder. „Kinder hören dir zu!"

„Ich war ein Mistkerl, aber ... ich liebe dich! Wenn du mich anhörst, kann ich dir alles erklären, Liebling."

Da noch immer keine Reaktion erfolgte, wenn man von Ryan absah, der abfällige Bemerkungen darüber machte, wie peinlich sein ältester Bruder war, erklärte Heath entschlossen ins Mikrofon: „Hayden, ich habe nicht mit anderen Frauen geschlafen. Ich habe sie nicht einmal angesehen! Und als wir miteinander geschlafen haben und ich gesagt habe, dass ich einfach nur vögeln wollte, habe ich gelogen! Hörst du? Ich habe gelogen, weil ich wollte, dass du wütend auf mich bist."

„Sie bringt dich um", urteilte Ryan mit einem breiten Lächeln. „Und plötzlich freue ich mich, dass ich Zeuge sein darf, wie sie dich kaltmacht."

Keine zehn Sekunden später öffnete sich die Tür des Schulgebäudes und Hayden rannte mit hochrotem Kopf und der grimmigsten Miene, die er jemals an ihr gesehen hatte, auf den Schulhof. Es gab keinen Zweifel an Ryans Theorie, dass sie ihn umbringen wollte, dennoch hatte Heath niemals zuvor eine solche Erleichterung verspürt.

„Du solltest froh sein, dass sich die Türen nur von innen öffnen lassen." Ryan hielt den Wagen an und verschränkte die Arme vor der Brust. „Jetzt wird's interessant."

Tatsächlich hatte Hayden gerade das Auto erreicht und zerrte an dem Griff der Beifahrertür. „Heath, mach die Tür auf! Ich bringe dich um!"

Obwohl sie genau neben ihm stand und ihre Worte gedämpft zu ihm drangen, sprach er wieder in das Mikrofon. „Wenn du mir verzeihst, kannst du alles mit mir machen. Versprochen."

Anscheinend machte dieses Versprechen sie nur noch wütender, da sie gegen die Fensterscheibe hämmerte. „Heath, das ist nicht witzig!"

„Wenn sie das Auto demoliert, musst du das meinem Captain erklären", ließ sich Ryan vernehmen.

Lächelnd schaute Heath in ihr stark gerötetes Gesicht und bemerkte, dass sich ihre blonden Haare aus der Flechtfrisur gelöst hatten. Niemals zuvor war sie ihm schöner erschienen, und das sagte er ihr auch – durch das Mikrofon, damit es die ganze Schule hören konnte.

„Heath", brüllte sie ihm zu. „Halt sofort die Klappe! Du bringst mich in schlimmste Verlegenheit."

Wieder griff er nach dem Mikrofon. „Wenn du zu mir zurückkommst, erkläre ich dir, warum ich nach dem Sex so furchtbare Dinge gesagt habe."

Sie kniff die Augen zusammen und presste ihr Gesicht beinahe gegen das Seitenfenster des Autos. „Ryan! Nimm ihm das Ding weg! Niemanden geht unser Sexleben an – schon gar nicht meine Schüler!"

„Was soll ich denn tun?", wollte Ryan empört wissen. „Er erpresst mich."

Mit vor Wut funkelnden Augen fixierte sie wieder Heath. „Du machst alles nur schlimmer!"

„Ich liebe dich", brüllte er in das Mikrofon und konnte hören, wie der Lautsprecher seine Worte so laut wiedergab, dass man ihn vermutlich bis nach Kanada hören konnte. „Und weil ich nicht wollte, dass du nach deinem Dad und meinem Dad auch noch einen dritten

Feuerwehrmann beerdigen musst, habe ich Schluss gemacht!“

Da er sie genau beobachtet hatte, als er die Worte ins Mikrofon gesprochen hatte, erkannte er den Moment, in dem sie begriff, was er sagte. Dass ihr Gesicht in sich zusammenfiel und sie die Augen aufriss, löste in ihm den Wunsch aus, sie an sich zu ziehen und nicht mehr loszulassen.

„Was?“ Fassungslos schüttelte sie den Kopf. „Was sagst du da?“

Heath nickte und verzog das Gesicht zu einer gequälten Miene. „Du warst so unglücklich, als mein Dad starb, und ich habe nur daran denken können, dass du das nicht ein drittes Mal durchstehen solltest, falls mir etwas passiert. Gott, Hayden ...“

Sie schlug sich eine Hand vor den Mund und stieß einen erstickten Schrei aus.

„Du bist alles für mich. Alles. Ich könnte es nicht ertragen, dass du wegen mir unglücklich sein könntest.“

„Heath“, erklärte sie zitternd. „Mach die Tür auf.“

Widerspruchslos öffnete er die Tür und wollte aussteigen, als sie auf seinen Schoß rutschte, die Arme um seinen Hals schlang und ihn kommentarlos auf den Mund küsste.

Heath hatte keine Ahnung, ob die salzigen Tränen, die er auf seinen Lippen schmeckte, von ihr oder von ihm stammten, doch das war ihm völlig egal, da er sie an sich zog und vor lauter Erleichterung eng an sich presste, während er zitterte und bebte.

Kurz darauf löste Hayden ihren Mund von seinen Lippen, schluchzte und flüsterte: „Ich liebe dich auch, aber wenn du noch einmal so eine Show abziehst, dann gnade dir Gott.“

Mit zarten Fingern streichelte er ihr tränenverschmiertes Gesicht und kümmerte sich nicht darum, dass sein Bruder einen fabelhaften Blick auf sein Gesicht haben musste, das nicht weniger tränenverschmiert war als Haydens.

„Kann ich nach Hause kommen?“ Seine Stimme bebte unkontrolliert. „Ich mache alles wieder gut, Hayden. Versprochen.“

Sie nickte wortlos, während ihr Tränen über die Wangen liefen.

Ryan, dieser Armleuchter, zerstörte natürlich die romantische Stimmung, weil er nach dem Mikrofon griff, das Heath einfach fallen gelassen hatte, als Hayden auf seinen Schoß gerutscht war, und räuspernd erklärte: „Mein Name ist Ryan Fitzpatrick. Im Namen der Bostoner Polizei wünsche ich allen Schülern und Eltern schöne Sommerferien. Und falls es Sie interessiert: Zu diesem Einsatz wurde ich von meinem Bruder gezwungen, indem er mich schamlos erpresst hat. Sollten Sie sich also wegen der nicht jugendfreien Bemerkungen, die Sie hören konnten, beschweren wollen, wäre ich Ihnen sehr verbunden, wenn Sie mich raushalten könnten.“

Hayden gluckste und tätschelte Ryans Haarschopf. „Womit hat er dich denn erpresst?“

„Wird nicht verraten.“ Ryan entwand sich Haydens Hand, funkelte sie an und richtete sofort wieder sein Haar. Anschließend nickte er seinem Bruder zu. „Solltest du Mom irgendwann von ... *du weißt schon* ... erzählen, Heath, berichte ich ihr haargenau, dass du vor Grundschülern die Wörter Sex und vögeln in den Mund genommen hast.“

Heath schmiegte sein lächelndes Gesicht an Haydens Schulter und murmelte: „Das nenne ich einen guten Deal, Officer.“

Epilog

„Lass mich wenigstens mal einen Blick auf meine Nichte werfen!“ Shane spähte über die Schulter seines Bruders in das winzige Gesicht seiner vier Stunden alten Nichte Josephine, die unverdrossen schlief, obwohl das Zimmer ihrer Mutter vor Besuch beinahe überquoll und die Lautstärke dementsprechend hoch war.

Dem kleinen Mädchen schien dies jedoch nichts auszumachen, da es sich entspannt in die Arme seines Dads gekuschelt hatte und sich friedlich schmatzend von den Strapazen der Geburt erholte. Die Aufregung um sich herum nahm Josephine gar nicht wahr und bekam auch nicht mit, dass ihr stolzer Vater sie nicht hergeben wollte.

Heath saß nämlich mit einem törichten Lächeln in einem Sessel und starrte wie gebannt auf sein Töchterchen, während er sich partout weigerte, sie jemand anderem als Hayden oder seiner Mom in den Arm zu legen. Shane hatte sich deswegen schon einige Male in den vergangenen Minuten bei seinem Bruder beschwert, schließlich wollte er seine Nichte auch mal halten, doch Heath gab sich unnachgiebig.

Dass die Kleine den Fitzpatrick-Clan seit mehr als zwei Wochen in Atem gehalten hatte, erwähnte niemand mehr. Nun waren alle einfach froh, dass das lang ersehnte Baby endlich da war und es keine täglichen Fehlalarme mehr gab, zu denen die ganze Familie ins Krankenhaus geeilt war, um auf die Geburt zu warten. Während der letzten zwei Wochen hätte Hayden ihm am meisten leidtun sollen, schließlich war sie diejenige gewesen, die täglich untersucht, mit Nadeln traktiert und von Wehen gequält worden war. Doch komischerweise war es Heath, dem Shanes ganzes Mitgefühl galt. Der Arme hatte eine solch traurige und mitgenommene Gestalt abgegeben, die ständig erbleicht war, wenn Hayden schon wieder wegen Wehenaktivitäten ins Krankenhaus gekommen war, dass sich Shane nicht einmal mehr über ihn lustig gemacht hatte.

Als sein Bruder ihm absichtlich den Rücken zukehrte, als wolle er ihn daran hindern, auch nur einen Blick auf das jüngste Mitglied der Familie zu werfen, runzelte er die Stirn.

„Heath“, schalt Hayden ihren Mann mit einem Prusten. „Sei friedlich. Er wird sie schon nicht fallen lassen.“ Sie lag mit Augenringen und einem strahlenden Lächeln auf ihrem Krankenhausbett und verdrehte amüsiert die Augen. Für eine Frau, die beinahe achtzehn Stunden Wehen hinter sich hatte, sah sie überraschend fit aus – ganz im Gegenteil zu ihrem Mann, der eher wie ein Wrack wirkte. Ein Wrack, das Shane die eigene Nichte vorenthielt!

„Sie schläft gerade“, protestierte sein ältester Bruder.

„Gib sie ihm schon“, verlangte Hayden fröhlich. „Immerhin ist er ihr Onkel.“

Außerdem war Shane der Einzige gewesen, der bei der Hochzeit der beiden vor sieben Monaten bereits gewusst hatte, dass sie ein Baby erwarteten. Auch wenn weder Heath noch Hayden etwas gesagt hatten, rechnete er fest damit, Patenonkel seiner ersten Nichte zu werden. Sollte sich Heath querstellen, würde er ihn einfach verprügeln, schwor er sich entschlossen.

Als er wieder in das Gesicht seines ältesten Bruders schaute, stellte er fest, dass er kritisch betrachtet wurde. „Hast du dir die Hände gewaschen?“

„Nein“, erwiderte er ironisch. „Nachdem ich das Klo mit bloßen Fingern geputzt, den Müll heruntergetragen und eine tollwütige Katze gestreichelt habe, bin ich sofort hergekommen, um meine Nichte in den Arm zu nehmen.“

Heaths Miene verfinsterte sich. „Shane.“

„Himmel! Natürlich habe ich meine Hände gewaschen!“ Er beugte sich nach unten und nahm sehr behutsam das Baby auf, auch wenn Heath nicht wirklich damit einverstanden war.

Die Kleine war schwerer als gedacht, roch absolut entzückend und veranlasste ihn dazu, ihr einen Kuss auf die winzige Stirn zu drücken, während er murmelte: „Hallo, Prinzessin.“

Den amüsierten Laut seiner Schwägerin ignorierte er genauso wie das düstere Gesicht seines älteren Bruders oder den entzückten Seufzer seiner Mutter und wanderte selbstvergessen mit der Kleinen im Arm im Zimmer auf und ab.

„Ich finde, sie sieht mir ziemlich ähnlich“, urteilte er mit so stolz geschwellter Brust, als sei er für das warme Bündel in seiner Armbeuge verantwortlich und nicht sein um ein Jahr älterer Bruder.

„Sie sieht *mir* ähnlich“, protestierte Heath scharf. „Ich bin ihr Vater und du bist nur ihr Onkel.“

„Aber sie hat mein Haar und meinen Mund“, entgegnete Shane lächelnd, während er das Baby an seine Brust drückte.

Heath schnaubte auf. „Da du und ich das gleiche Haar und den gleichen Mund haben, wird sie das von mir geerbt haben. Nicht von dir."

„Jungs, bleibt friedlich", warnte Kayleigh leicht gereizt, die auf einem Stuhl saß und einen Apfel futterte. Sie wirkte ebenso erschöpft wie die frischgebackene Mutter, weil sie seit zwanzig Stunden im Dienst war und sich schnell nach oben geschlichen hatte, um Mutter und Kind zu besuchen.

„Hauptsache, sie bekommt nicht eure Geheimratsecken", ließ sich Ryan vernehmen, der mit der Fernbedienung in der Hand ein paar Kanäle am Fernseher suchte.

„Wir haben keine Geheimratsecken", protestierte Heath und fasste sich in das volle Haar.

Shane nickte, ließ sich jedoch nicht ärgern, sondern wiegte seine Nichte hin und her.

„Jetzt hattest du sie lange genug." Heath erhob sich abrupt und nahm ihm das Baby wieder aus dem Arm.

Großzügig klopfte Shane ihm auf die Schulter und grinste angesichts der Vernarrtheit seines Bruders. „Zum Glück hast du dich gegen Hayden durchgesetzt, als du wissen wolltest, ob es ein Mädchen oder ein Junge wird. Stelle dir vor, wir hätten ihr Kinderzimmer mit kleinen Feuerwehrautos bemalt! Die Ponys und das ganze Rosa passen sehr viel besser."

„Hey", beschwerte sich Kayleigh. „Mädchen müssen nicht zwangsläufig auf Ponys und Rosa stehen. Mein Zimmer war auch voll von Feuerwehrautos!"

„Tja." Er schenkte ihr einen bedeutungsvollen Blick. „Und du siehst ja, was dabei rausgekommen ist."

Seine Schwester schien abzuwägen, ob sie ihm den angegessenen Apfel an den Kopf werfen sollte, und fauchte bissig: „Gott, du bist so ein Arsch."

„Fluch nicht vor meiner Tochter", erscholl Heaths Stimme, während er sich zu seiner Frau auf die Bettkante setzte und ihr einen Kuss auf die Stirn gab.

Das Bild, wie sie beide glücklich nebeneinandersaßen, sich über ihre schlafende Tochter beugten und sich anschließend lächelnd in die Augen sahen, ließ Shane einen Moment lang tief Luft holen. Er freute sich für seinen Bruder und für Hayden, die er wie seine Schwester liebte, aber das half nicht gegen den plötzlichen Neid, der in ihm hochstieg. Es hatte eine Zeit gegeben, da war die Vision seiner eigenen kleinen glücklichen Familie zum Greifen nah gewesen.

Und dann nicht mehr.

„Da fällt mir ein, Shane, dass ich eine deiner Verflossenen in der Notaufnahme gesehen habe." Kayleigh klang sowohl erfreut als auch ein wenig gehässig. Vermutlich war sie immer noch wegen seiner Bemerkung stinkig auf ihn.

„Und?"

„Lass dich mal auf Chlamydien testen. Mehr sage ich gar nicht."

Seine Mutter keuchte entsetzt auf, während sich Kayleigh zufrieden zurücklehnte.

Er knirschte mit den Zähnen. „Schon einmal etwas von Schweigepflicht gehört, du kleines Biest?"

„Ich habe dir nicht gesagt, welche deiner zahlreichen Gespielinnen ich gesehen habe, oder?"

„Um Gottes willen", murmelte seine Mom.

Da er sich wie ein Junge in der Pubertät vorkam, der dabei erwischt wurde, zu lange auf die Brüste einer

Frau zu starren, fühlte er sich bemüßigt, seine Mom zu beruhigen. „Mom, ich habe keine Chlamydien."

„Man kann nie wissen", kicherte Kayleigh. „Hast du Schmerzen beim Wasserlassen, Shane?

„Nein", fuhr er sie an. „Auch wenn es dich nichts angeht, Kayleigh, aber ich schlafe nicht ohne Kondom mit Frauen."

„Meine Tochter ist vier Stunden alt", beschwerte sich Heath. „Sie sollte weder Schimpfworte hören noch über Geschlechtskrankheiten oder die Sexpraktiken ihres Onkels informiert werden!"

Unbeeindruckt lachte Kayleigh auf und erhob sich, bevor sie ihre Mom küsste und Hayden aufmunternd das Knie tätschelte. „Ich muss wieder runter."

„Zum Glück", stieß Shane laut aus und erntete lediglich ein Zwinkern seiner unglaublich anstrengenden Schwester, die tatsächlich den Nerv hatte, sich neben ihn zu stellen und sein Haar zu zerzausen.

„Soll ich deine Verflossene von dir grüßen, Shane, wenn sie das nächste Mal bei uns vorbeischaut?"

„Unbedingt", ächzte er ironisch und schlang trotzdem einen Arm um die Taille seiner Schwester, um betont zuvorkommend zu erklären: „Wenn wir schon beim Thema sind: Ich habe Robbie Callahan beim Tanken getroffen – du weißt schon, den Jungen, den du auf der Highschool entjungfert hast. Soll ich ihm das nächste Mal, wenn ich ihn sehe, deine Telefonnummer geben? Du solltest mal wieder ausgehen, Schwesterherz."

„Shane!" Die Reaktion seiner Schwester war zu komisch, weil sie erst vor Wut erbleichte und anschließend vor Scham errötete, als sie den entsetzten Blick ihrer Mutter bemerkte.

„Ich hoffe sehr, dass ihr alle regelmäßig zur Beichte geht." Ein wenig fassungslos schüttelte sie den Kopf. „Was muss Pater Brady nur von unserer Familie denken!"

Hayden lachte fröhlich auf und erklärte an ihre Schwiegermutter gewandt: „Wir sind die Fitzpatricks, Ellen. Pater Brady wird nichts so schnell schocken können."

„Ein Hinterwäldler zum Verlieben“
(Ein Kurzroman aus der „Hailsboro-Reihe“)

erscheint am 5. September 2014

June badet in Selbstmitleid, als ausgerechnet sie dazu auserkoren wird, sich um ihre verrückte Großtante zu kümmern, die in der Einöde von Texas lebt und nach einem mehr als peinlichen Unfall Hilfe bei der Bewältigung ihres Alltags benötigt. Ihr bleibt nichts anderes übrig, als in den sauren Apfel zu beißen und nach Hailsboro zu fahren, um dort die Kleinstadtlangeweile zu ertragen. Als wäre das nicht schlimm genug, fährt sie an ihrem ersten Tag einem dieser Hinterwäldler in den bereits zerbeulten Truck und erntet dabei die Aufmerksamkeit der ganzen Stadt. Zu allem Unglück scheint sich ihre Großtante in den Kopf gesetzt zu haben, ausgerechnet diesen wortkargen Dorftrottel mit ihrer ledigen Nichte verkuppeln zu wollen, aber da hat June auch noch ein Wörtchen mitzureden! Jedenfalls denkt sie das.

Von Poppy J. Anderson sind weitere Romane auf Amazon veröffentlicht worden:

„Verliebt in der Nachspielzeit“ (Band 1)

erschienen im Juli 2013

Hanna Dubois kann es nicht glauben! Ihre erste Woche in New York City hält einige Überraschungen für sie bereit: Sie bekommt das heiß ersehnte Stipendium, wird in einen Autounfall, den Paparazzi verursacht haben, verwickelt und lernt dabei John kennen - das Bild von einem Mann. Sie verliebt sich Hals über Kopf in den berühmten ehemaligen Quarterback, dessen Schritte ständig von Pressevertretern überwacht werden. Eine wahre Hetzjagd auf Hanna beginnt, an der die Beziehung der beiden zu zerbrechen droht ...

Seitenzahl: 393

„Touchdown fürs Glück“ (Band 2)

erschienen im November 2012

Julian Scott ist der talentierte und neue Footballspieler der New York Titans, dessen Leben nicht schöner sein könnte. Er ist auf dem Höhepunkt seiner Footballkarriere, die Frauen laufen ihm scharenweise hinterher und finanziell kann er auch nicht klagen.
Liv Gallagher ist die erfolgreiche und angesehene Architektin einer New Yorker Agentur, deren Leben strikt geordnet ist. Sie lebt für ihren Beruf, macht sich wenig aus den Männern, die ihr nachschauen, und konzentriert sich lieber auf ihre Karriere.
Julian und Liv sind grundverschieden und doch waren sie früher ein glückliches Ehepaar. In New York treffen sie zufällig aufeinander und müssen feststellen, dass immer noch die Funken fliegen, wenn sie sich sehen ... wäre da nicht ein dunkles Geheimnis aus ihrer Vergangenheit.

Seitenzahl: 454

„Make Love und spiel Football“ (Band 3)

erschienen im Januar 2013

Der Footballgott muss sich mit den New York Titans wohl einen Witz erlaubt haben, als er die Tochter des verstorbenen Teambesitzers zur neuen Chefin ernannt hat! Das glaubt jedenfalls Brian Palmer, Quarterback und Kapitän der Titans, als sich die skandalbehaftete Teddy MacLachlan mit Hippiekleidung, Bauchnabelpiercing und Flipflops dem Team vorstellt. Frauen können in der Welt des Footballs nicht bestehen, vor allem nicht wenn sie auf Räucherstäbchen und Meditationen abfahren. Football bedeutet Krieg, da haben Frauen nichts zu suchen – Brian hat keine Skrupel, das seiner neuen Chefin ins Gesicht zu sagen, doch die bricht wider Erwarten nicht in Tränen aus, sondern grinst ihn frech an. Anders als der Rest der Frauenwelt, die sich dem heißen Quarterback an den Hals wirft, legt sich Teddy mit ihm an und schlägt ihn mit den eigenen Waffen.

Seitenzahl: 393

„Verbotene Küsse in der Halbzeit“ (Band 4)

erschienen im September 2013

Erin Hamilton hat klare Zielvorstellungen vor Augen und weiß, wohin ihr Weg gehen wird ... wären da nicht ständig Komplikationen, die ihr das Leben erschweren. Zum einen gibt es da ihre jüngere Schwester, deren überdimensionale Hochzeit jeden vernünftigen Rahmen zu sprengen droht, dann treibt ihre sexuell orientierungslose Mitbewohnerin sie beinahe in den Wahnsinn und Geldsorgen hat Erin auch noch. Zu allem Überfluss muss sie mit dem verantwortungslosen und arroganten Tom Peacock klarkommen, der sie als Kindermädchen für seine vierjährige Tochter engagiert, damit er sich nicht selbst um die Kleine kümmern muss. Der berühmte Footballspieler ist es gewöhnt, seinen Willen durchzusetzen und das zu bekommen, was er haben will. Doch bei Erin beißt er auf Granit, denn sie ist alles andere als beeindruckt von ihm und zeigt dies deutlich. Sie zwingt ihn dazu, Zeit mit seiner süßen Tochter zu verbringen. Ob Tom gegen so viel Weiblichkeit um ihn herum eine Chance hat?

Seitenzahl: 394

„Knallharte Schale – zuckersüßer Kerl (Band 5)

erschienen im Dezember 2013

Dupree Williams ist ein knallharter Footballspieler, der bei seinen Gegnern Angst und Schrecken auslöst. Nicht umsonst gilt er als "menschlicher Bulldozer". Doch niemand kann sich vorstellen, dass Dupree unter extremer Schüchternheit leidet und nicht weiß, wie er mit Frauen sprechen soll. Zu sehr nagt ein Erlebnis aus seiner Collegezeit an ihm. Meistens kaschiert er seine Unsicherheit mit einer großmäuligen Art und gerät prompt an Sarah, die ihm mit einem gezielten Tritt zu verstehen gibt, dass sie arrogante, großmäulige und aufdringliche Typen nicht leiden kann. Der Spaß fängt erst an, als Sarah einen Bericht über Dupree schreiben soll, da er das Aushängeschild der New Yorker Brustkrebshilfe ist, für die sie arbeitet. Zwar mag Sarah keine arroganten, großmäuligen und aufdringlichen Typen, aber das ist Dupree ja auch eigentlich gar nicht ...

Seitenzahl: 342

„Kein Mann für die Ersatzbank“ (Band 6)
(Kurzroman)

erschienen im Februar 2014

Bobby O'Connor ist alles, was man sein muss, um erfolgreicher Sportagent zu sein - Kumpeltyp, großmäulig, blitzgescheit und extrem tough! Nur ist Bobby O'Connor kein Typ, sondern eine Frau. Eine Frau, die sich problemlos in dieser Männerdomäne durchsetzt und sogar mit verknallten Footballspielern umgehen kann. Jack Armstrong lernt die coole Sportagentin kennen und wird sehr schnell ihr bester Kumpel. Wenn er mit ihr zusammen ist, vergisst er manchmal sogar, dass sie eine Frau ist. Doch plötzlich kann er gar nicht anders, als daran zu denken, dass sie eine Frau ist - eine süße und extrem anziehende Frau ...

Seitenzahl: 216

„Unverhofft verliebt“ (Band 7)

erschienen im März 2014

Mit den Männern klappt es einfach nicht! Frustriert muss Claire erkennen, dass sie nicht der Typ Frau ist, den Männer heiraten wollen. Schön und gut ... sie haben nichts gegen einen Flirt mit der umwerfenden Rothaarigen einzuwenden und sind auch ganz sicher nicht abgeneigt, ihr das Kleid vom kurvenreichen Körper zu schälen, aber eine langfristige Beziehung scheint in weiter Ferne zu liegen. Doch Claire hat die Nase voll davon, nach Mr. Perfect zu suchen, und beschließt, auch ohne einen Mann an ihrer Seite das Glück zu finden und ein Baby zu bekommen. Wozu gibt es schließlich Samenbanken? Wenn sich Frauen mit Kreditkarten Schuhe und Taschen kaufen können, dann sollte es doch auch möglich sein, diese für den Kinderwunsch zu benutzen! Ihr Entschluss steht fest, doch dann hat ein One-Night-Stand mit dem wortkargen Grant Folgen, die den Einsatz der Kreditkarte unnötig machen ...

Seitenzahl: 307

„Auszeit für die Liebe“ (Band 8)

erschienen 8. Mai 2014

Sieg auf der ganzen Linie! Quinn Atherton hat alles, was ein Mann braucht, um ein verdammt cooler Typ zu sein. Zum einen lebt er den Traum eines jeden Amerikaners – er ist Profi-Footballspieler und kassiert Millionen dafür, dass er mit einem Lederball unter dem Arm über ein Spielfeld rennen darf, während ihm Tausende von begeisterten Zuschauern zujubeln. Zum anderen umschwärmen ihn heiße Groupies, die schneller ihre BHs öffnen können, als er das Wort Touchdown überhaupt über die Lippen bringen kann. Doch Quinn hat ein Problem. Er hat nämlich keine Lust, sich die Zeit mit Groupies zu vertreiben, sondern will seine Frau zurück - seine entzückende und streitlustige Frau Bryce, die ihn vor die Tür gesetzt und die Scheidung eingereicht hat. Eigentlich hat er keine Probleme, das weibliche Geschlecht um den Finger zu wickeln, doch Bryce stellt die Ohren auf Durchzug und ignoriert seine Entschuldigungen rigoros. Aber die Liebe ist wie ein Footballspiel. Wenn man eine Chance sieht, zögert man nicht lange und rennt einfach los.

Seitenzahl: 370

„Hände weg vom Quarterback“ (Band 9)

erschienen im Juli 2014

Mitch Cahill war ein grandioser Quarterback und gefeierter Footballgott, der alles besaß, was er sich nur hätte wünschen können. Doch einige Auswärtsspiele, Groupies und eine Knieverletzung später ist er geschieden und muss sich vom Profifootball sowie von den New York Titans verabschieden. Letzteres macht ihm nichts aus, aber die Trennung von seiner Exfrau hat er auch nach vier Jahren kaum verwunden und tut sich schwer damit, wieder eine Beziehung einzugehen. Dank eines Postens als Geschäftsführer in seinem alten Verein ist er jedoch so abgelenkt, dass sein Liebesleben kaum von Belang für ihn ist. Vor allem als er bei der Arbeit mit Avery Lancaster aneinandergerät, schweifen seine Gedanken immer wieder zu der herrischen und unbeschreiblich hübschen Frau ab, die ihn bei ihrer ersten Begegnung einen abgehalfterten Ex-Footballspieler genannt hat. Es widerstrebt ihm aus tiefstem Herzen, mit dieser Furie zusammenzuarbeiten, doch es bleibt ihm nichts anderes übrig. Sobald Mitch erkennt, wie sie wirklich ist, und er ihre weiche Seite entdeckt, ist er hin und weg. Aber schafft er es auch, Averys Vertrauen zu gewinnen?

Impressum

Poppy J. Anderson
c/o copywrite Literaturagentur
Georg Simader
Woogstr. 43
60431 Frankfurt

Es werden grundsätzlich keine Pakete angenommen!

7591172R00154

Printed in Great Britain
by Amazon.co.uk, Ltd.,
Marston Gate.